放課後のプレアデス

なとの星宙《ほしぞら》

原作◆GAINAX
著◆菅　浩江

一迅社

イラスト　木野下澄江

目次

世界が、カッと白くなった。

圧倒的な光量が、少年の目蓋《まぶた》を貫いてくる。光で殴られているみたいだった。目を閉じているのに眩《まぶ》しい。

明るいなあ。もう、なんだよ。

少年は心の中で呟《つぶや》いた。

気持ちも身体《からだ》も、なんだかふわふわしていた。

なぜ光に溢《あふ》れているのかを考えようとして、少年は、あれ、と思った。

ここはどこだろう。

ぼくは……いったい……。ぼくは、誰《だれ》……。

少年は混乱してしまった。眩しさだけでできた宇宙の中で翻弄《ほんろう》されている気分だった。

こわごわと薄く目を開く。

彼の喉《のど》がひゅっと鳴った。

視界に広がったのは、信じられないくらいに明るい流星雨。

ベッドの右手の窓が光の雨で埋め尽くされていた。

流れ星はとめどなく降り注ぎ、ひとつひとつが長い尾を曳《ひ》いていて、やけにくっきりしていた。

眩しすぎて、よく見ていられない。またぎゅっと目を閉じる。

夢かな、と少年は思った。

流星雨は現実なのか。名前さえ判らなくなっている自分はどうしてしまったのか。

そう自問すると、頭の中を埋めていた掴《つか》みようのない白い霧が、ほんのちょっと薄まった気がする。

ああ……。うん、判ってきた。

白い霧の中から踏み出すイメージ。思い出すというか、目覚めるというか、次第に意識がしっかりしてくる。

ぼくの名前は、みなと。九歳。ここは病室。いつも、ぼくが寝ている場所。どうしてこんな当たり前のことが、さっきは判らなかったんだろう。

なんとか眩しさに耐えられそうになるのを待って、彼は再び目を開いた。

やはりそうだ。病院の個室。いつもの。見慣れた。唯一の生活の場所。

自分はぱりぱりのシーツの上に横たわっていて、足のほうにはスイッチの切れたテレビ。天井は灰色で、なんの変哲もない電灯が埋め込まれている。照明は常夜灯モードになっているので、部屋の中は暗いオレンジに染まっていた。

ベッドから下りたみなとは、窓辺に寄って、ガラス窓に手をくっつけて空を眺めた。男の子にしては長い髪で身体の線も細い自分が、うっすらと映り込む。

夜空の一点から、光の針が放射状に広がって、次々と地上に流れていた。じっと見つめていると、自分と流星雨だけが世界の全《すべ》てだと思えてくるほどに圧倒的な光景だった。

夢なんだろうか。今日が流星雨だなんて天文年鑑には載ってなかったし、こんなにすごい光のシャワーは現実的ではないもの。そもそも、睡眠は薬で調節しているから、夜中に目が覚めることはあまりないのに。

光は、だんだんまばらになり、やがて力を失っていった。

病室の窓からの風景が、いつもの姿を取り戻していく。遠くに低い山の連なりが黒く横たわっていて、その上にはいくつかの星が神妙に瞬いていた。

窓枠の上側ぎりぎりに、赤いアルデバランが見えた。牡牛座《おうしざ》の目だ。そして、牡牛の頭となるVの字の並び。腹には薄綿の中の宝石みたいなプレアデス星団。

あれ、また変な感じがする。

少年は、不思議に思った。

ぼくはどうして、星のことをこんなに知ってるんだろう。ずっと入院しているのに、いつの間に勉強できたのか。

うろうろと考えていると、頭の中に、すうっと道筋が浮かび上がったような感覚があった。

少年は、ちょっと苦笑して、ぼくはまだ混乱してる、と首を横に振る。

いろんなことを知っているのは当たり前だ。学校へ行くことはできないけれど、勉強はしてきたじゃないか。そんなことを忘れるなんて、今夜の自分は本当にどうかしている。

頭を振ったせいか、意識がだんだん澄んできた。

思い出せよ、自分。ぼくは宇宙が大好き。壁には全天星座図が貼《は》ってあって、ベッドサイドキャビネットには天文学の本と小さな望遠鏡、お父さんが持ってきてくれた室内用の簡易プラネタリウムまである。自分の名前も、星が由来。星のことを知っていて当たり前だろ。

倒れたドミノがフィルム逆転でぱたぱたと連鎖して起きていくように、過去への記憶が次々に立ち上がっていく。

寝る前に、看護師の藤原《ふじわら》さんに「甘えん坊」とからかわれたこと。その前の晩ご飯はいつものように半分以上食べられなかったこと。その前の夕方、帰っていったお母さんの寂しそうなバイバイの顔。その前には午後の点滴、そのさらに前にはおいしくなかった昼ご飯を無理矢理《むりやり》飲み込んで、午前中の回診は江口《えぐち》先生の日で、十時頃《ごろ》にはテレビで中学校二年生の理科を見て、朝食はトーストで。

あんまりにも毎日が同じような調子だから、脳味噌《のうみそ》の中がこんがらがっちゃったんだな、きっと。

少年は、ふふふ、と力なく笑った。その笑みが、すぐにフェードアウトする。

物心ついてからずっと病院から出られていないという自分の境遇を改めて実感し、笑い声の最後は吐息に変じてしまった。

細い首をゆるりと上げて、彼は窓の外を仰ぎ見る。

それにしてもさっきの光はなんだったんだろう。流星にしては明るすぎた。まるで、同じ生活を続けて曖昧《あいまい》になってしまった自分の存在を浮き彫りにしてくれたみたいな感じ。闇《やみ》の中に溶けていた自分を、現実という印画紙にフラッシュで焼き付けられた感じ。変化がなく退屈な泥の中からすくい上げてくれたような感じ。

病室の中だけに棲息《せいそく》し、外の世界から忘れ去られている自分を、あの光が見つけ出してくれたような感じ。

みなとは、自分がどんな理由で入院していなければならないのかを知らない。なぜなら、気分のいい時の自分しか覚えていないからだ。寝たきりで可哀想《かわいそう》ね、と看護師さんたちは言うが、その記憶はなく、自分としては、いつもベッドの上で本を読んだりゲームをしたりしているだけだった。

両親は、みなとが寂しくなるタイミングを電波で受け取っているかのように来てくれる。ふたりとも忙しいのに、いつも、病児の親はこうあるべき、という理想の行動を取ってくれる。母親は面会時間ぎりぎりでも顔を見に立ち寄ってくれ、頭を撫《な》で、頬《ほお》に軽くキスをして、ずっと一緒にいられなくてごめんね、と悲しそうに言い訳する。父親は休みの日にやってきて、欲しい本はないか、食べたいものはないか、と不器用な優しさを見せてくれる。

お医者さんは、いっぱい来る。いろいろな人があんまりたくさん来るから、顔を覚えていられないくらいだ。名前を覚えていて好きなのは、眼鏡《めがね》をかけた江口先生。声が落ち着いていて、いつもにっこりしている。胸の音を聞く時は、聴診器が冷たくないように、先に手で温めてくれる。

看護師さんもたくさん来る。みんな優しくて、お姉さんのような存在だった。特にみなとは藤原さんが好きだった。髪を栗《くり》色に染めたお洒落《しゃれ》さんで、ポケットにはいつも子供が好きそうなキャラクターのペンを挿している。みなとが興味を示すと、釣れた、とばかりにたくさんお話ししてくれる。

藤原さんは、父と母を褒めることが多かった。ふたりともみなとをとても愛していて、できる限りのことをしてらっしゃるのよ、と。普通はテレビを観る時間を制限するものなのに、あなたがいろんな知識を得られるように、何時間でも観ていいっておっしゃって。漫画やバラエティばかりだとお困りになるだろうけど、あなたは教育番組やドキュメンタリーが好きだから、おふたりとも安心ね。みなと君は知らないかもしれないけど、眠っているあなたの枕元《まくらもと》で本を読み聞かせて下さっていることもあるのよ。学校に行けないぶん、少しでも脳に刺激が入るようにって。いつの間にか知識が身についていることってない？　それって睡眠学習のお蔭《かげ》じゃないかしら。非科学的かもしれないけど、私、そう信じてるの。だってみなと君はとってもおとなっぽい言葉を使うことがあるんですもの。

いつだったか、藤原さんと一緒にテレビを観ている時、ちょっとした事件が起こったのは良く覚えている。

レポーターは、小学一年生に将来の夢を訊《き》いていた。

みなとと同じくらいの年頃の子供たちは、目をきらきらさせて、またはちょっと恥ずかしそうに、なりたい職業を口にする。サッカー選手、パティシエ、お花屋さん、お医者さん、動物園の飼育員、などなど。

みなとは、宇宙飛行士になりたかった。

満天の星空の中で、ぽっかり浮かんで、宇宙の大きさを感じたかった。世界はベッドの周りだけじゃなくて、こんなにも大きいんだ、と、腕をいっぱいに広げてみたかった。

「誰もぼくには、何になりたいのかって訊かないね」

自然とこぼれた言葉に、藤原さんははっと身をこわばらせた。

そして、今までに見たこともないほど顔を歪《ゆが》めて、「ごめん」と呟いて走って出て行ってしまった。

謝罪の声は、確かに泣き声。

彼女がなぜそんな態度になったのか、みなとは考え込んだ。考える時間だけはたっぷりあった。

やがて、少年は深い思考の淵《ふち》へ沈み、静かな諦《あきら》めを見つけた。

自分には未来を訊いちゃいけないことになっているのだ。

もしかしたら、自分にとっての未来はほとんど無いのかもしれない。

いつ退院できるのか、と訊いたら、いつも藤原さんは、来週くらいかなあ、と答える。そして、それは本当になることはない。今だって、カレンダーにその日の印をしてあるけれど、きっと書き換えなければならないだろう。家に帰りたいなあ、と言ってみるけれど、自分がどんな家に住んでいるのかも知らない。

そういうことだ。

ぼくはここから出られない。何者にもなれず、ずっと病室で過ごしていく。他《ほか》の子のように、なりたいものを語ってはいけない。理想の職業を夢見てはいけない。

自分では、そこそこ元気なつもりだけど、病気は深刻なのだろう。時間がごっちゃになるような感覚があるのも、もしかしたら麻酔や意識不明という状態が多いからかもしれない。

未来がない。選択肢がない。

そういうことだ。

少年は、しんみりと実感した。

病院で暮らしているという以外は、普通の子供だと思っていたのに。普通の子供とは違い、退院はなく、何者にもなれず、このまま、ここで。

そういうこと。


どうやって知ったかは覚えがないが、みなとは、森の奥の大木の話を思い出した。

誰も足を踏み入れない深い深い山に、一本の樹《き》がある。

鬱蒼《うっそう》とした森には動物たちがたくさんいて、その樹に上ったり、巣を作ったり、実を食べたりしている。リスが駆け抜け、小鳥たちが止まるその樹のことを、人間は全く知らない。

大切な森の憩《いこ》いであった樹にも、やがて寿命が来た。大木は、みりみりと音を立てて裂け、倒れる。地に伏す時の轟音《ごうおん》は周囲に谺《こだま》し、長く長く尾を曳いた。

……さて。その音を耳にした人間はいただろうか。

麓《ふもと》の村で誰かが、倒木の音だ、と思っていれば、その樹の存在は人間に伝わったことになる。けれど、誰も耳にしなかったら？　その樹は人間にとって「無い」のと同じだ。

どんなに動物たちに愛されようと、どんなに立派な姿をしていようと、人間とは関わりのないまま一生を終えた、知られなかった命。

ぼくは森の奥の大木みたいだ、とみなとは思う。

ずっとここで生き、ここですべてを閉じ、世間には知られない、命。

病室から出られなければ、外の人たちにとっては「無い」のと同じ存在。いや、非存在か。

みなとは、それを考えると深く吐息をついてしまう。

たくさん本を読んでも、難しいテレビを観ても、結局は無駄になるのだろうか。自分自身の学ぶ楽しみ以外に、他の人に役立つことはないのだろうか。

もしも自分が百科事典みたいになんでも知っている人になっても、病院から出られなければ誰もすごさを判ってくれないだろう。何かを創って発表したり発信したりしたって、なりすましや人工知能があるんだから、ぼくがぼくとして本当に存在する証明にはならない。

そうして少年は、ベッドの上から夜空を見上げる。

目に見えるのは、条件がよくても六等星まで。けれど本当は夜空いっぱいに星はあり、十等星や二十等星も光っているはずだ。

目には見えないけれど精一杯輝いている星。

少年は、それを自分に重ねてみる。

顳《こめかみ》が痛くなるほど目をこらし、目の奥が痛くなるほど力を込めて、見えない星を探す。

あるんだよね、そこに。

見えないけど、あるんだよね。

わかる。ぼくなら知ってあげられる。

北斗七星《ほくとしちせい》のからっぽの柄杓《ひしゃく》の中、天秤座《てんびんざ》のからっぽの皿の上、水瓶座《みずがめざ》のからっぽの甕《かめ》の中、少年は必死に自分を見ようとする。

それは毎晩の大切な儀式だった。一日もかかさなかったので、日にちも月も季節も年もすっかり溶けて、星座の動きと時間の関係がばらばらに思えてしまうほどだった。

そしてついに、この流星雨——。

見つけるのではなく、見つけ出してもらえた。強烈な光は窓から射し込み、自分を照らし出してくれた。

光が届くということは、両者の間に遮蔽物《しゃへいぶつ》がないということ。閃光《せんこう》が見えたということは、閃光からも自分が見えるということ。閉じ込められた自分の命は、確かに外の世界に感知してもらえたのだ。

何の光だったのかな、と少年は思う。ただの流れ星や火球が弾《はじ》けた程度ではすまない、すごい光だった。

不思議なものだったらいいな。神様が奇跡を起こす時に発するみたいなやつ。

だって、自分はあの光で救われたから。同じことを繰り返す何もかもが曖昧な毎日に変化をくれ、自分の〈存在〉を照らし出してくれたから。

見てくれたよね、ぼくのこと。

みなとは静かに目を閉じて、もう消えてしまった流星に語りかける。

ここにぼくが生きているって、知ってくれたよね。

そうして少年は、また、時間が混濁スープのようになったところへ沈んでいく。


閉じた瞳《ひとみ》が、光を感知した。

目蓋を透かしてきたのは、チカッと刺すような光。

また流星雨か、と考えたが、以前とは違っている。それに、流星雨を見てからは、何日か経《た》っているはずだ。たぶん。きっと。

じゃあ、今ぼくを起こしたのはなんの光だ？

目を閉じたまま、眠りに落ちる前のことを思い出そうとする。

ドミノが起き上がっていく。彼の記憶はパタパタと遡《さかのぼ》った。

そうだ。今日は本を読んでいた。父親が持ってきてくれた『宇宙と星座のものがたり』だ。星や天体の本をたくさん出版している草下旭《くさかあきら》という人が書いていて、これもすごく面白い。

星座の元になったギリシア神話は、わくわくするような冒険譚《ぼうけんたん》や神様たちの我が儘《まま》がいっぱいだった。神様ならもっと超然としていて、人間や世界のためになることを考えているはずなのに、ギリシアの神様は、突然女の子をさらったり、嫉妬《しっと》で相手を罠《わな》にかけたり、人間の駄目なところを持っているのがちょっと笑える。

星々のしくみも説明してある。難しいところもあるけれど、へえ、と声が出るほど興味深い記述も多かった。特に、寄り添うように輝く星も本当は何光年も遠く遠く離れている、とか、光る星は硬い岩石じゃなくて核融合でガスが燃えている、というところがびっくりだった。木星もガスでできていて、一歩間違えば太陽の仲間になっていたかもしれないらしい。

みなとは霧を透かすように思い出した。

木星のページを見ている時、看護師の藤原さんがやってきたんだった。

藤原さんは細い指先で、みなとから本を取り上げた。

「あ、ちょっと……」

不平の声を上げた少年に、彼女はいたずらっぽい睨《にら》み顔をする。

「もう消灯の時間よ。また熱が出たらどうするの？」

あれ、これは今夜言われたことだっけ。それとも一昨日言われたことだっけ。

みなとは一瞬混乱するが、すぐに、気を取り直して記憶の再生を続けた。

いや、今晩のことだ。そして、ぼくはこう答えた。

「大丈夫だよ。そうやって大騒ぎするから、父さんも母さんも心配するんだ」

藤原さんの注意も、自分のこの言い返しも、もう何万回やったか判らない。

「来週には退院なんだから、もう少しの辛抱よ」

この言葉も、もう何万回も聞いた。

来週には退院だから。来週には退院だから。

みなとがふくれっ面をしていると、藤原さんは少し真面目《まじめ》な顔をして、

「おやすみなさい、みなと君」

と、悲しそうに言った。

「おやすみなさい」

藤原さんが消灯して、病室から出て行く。

みなとは、吐息をひとつ落として、布団の中へ潜り込んだ。

上掛けを口元まで持ち上げると、独《ひと》りの夜はしいんと冷たく少年を包んだ。

少年は目を閉じ、夢想する。

もしも宇宙飛行士になれたなら、もしも宇宙を自由に飛べたなら、と。

まずは、木星の大きな赤い目玉を突っ切ってやる。そして、白鳥座に元の名前のレダと呼びかけ、アンドロメダ姫の鎖を解いて、猟犬《りょうけん》や熊《くま》の親子と遊ぶんだ。ブラックホールをケンケンパで避け、超新星爆発にくるくる吹き飛ばしてもらって、天の川にじゃぶんと落ちる。そしたらきっと、たくさんの小さい星が水しぶきになって跳ねるね。自分の周りをダイヤモンドみたいに飾ってくれるね……。

そう。

こんな想像をしながら、自分はいつの間にか眠ってしまったに違いない。

そして今、チカッとした光で起こされた。

うっすらと目を開くと、夜の病室。いつもの暗いオレンジ色をした常夜灯。冷たく暗く、変わりない夜。

いや、変わっているところがあった。

ベッドの足元のほうで小さな光が瞬いている。

少年は蛍を見たことはなかったけれど、息づくような光り方は生き物っぽかった。

おそるおそる、身を起こしてみた。シーツが乾いた音を立てても、明滅は変わらなかった。

ゆっくりと上掛けをめくる。

闘病生活ですっかり長くなってしまった髪を耳にかけ、みなとは目を眇《すが》めた。

その時。

右側の窓にかかるカーテンが、ふわりと膨らんだ。

みなとは、びくんと身を震わせる。

風、ではない。夜なのだから窓は閉まっている。

なんだろう。オバケとか……。

シーツを掴んで身を固くした瞬間、

「あった、あった」

と、嬉《うれ》しそうな声がした。

閉じていたはずの窓、けれどカーテンの後ろから、ゴーグルをかけた同い年ぐらいの子供がぴょこんと床に下りてくる。

その子は、レーサーのヘルメットみたいなデザインのフードをかぶり、長いマフラーを巻いていた。探検隊のような半ズボンのロンパースは、ちょっとカボチャパンツみたいに太腿《ふともも》のあたりが膨らんでいる。目立つのは、胸元の大きな十字星の飾りだった。

その子は、ブーツをきゅっきゅっと鳴らして点滅する光に近づき、

「今日は調子がいいぞ」

と、また独り言を言う。

そして屈《かが》み込むと、光の粒を摘《つま》んで持ち上げた。

「……それ、なに？　君は誰？」

みなとが声をかけると、その子はぴゃっと驚いて跳び上がった。

ゆっくりと肩越しに振り返ると、

「君、ぼくが見えるのかい？」

と、震え声で訊く。

見えるも何も、そこにいるじゃないか。みなとはそう言いたかった。

その子は、そうっと光の源を摘み上げ、右に大きく動かした。

何のつもりなのかが不思議で、みなとはその煌《きら》めきを追って首を動かす。

左に動かされたので、それも目で追う。

「うううううん。どうやら本当に見えているらしいな」

侵入者は、おとなっぽい仕草で目頭を揉《も》んだ。

「珍しい。実に珍しいケースだ」

冒険家の格好をしているのに、探偵みたいな口を利く。

その子は、芝居がかって肩で大きく息を吐《つ》き、やれやれと呟きながら、ベッドの足元の枠の上に、カエルみたいにしゃがんで乗った。

ゴーグルを上げると、その子の掌《てのひら》の中の光が丸い顔を照らし出す。目がくりっと大きくて、顔立ちだけ見ると女の子みたいだった。胸の十字星はリュックの留め金らしい。太腿の横にも同じデザインの飾りが付いていて、光を受けて鈍い反射を返していた。

急に接近されて身を引くみなとに、にこっと笑って、

「で、君にはぼくがどんなふうに見えてるんだい？」

と、妙なことを訊く。

「どんなって、人間だよ。ぼくと同じくらいの……」

男の子か女の子か判らないので、語尾が消えてしまった。

その子はかまわず、

「かっこいいだろうね？」

と、ぐいと近付く。

「え、あ、まあ」

「まあ、じゃ駄目だ。かっこいいだろう、ねっ！」

「あ、うん。えっと……かっこいいよ」

その子はやっと「よしよし」と満足そうな顔をした。

「ぼくの姿は、君の考えでできあがっている。要するに、君の思考を反映しているわけだ。勝手にかっこ悪く想像してもらっては困るからね」

みなとは、頭の中にクエスチョンマークがたくさん飛び交っていた。

いったい何を言っているんだろう。閉まっていたはずの窓から入ってきて、キラキラした粒を拾い上げて、自分が見えていることを不思議がったり、かっこいいかどうか確かめたり。

よほどきょとんとしていたのか、その子は、ニッと笑ってみなとの横に腰掛け、至近距離から顔を覗《のぞ》き込んできた。

「理解できないのも仕方ないな。ぼくはこの世界の理《ことわり》を超えた存在、要するに、宇宙人だ」

「うっ、うっうっう？」

「落ち着け」

「うっ、うう、宇宙人だってえ？」

驚きのあまりに、声が裏返ってしまった。感心していいのか笑っていいのかさえ判らず、頬の筋肉がぴくぴく迷っていた。

「い、いや、確かに考えられない登場の仕方だったけどさ。君みたいな子供が独りで夜の病院へ忍び込むのも、すごく変だけどさ」

「子供呼ばわりしないでくれよ。地球時間で言うと、ぼくは君よりうんとうんとう――――んと年上なんだぞ。あっ、でも、年寄りを想像しないで。今見えている姿がかっこいいなら、そのままでいいから」

ぱたぱたと両手を振って慌てる姿は、とても年上には思えない。

みなとは、ふっと笑みをこぼしてしまう。

その子は、笑われて、ぷん、とむくれた。

「まあ、君が信じようが信じまいが、どっちでもいい。ここに来て、君に見られてしまったのは、きっと何かの因果が結ばれてしまったからに違いないな」

「因果？」

その子は、上半身をひねってみなとに向き合った。

「ねえ、君。星を見なかったかい？」

星。みなとには思い当たることがあった。

「そうだ。少し前に……。ぼくの生活では、何日前かも判らなくなっているけれど……。夢の中でしか見られないほど、明るくてすごい数の流星が降ったよ」

「やっぱりなあ」と、その子は天井を仰ぎ、伸ばした脚をぶらぶらさせた。「君は、あれを感知できるだけの資質があったんだな。で、その時に因果が結ばれた、と」

「だから、その、因果って、何？」

んー、とその子はさらにのけぞった。

「君の〈運命線〉にぼくが関わってしまった、ということだよ。簡単に言うと、縁ができた、ってことかな。地球の生活になぞらえると、ほら、公園に行ったら偶然ボールが飛んできて、それを縁に友達になったりするじゃないか。そういうご縁だよ」

「……ぼく、友達がいないから、よく判らないな」

「おや、そうなのかい」

その子の瞳に、同情めいたものが灯《とも》ったので、みなとは急いで付け足した。

「でも、言ってることは判るよ。影響を与える関係ができたってことだよね」

「君はなかなか頭がいいじゃないか。それなのにどうして……。珍しい。実に珍しい」

みなとは訳が判らなかった。

「珍しいって、何が？」

「君くらい成長した人間にしては、ぼくが見えるという純粋さを持っている。まだ心に星を宿してるんだな。なのに、弾かれてしまうとは……っとっとっ」

その子は、両眉《りょうまゆ》をきゅっと持ち上げた。そして、急に目をそむけて、

「じゃ、ぼくはこれで」

「ちょっと待ってよ」

腰を浮かしかけたその子のマフラーを捕まえる。

首が絞まったその子は、みゅっ、と唸《うな》って、ベッドに尻餅《しりもち》をついた。

「ご、ごめん」

「地球人はなかなか乱暴なんだな」

「ごめんったら。でもさ、君はぼくと因果が結ばれたんだろ。だったらちゃんと教えてよ。手の中のキラキラは何？　ぼくが珍しいって何のこと？」

「知らないでいる方がいいということもある」

「すべての不思議は人が解明するために存在するんだ。説明して」

「ぼくは君のためを思ってだな……うわ、やめてやめて」

みなとはマフラーを両手で引っ張ろうとしていた。

「教えてよ」

「絞まる絞まる。教える教える」

手を緩めると、その子はふうっと脱力した。一生懸命《いっしょうけんめい》に荒い息を整えようとする。

「むう。えらいところへ来てしまったようだ。これも因果か」

そう呟くと、マフラーを巻き直した。

観念して、ベッドの上に胡座《あぐら》をかく姿勢。

「ブーツ、脱いで」

「あ、はい」

すっかり素直だ。

おとなばかりに囲まれてきたみなとは、こういった対等な会話が楽しくして仕方がない。

笑いたいのをこらえるなんて、もしかしたら生まれて初めてじゃないだろうか。

その子は、用もないのに頭のゴーグルをまさぐりながら、

「ええと、何から話せばいいのか」と、迷ってから切り出した。「君は、この部屋から流星雨を見たと言ったね」

「うん」

「あれは、ぼくたちの宇宙船の爆発だ。船の一部が吹き飛んで、地上へ降り注いだものなんだ。今は、壊れたエンジンやら漏れ出したエネルギーやらで大変なことになってる」

みなとは息を呑《の》んだ。

「ただし、普通なら地球人には見られないはずだった。ぼくたちの宇宙船は、物質でもありエネルギーでもある、いわば量子的な〈重ね合わせ〉でできているからね」

目瞬《まばた》きを繰り返すみなとをじっと見て、その子は、ふん、とひとつ大きく息を吐いた。

「なかなか難しい概念だと思うよ。君は知っているかな、光は波と粒子の性質を併《あわ》せ持つということを」

「……なんとなく。聞いたことがあるよ」

テレビや本で、年齢以上の知識を持っているみなとでも、量子力学はできれば跨《また》いでやりすごしたい理科分野の一つだった。

光は光子《フォトン》でできている。だから、光電効果が説明できるのだ、とアインシュタインは言った。同時に、光は光波という波であるとも言われている。だから、細い二重スリットに光を当てると、波が回り込ん

だ干渉縞《かんしょうじま》ができる。

よって、光は、粒子と波、両方の性質を持っている。光子以外の、電子、陽子、中性子なども、状況に応じて粒子の性質を見せたり波の性質を見せたりする。

宇宙人は、みなとを置いてきぼりにして話し続ける。

「光が粒の性質を表している時は、今ここにあるぞ、という位置が確定できる。けれど、粒だから波長が決定できず、運動量が判らない。波の性質を観測できる時は、空間に広がっている状態として捉《とら》える。けれど、そうすると粒としてどの位置にいるのかは決定できなくなる」

「わ、判らないよ」

目に見える物体の作用を明らかにしたニュートン力学が世の中の常識の基《もと》となっているとすれば、ミクロを解き明かす手掛かりである量子力学は、普通の想像力ではなかなか理解が追いつかない。粒がいっぱいあって波となって動くなら判るけれど、粒そのものが波でもあるなんて、どうにもこうにも考えを組み立てられないのだ。

その子は、俯《うつむ》いて笑った。

「だろうね。普通の人にとっては、ほとんど魔法みたいなものだからな」

「じゃあ、君の宇宙船は、魔法でできてるんだね」

その子は、きょとんとみなとを見つめ、一瞬後にぷぷっと笑った。

「いいな、それ。うん、今のところはそう考えてもらってもいい」

みなとはこれ以上難しい話をしなくてすんで、ほっとした。

その子の手の中を指さして訊いてみる。

「そのキラキラも魔法で出したってこと？」

「〈可能性の結晶〉という概念が理解できなければ、そう思ってもらっても構わない」

「可能性の……結晶……」

みなとは考え込んだ。可能性、という言葉は知っている。結晶も知っている。けれど、可能性は物質ではないし、どう頑張っても結晶にはならないはずだ。

「聴く気はあるかい？」

うっ、と喉《のど》が詰まった。また理解できないことを言われそうな気がする。

けれど、みなとは頷《うなず》いてしまった。

好奇心もある。が、それ以上に、同い年くらいの子供と話すのがとても楽しかったのだ。男の子でも女の子でも構わない。たとえ訳の判らない理論についてであろうと、息がかかるほど近くで、たまに笑みを交わしながら、健康な子のようにトモダチと話し込むのが、こんなにわくわくすることだとは。

重大決心をしたような顔をするみなとに、その子は、「仕組みはともかく、どんなものかを簡単に言うからさ」と、肩すかしを食らわせた。

「とりあえず、今は……そうだなあ」

その子は頬に人差し指を当てて考えてから、口を開いた。

「宇宙船が爆発した時、大きく分けて、ふたつの種類が飛び散った。ひとつは、大事な〈エンジンのかけら〉。これは、ぼくの力ではまだ集められない。もうひとつは、エンジン以外のかけら。ぼくたちの宇宙船のエネルギー源、このキラキラだ」

「どうしてそれを〈可能性の結晶〉って呼ぶの？」

その子は、両手を仰向けにして、片方ずつ上にあげた。

「物質であり、エネルギーであるもの——」

両手を、交差させたり振ったりして、ぐねぐねと動かして見せる。

「観測しようとする者がどちらかの性質に着目するまで、それは物質とエネルギー、どっちつかずの存在とも言えるね。状態の〈重ね合わせ〉っていうのはそういうことさ。ちょっとかっこよく言い替えれば、まだ決定されないふたつの〈可能性〉を持っているってこと」

「ええと……うん」

「人間も、実はぼくらの宇宙船と似ていなくもない。運命ってのが、それと同じなんだ」

運命だってえ、とみなとは叫びそうになった。難しい話に、壮大な話がくっついてきた。

「人間は、幼ければ幼いほど、〈なにものでもない〉。たくさんの可能性の間で揺れ動いているだろう？このかけらは、そういう〈まだなにものでもない〉人に親和性があって、入り込んでしまうみたいなんだ」

「はあ」と、生返事をするのが精一杯。

その子は、次に、手をあちこちの位置に差し上げながら続けた。

「小さい子供は、たくさんの可能性の中でいろいろ迷っているね。医者になれと言われているけれど、本当は保育園の先生になりたい。音楽家もいいし、サッカー選手にも憧《あこが》れる。このかけらはそういう迷い方を知るのが大好きだ。迷うのは将来のことだけじゃない。アイスクリームが食べたい、ラーメンもいい、いやトンカツだ……トンカツはいいね。まだ食べたことはないけど、熱量の塊ですごくおいしそうな物質だ——おっと」

手をこすり合わせて舌なめずりをしていた自分にはっと気がつき、その子は慌てて真面目な顔をした。

「と、とにかく、そういう迷える魂が何かを決定した時、この〈可能性の結晶〉は弾き出される。どちらでもないぬくぬくとした曖昧さから追い出されるわけだ。物質でもエネルギーでもない状態だったのが、〈どちらかに確定される〉ようなものだね」

「それは、いいことなの？　悪いことなの？」

みなとは小さな声で訊いてみた。

何かを決断するのはいいことだと思ってきた。けれどその子が、決められない状態を「ぬくぬく」と気持ちよさそうに表現したのが気にかかったのだ。

その子は、ふん、と意志の強い鼻息をひとつ。

「その人によるね。自分の運命をどう捉えているかによる」

「そうなんだ……。じゃあ、弾き出された結晶はどうなるの」

「消える」

「消えちゃうの？」

「決断されて〈確定〉された以上、もう用はないからね。その人にとっては、迷いのカスみたいなものだし」

「なんだか寂しいね。迷ったことも、その人にとっては大事な歴史だと思うけどな」

「まあ、それも人による。決断の課程を覚えておいて振り返る人もいるし、優柔不断《ゆうじゅうふだん》な過去をさっさと捨ててしまいたい人もいる」

「君は、そのゴミを集めてどうするの」

みなとが端的にゴミと言ったので、その子はむっとした顔をした。自分では集めているものをカスと表現したくせに。

「価値は人それぞれだと言っただろう。ぼくたちの技術なら、捨てられた選択肢とその経緯もエネルギーとして利用することができる。船を修復するためには、これを集める必要があるんだよ」

言いながら、胸の十字星の掛け金を外し、リュックを下ろした。そしてその中から巾着型の袋を出すと、中身をざらっとベッドの上に出した。

「うわあ」

みなとは思わず声を上げてしまった。

七色に輝く氷砂糖。そうとしか形容のできない、とても綺麗《きれい》な結晶だった。

赤いのがある。青いのもある。ごつごつした面が複雑な反射を見せる。変光星みたいにちかちかと色を変える大きなものもある。

その子は、この部屋で拾ったのも落として加えた。他とは違ってつるんと丸く、銀色で冷たい光を放つ、固い心を凝《こご》らせたかのように異質な結晶だった。

「うむ。珍しい。君は本当に——」

言いかけて、その子はきゅっと唇を結び、

「さて、ぼくはもう行くよ。そうゆっくりもしていられないしね」

と、がっさり〈可能性の結晶〉を抱き込むと、乱暴に袋に入れ、背中を向けた。

もちろんみなとはマフラーを握る。

釣り竿《ざお》を扱うように大きく弧を描いてひっぱると、宇宙人は、きゅえっ、と変な声を上げてベッドの上へ仰向けに転がった。

「もう用はないだろう？」

仰向けのまま涙目で、その子は情けなく呟いた。

「君がどう珍しいかは、どんなに訊かれても絶対に――」

「ぼ……ぼくにも手伝わせてっ！」

渾身《こんしん》の力でみなとは言った。

「その〈可能性の結晶〉集め、ぼくもやりたいっ！」

拳《こぶし》が自然と胸の前で握られる。肩が自然と上に持ち上がる。頬が自然と紅潮するのを感じる。こんなに力一杯何かを頼むのは、初めてだった。

その子は、まじまじとみなとを眺めた。

「君の資質は確かに……。いや、でもなあ」

「やらせて！」

ゆっくりと目瞬きをしてから、その子は病室の中を見た。

全天図、宇宙の本、望遠鏡、簡易プラネタリウム、沈黙したテレビ。

「君は、ここで寝ているべきなんだろう？」

「平気だよ！」

「ふむ」

大げさに腕組みをし、その子は下を向いて呟く。

「宇宙船が直るまでは動けないしなあ。この世界で君と結ばれてしまった因果に、付き合ってみるか」

ほんと、とみなとが顔を輝かせたのと、その子がぱちんと指を鳴らしたのとが同時だった。

「ふぁっ？」

一瞬、自分の身体が空気に溶けたような感覚がしたかと思うと、みなとはパジャマ姿から変身してしまっていた。

手には、三日月の中に星をあしらった王笏《セプター》。純白の生地に、金色の十字星の飾りがあるコート。胸元には赤いボウタイが蝶《ちょう》に結ばれていて、その子の留め金と同じ大きさの星がついている。袖《そで》の折り返しからはフリルが覗き、下は白いハイソックスにサスペンダー付きの半ズボン。健康な子供が穿《は》くこれを、みなとはずっと穿いてみたかった。

窓ガラスに自分の姿を映してみる。

照れくさくて、顔が火照《ほて》るのが判った。

立て襟《えり》で、肩章までついていて、しかも頭の上にはちいさい王冠がちょこんと載っていて。

「ぼく、星の王子様みたいだ」

病み窶《やつ》れした青白い細面が、いかにも深窓の貴族らしく見せている。伸ばしっぱなしの長い髪を掻《か》き上げると、小さな十字星のピアスが揺れた。

床の上に立って、くるんと回ってみる。

コートの裾《すそ》が広がって、肩章からつながった飾緒が浮き上がって、髪の中に風が通って、ピアスが頬に触って、今までに感じたことのない軽やかさだった。

この姿ならなんでもできる。〈可能性の結晶〉探しだけじゃなくて、すべての願いを叶《かな》えられる。そんな気がした。

「君の思考を抜き出した姿だ。なかなかいい趣味だね」

その子も嬉しそうに言った。

みなとが、

「似合ってる？」

と、コートの裾を持ち上げてみせると、

「うん。かっこいいぞ」

おそらくその子にとっては最大の讃辞《さんじ》であろう言葉が返ってきた。

みなとは、自分にも「えへへ」と笑うことができるのだと、初めて知った。胸の中がぴょんぴょんしていて、恥ずかしいけど嬉しくて、たまらない気持ちだった。

「さて」と、宇宙人。

「一緒に結晶探しをするにあたって、ひとつ大きな問題がある」

「なに？」

その子は大仰に口の端を曲げた。

「ぼくは君の名前をまだ知らない。合図をする時に、君、では呼びにくいな」

「みなと。ぼく、みなとって言うんだ。君は？」

その子の視線が泳いだ。

「ええと。その……。みなとがぼくの名前を付けるべきじゃないかな。このかっこいい姿は、君が見たいように見てるんだから、命名権も君にあると思うよ」

「いいの？」

「かっこよくなければ、却下する」

みなとは、よし、と勢いよく頷いた。

頷いたものの、すぐには出てこない。

正直に言うと、その子のカボチャパンツ探検家ルックはかっこいいというよりかわいい感じなので、服装から連想するのは危険だった。

星、星座、流星雨、宇宙人、とみなとは別の方向にイメージしてみる。

「そうだ。あの光は牡牛座のほうから来たよね」

キャビネットに置いてあった『宇宙と星座のものがたり』を手に取る。ぱらぱらとめくりながら、

「エルナトってどう？　牡牛座のベータ星」

星図を指し示すと、宇宙人は微妙な表情をした。

「どうして一番明るいアルファ星じゃないんだ？　君の方がアルデバランを取るのか？」

「それは……。アルデバランってちょっと長いし、君の感じじゃないし。ええと……なんというか……ぼくがみなとだから、おんなじように〈なと〉で終わると……その……」

「コンビとしては統一がとれるというわけか」

こんどはみなとが微妙な顔になってしまった。コンビ、と仕事の相棒みたいに言われるよりは、トモダチとして同じ符号を持ちたかったのが本心だから。お揃《そろ》いなんて嫌だと言われたらどうしたらいいのか。

その子は、ニッと笑った。

「悪くない」

みなとはほっとした。みなととエルナト。エルナトとみなと。いいコンビで、いいトモダチになりそうだ。

「じゃあ、行こうか、みなと」

エルナトはさっさと立ち上がる。

「いますぐ？」

「そうだよ」

「もう夜も遅いよ。朝までに帰れる？　ぼくがベッドにいなかったら大騒ぎになるよ」

エルナトは、しみじみとみなとを見つめると、しん、と呟く。

「ぼくにとって、時間は不可逆でも線形《リニア》でもない。今のみなとにとっても、ね」

訳が判らなかった。

が、エルナトは解説もせずに踵《きびす》を返し、窓を大きく開け放った。

そして片足を窓枠にかけると、

「さ、行こう」

さっと左手を差し出した。相手の方が王子様みたいな格好だ。

「そこ、窓だよ」

おずおずと差し出したみなとの右手をぎゅっと握ると、エルナトは、

「そんなのぼくたちには関係ないよ」

と、楽しそうに言い放ち、一気に外へジャンプした。

「わっ」

満天の星空が、ぐん、と近くなった。

星、星、星。横たわっているのは天の川。病室の味気ない照明ではなく、広大無辺《こうだいむへん》の宇宙の光。

みなとは飛んでいた。心地よい夜気が頬を撫で、髪や服をなびかせる。前を行くエルナトのカボチャパンツが、ぱたぱたと小気味よい音を立てている。

エルナトは振り返り、ゴーグルのついたフードを右手で押さえながら笑いかけた。

「いい気持ちだろ」

みなとは下を見た。街がミニチュアみたいだった。家々は小さな光を灯し、自動車が赤いテールライトで線を描いている。心臓が口から飛び出しそうだった。血が沸騰《ふっとう》して噴き出しそうだった。心の中が「すごいすごい」という言葉で溢れ出しそうだった。

ぼくは逃げ出せた。

みなとはそう思った。

囲われていた生活から。寂しい日常から。みんなが囚《とら》われている重力からも。

胸の中に、ミントの香りが充満するようだった。視界がワイドに広がったようだった。歓喜の歌が聞こえてきそうだった。

ぼくは星の王子様だ。なんでもできる、どんなことでもできる。みなとは全宇宙にそう叫びたかった。

「さあ、〈可能性の結晶〉を探すぞ、みなと」

魔法使いが、選ばれし王子を誘《いざな》う。

みなとは、自分の名前がこれほど誇らしく聞こえたことはなかった。

突き刺さるような衝撃。

みなとは、びくんと身体を震わせた。

「どうしたの」

斜め上を飛んでいたエルナトが訊く。

自分が浮いていることに気がついて、みなとは、うわあっと叫びそうになった。

次の瞬間、何を驚いているんだ自分は、と苦笑いがこみ上げてきた。

いつもの〈可能性の結晶〉探しをしてるんじゃないか。

もう何度も空を飛び、エルナトと一緒に結晶を追いかけたじゃないか。どうしていまごろびっくりするんだ、自分は。

周囲の暗闇は、とっさには上下左右が判らない。身体が回転しそうになったが、目に星々の瞬きが飛び込んできて上が知れた。

みなとに、ようやく余裕が生まれる。

まただ。また急な覚醒《かくせい》。なぜ、たまに、鼻の先で突然手を打ち鳴らされたようなはっとした感覚になるんだろう。

眼下には門灯が並んだ住宅街が広がっていた。一戸建ての多い閑静《かんせい》な住宅街というやつだ。窓々には暖かな部屋の明かりが漏れていて、それぞれの家族の幸せを灯しているかのようだった。

一軒の門の脇《わき》に、小学校低学年くらいの女の子と、その父親らしき人がいた。

ふたりは家を背にして、コンクリートの門柱の傍《そば》に立っている。

その女の子が、目を大きく見開いてみなとのほうを見つめていた。

少し口元をほころばせ、瞳をきらきらさせて、女の子は信じられない不思議なものを見つけた顔をしている。

みなとは、その視線に自分が揺り起こされたのではないかと感じた。女の子の〈見る力〉とでも言うべきものが、矢のように自分を貫いた。そんな感じ。

「みなと？」

エルナトが少し高度を落として、心配そうに顔を覗き込んだ。

そうだ。そうだよね。間違いないよね。ぼくはエルナトと一緒に〈可能性の結晶〉を探していたんだよね。

エルナトと〈可能性の結晶〉探しをする場面が、逆順にばたばたと起き上がっていく。

初めての友達に手を引かれ、病室の窓から飛び出した後の記憶を、みなとは必死に確認する。


あの夜の初めての空は、頼りなかった。

空中に浮かぶ童話は、ピーターパン。彼のように自由に飛ぶ楽しさは、すぐには得られなかった。手を動かしても脚をバタつかせても、まるで抵抗を感じない。姿勢制御がうまくできないのだ。

「すぐに慣れるさ」

エルナトは、軽々と宙返りをして見せながら、にこにこ笑っている。

「これは君の世界だよ、みなと。力を抜いて普段通りにしてごらんよ。行きたいように、動きたいように。そうすれば君の思い通りになるはずだ」

「そ、そんなこと言われても」

じたばたしながらみなとはようやくそれだけを口にする。

ベッドの生活に縛られてきたみなとは、夢の中でさえピーターパンの気軽さを体験したことはなかった。少し飛んでは墜落し、思うように進まずに息苦しくなる、そんな夢ばかり見てきたのだ。普段通りと言われても、ちっとも参考にならない。

「しかたないなあ」

エルナトは乱暴にみなとの手をひっぱった。

すうっと滑らかに上昇する。

「この気持ちよさを覚えるといいよ」

病院の窓枠から踏み出した時のミントの風が、みなとの心に再び吹き抜ける。

そうか、これが開放感。

「あとは、何かを目印にして、あそこへ行こう、と意志を固めればいい。身体は自然についてくるから」

今度は滑り台のように急降下。

「うわああ、墜《お》ちるうううっ」

スレート葺《ぶ》きの家の屋根にぶつかる、と身を固くした瞬間、みなとの脚は反射的に動き、くん、と空気を蹴《け》っていた。足裏には何も感じないのに、ジャンプの要領で身体が跳ね上がる。

「そうそう。できるじゃないか。やっぱり学習するには危機感が一番だね」

「ひどいよ」

みなとはそう言いながらも怒りきれない。

そして、高らかに笑うエルナトの後を、「待てぇ」と声を上げて追いかける。

エルナトは、マフラーをなびかせ、すいと進んでは止まり、また進んでは振り返り、尺取り虫みたいに飛んで、動きの遅いみなとをからかった。

逃げる相手を追いかける。単にそれだけのことが、とてもとても楽しい。

友達と追いかけっこ。親密さに彩られたからかいで逃げ、冗談めかした怒りで追いかける。健康であれば、毎日のように日常に繰り込まれているおふざけ。

追いかけっこを、友達と。

みなとにとっては、とてもとても大切な、初めての遊びだった。

街灯の光の輪の中を通り抜け、テレビのアンテナをかすめ、屋根の上で宙返りして、エルナトは大騒ぎする。

「ねえ、そんな大きな声を出していたら、みんなに見つかっちゃうよ」

路地を歩いて帰宅する人々を眺め下ろしていると、みなとは心配になってきたのだった。

「大丈夫さ」

エルナトは、ひとりのサラリーマンふうの男性に近づくと、顔の前でマフラーの端っこをひらひらさせる。

「ほら、みんなにはぼくたちのことが見えないんだよ」

「だったら……」みなとはにやっと笑った。「容赦しないぞ！」

格好を付けてコートの裾を跳ね上げると、びゅんと勢いを付けて友達を捕まえにかかる。

タッチの差で上昇したエルナトが、「待って待って」と、泣きを入れた。

「手加減なしだってば」

「違うよ。見つけた」

「えっ」

「〈可能性の結晶〉だ」

くるくるとよく動くエルナトの瞳が、一軒の家に向けられてぴたりと静止していた。

ツバメのような機敏さで急降下したエルナトは、台所の窓と外塀《そとべい》の間の狭い空間へと器用に着地した。

湯沸かし器の室外ユニットを四苦八苦《しくはっく》してよけたみなとがようやくエルナトの横に並び、一緒に中を覗き込む。

古臭い流し台越しに、ようやく喋《しゃべ》り始めたばかり、という年齢の女の子が見えた。スーパーマーケットの袋から食材を取り出す母親にまとわりつき、甲高い声で話しかけている。

「なるの。なるのよー」

「あら、何になるの？　キリンさん？　パンダさん？」

ビジネススーツを着たままの母親は、忙しく立ち働きながら、優しい声で相手をする。

「保育園なの。先生、好き」

「ああ、そうか。りっちゃんは保育園の先生になりたいのね」

「先生、先生！」

女の子は嬉しそうにぴょんぴょん跳ねている。

「あたし、お世話するのー。ハイハイしてて、かわいいのー」

「今日、小さい組さんと一緒に遊んだの？」

「うん」

「楽しかったのね」

「うん」

女の子は大きな頭で力一杯頷くものだから、前のめりに転んでしまいそうに見えた。

「そろそろ来るぞ」

みなとの横で、エルナトが手を揉み合わせている。

えっ、と訊き返そうとしたのと、女の子の胸から光る矢が飛び出したのとが同時だった。

「今だっ」

エルナトが右手を高く差し上げる。

光は弧を描いて女の子の周りをスイングバイし、窓の方へ勢いよく飛んできた。

ぱしっとエルナトがそれを受け止める。

「いただき！　〈可能性の結晶〉、いらっしゃいませえ」

ふざけたエルナトの手の中で、ピンク色の氷砂糖がふんわりと輝きを放っていた。

「すっごい綺麗だね」

みなとは顔に桃色の光を映しながら結晶を覗き込む。

「そうだね。幼い子ほど、透明度が高い気がするな。邪気がないというか」

みなとは、少し考えてから口を開いた。

「〈可能性の結晶〉は、選ばれなかったものが弾き出されるんだよね。あの子は何を手放したの？　保育園の先生になりたいって決めただけなんだろ？　しかもあんなに小さいんだ。本気で将来の職業を選

んだわけでもないし」

エルナトは、けへへ、と妙な笑い方をした。

「そんなことは、はっきり言って、ぼくには関係ないね。強いて言えば、そうだなあ」

言いながら、〈可能性の結晶〉をぽんぽんと掌の上で弾ませる。

「なんにも考えてなかった、ということを捨てたんじゃないかな。さっき母親が、キリンかパンダか、って訊いてたろ。これまではたぶん、自分が動物にもなれると思ってたんだよ」

「そっか。あの子は、幼さを捨てて、ちょっとだけおとなに近づいたのかもしれないね」

「かっこよく言えばそうだけどね。反対に言えば——まあいい、やめておこう」

「何だよ、言いかけてやめるなんて、エルナトの悪い癖だよ」

マフラーを掴まえようとしたみなとの手をかいくぐり、エルナトはすでに空中に浮いている。

「秘密秘密。そんなことはいいから、楽しく〈可能性の結晶〉集めをしようよ」

みなとは、軽く諦めの吐息をついてから、自分も浮かび上がった。


「そろそろ出るぞ」

「いただき、とは言わせない！　渡すものか！」

夕日のオレンジ色に染まったふたりが、グラウンドの上で空中戦をする。

サッカーゴールの真上で体当たりをしたふたりは、そのまま団子になって、うひゃあと歓声を上げながら校舎の方へ滑っていった。

みなとは、二階の教室の窓ぎりぎりを横へ飛んで、きっちり並んだ机や黒板、色とりどりの掲示物を興味深げに観察する。

エルナトはそれをからかうようにみなとのまわりをひらひらと旋回し、コートを引っ張ったり背中を小突いたりした。

「みなとも行きたいのか、この、学校、ってとこに」

「行きたいよ。友達と一緒に勉強したり遊んだりしたいもの」

「ま、遊びは判るけどな」

空中で胡座《あぐら》を組んで、エルナトはそのまま上下逆さまの体勢を取る。

「部屋に詰め込まれて学習するなんて、家畜みたいじゃないか」

憧れの場所を馬鹿《ばか》にされて、みなとは唇を尖らせる。

「生徒が多いから仕方がないよ。効率を考えるとこうなっちゃう。それに、通信技術が進めば、好きな場所で好きな時に勉強できるようになるよ」

逆さまのエルナトは、マフラーをぴらぴらさせながら、そっぽを向いた。

「地球人にどんな学習形態が合っているかはどうでもいいけど、少なくともぼくはこんな画一的な知識の得方はごめんだな。自分が知りたいことを追求する。そうでないことはそっちが得意な人に任せて、必要があれば知恵を持ち寄って協力する。それが社会的生物の効率ってもんだろう」

「大学へ行って専門分野を極めれば、そういうふうになるんだろうけど。ここは中学校だから、とにかく基礎知識を身に付けるんだよ」

エルナトは、ぽりぽりとゴーグルのあたりを掻いて、ゆっくりと身体を傾けた。そしてへんてこりんに傾《かし》いだまま、校舎から離れていく。

「まあ、いい。集団の良さもあるだろうし。たとえば、あんなふうな」

顎《あご》をしゃくって示したのは、グラウンドに散らばるサッカー部の生徒たちだ。練習はすでに終わっていて、いまは顧問の先生を中心に半円を描き、ミーティングをしている最中だった。

ぱらぱらぱら、と拍手が聞こえる。背の高い生徒がひとり、みんなと先生へ向けて深々とお辞儀をしていた。

「今だ！」

群衆からぽーんと弾き出された空色の〈可能性の結晶〉を、エルナトはひっくり返ったまま片手で掴む。

「いただきっ」

「あ、ずるい。ぼくの気を逸《そ》らせてたな」

「作戦勝ちだよ」

むくれるみなとに、エルナトはにやりとしてみせる。

勝者は結晶を摘み上げて夕日に透かした。片目をつむってしげしげと観察する。

「思ったより大きかったな。集団の中からひとりが何かに選抜されて、選抜されなかった者がこのゲームのプロになる夢を諦めたってとこか。みなと、これ欲しい？」

空色の結晶は、不規則な面の所々に夕日の色を宿して、複雑に輝く。

みなとは、つん、と横を向いた。

「ぼく、それ、要《い》らない」

「まあまあ、いくら悔しいからって、そんな痩《や》せ我慢はよくないよ」

「違うよ。どんなに大きくても、それは、ぼく要らない」

エルナトはようやくみなとの顔を正視した。

「おや、どうしてだい」

「選ばれなかったから〈可能性の結晶〉を手放してしまうだなんて、ぼくには判らないな。そりゃあ一時的にはがっかりするだろうし、自分は駄目だと落ち込むだろうけど、選手になりたいのなら、まだまだ可能性はある。努力を続けることはできるよ。サッカーのことはよく知らないけど、強豪チームの高校に進学するとか、プロになるオーディションみたいなものにチャレンジするとか、他にもいろいろやれると思うんだ。チャンスは今だけじゃないはずだよ。ここで諦めたら終わりだよ。もっとできる。もっと動ける――健康でありさえすれば、もっと」

エルナトは、悔しげなみなとにむけて、ふむん、と頷いた。

「なるほどね」

言うだけ言い終えたみなとは、しゅんと脱力した。

「……ぼくなら、そうする。健康だったら……諦めない」

エルナトは、肩をすくめて俯くみなとをしばらく眺めていたが、

「ま、いろいろあるんだよ、人にはそれぞれ」

と、軽い口調で言い、〈可能性の結晶〉を巾着袋にちゃりんと入れた。

「みなと。きみは電子雲のエネルギー準位というのを知ってるかい」

みなとは一度目を上げてから、首を横に振りながらまた俯いた。

「電子は原子核の周りにあって、何重かの殻《かく》になっている。量子論によってどの殻にどれだけの電子が

存在できるかは決まっている」

みなとは、またちらりと目を上げ、それがなにか？　というような不審な顔をした。

「通常、電子は基底状態というエネルギーの低いところにいる。けれど、光子を吸収してエネルギーを得ると、自分のいる殻からジャンプしてエネルギーの高い殻に飛び上がれる」

「飛び上がる？」

話に引き込まれたみなとが思わず質問を挟んだ。

「そう。光子の力を得て励起《れいき》するってわけだ。けれどね、所詮《しょせん》は一時的なものであって、今度は光子を放出して元のエネルギーの低い位置に戻ろうとしてしまう。光にぱあっと照らされて身の程知らずな高みにいたけれど、すごすご引き返すようなもんだね」

「エルナト。君は……」

みなとは眉間《みけん》に皺《しわ》を寄せながら口を開いた。

「君は、〈可能性の結晶〉はその光子に似ていると言いたいのかい？　身の程知らずの理想が弾き出されたものだと？　いま結晶を出した誰かは、プロになれる可能性なんか最初からなかったって？」

「いやいや。そんなに単純なものじゃないよ、ぼくたちの〈可能性の結晶〉は。きみが似ていると思うかどうかは自由だけれどね」

苦笑いをしながらエルナトはとぼけた。

「基底状態の電子雲は、また光子を得ると励起する。一度失ったらおしまいというわけではない。ぼくの解説は以上だよ」

ようやく、みなとはエルナトが自分を励ましてくれていることに気づいた。

目標を失っても、また何かのきっかけで頑張れるようになるかもしれない。

そう伝えてくれたのだ。

それでも……。

みなとは上を仰いで、夕焼けの中にさっきの〈可能性の結晶〉と同じ空色を探そうとする。

それでも、ぼくならきっと諦めない。健康だったら、絶対に。

みなとは、目の前をふよふよと飛んでいくエルナトの背中を見た。エルナトのバックパックの中には、〈可能性の結晶〉たち。

くん、と空中を蹴って加速し、エルナトを上から追い越す。

その時、バックパックの肩紐《かたひも》を掴んで引っ張り上げた。

「うわあ、なんだあ？　なにするんだ」

「今だ、いただきっ」

みなとはエルナトの口癖を真似《まね》する。

「〈可能性の結晶〉、エルナトごと回収！」

何かを吹っ切るように大きな声で笑うみなと。

「乱暴すぎる。ひどいぞ、地球人め」

じたばたするエルナトをぶら下げて、みなとはまた笑い声をあげた。

そうだ、今は難しく考えることはない。せっかくのチャンスなのだから。健康な身体で友達と遊ぶという、やっと手に入れた奇跡なのだから。

綺麗な結晶を集めて、楽しくやろう。結晶の原料が何であろうと、この魔法がいつまで続くか判らずとも、ただひたすら、この瞬間を楽しもう。

みなとは、コートの裾を翻《ひるがえ》し、エルナトをぶら下げて高々と宙を舞った。

それからも、ふたりは愉快に過ごした。

笑い合って、つつき合って、追いかけ合い、時には猫に引っかかれたりして。藤原さんが言っていた退院の日はとっくに過ぎたけど、みなとはこれまでみたいに落ち込んだりはしなかった。

だって、友達が一緒なんだから。

みなとはある日、病院食のデザートについていたイチゴを残し、エルナトと一緒に食べた。トンカツがあればよかったのだけれど、さすがに病人には出ないから。

エルナトは、イチゴを目の前に持ち上げて、宝石を眺めるみたいに何度も回した。

友達と食べるイチゴは、独りで食べる時とは違って、最高においしかった。


少女の丸い瞳が、空中のみなとをじっと見上げている。

追憶の旅から戻ったみなとは、ぱちぱちと目瞬きをして、少女が本当にこちらを見ているのかどうかを確かめた。

胸の前で手を組んで、小さな口を半開きにして、彼女はいまにも「うわあ」と感嘆の声を上げそうな顔をしている。

みなとは他の人からこのような憧れめいた顔を向けられたことはなかった。

紅潮した頬と、生き生きとした視線。アイドルに会ったら、女の子はみんなこんな顔になるような気がする。

ぼくは本当に王子様なんだ。魔法使いが友達の、空を飛ぶ、星の王子様なんだ。

熱いものがみなとの胸の中に広がっていった。

かわいそうだと言われ続け、自分には何も誇れるものがなかった少年は、地上で見上げてくる少女の視線が、照れくさくも嬉しかった。自分の自由を賞賛してくれた最初の人だ、と万歳したい気持ちだった。

彼女に見られた瞬間にはっきり目が覚めたような感じがして、〈可能性の結晶〉集めのことを次々に思い出したのも、それまでは王子様になった自分がまだしっくりこなくて夢見心地だったからに違いない。この女の子に〈観測〉されることによって、この世にいてもいなくてもいい自分から、ようやく自分自身を〈確定〉できたのではないか。

森の奥の大木は、いま、人の目に触れて存在を主張できている——。

「エルナト。ぼくたち、見られてる」

魔法使いの友達は、空中でくるんと振り返ると、へへっと笑った。

「そんなはずないよ」

「だって、ほら」

みなとは門の傍の親子を指さした。けれど女の子は、父親に促されて、すでに家の中へ入っていこうとしているところだった。こちらを指さして、しきりに何かを父親に訴えているが、父親の横顔は、薄く笑って相手にしていなかった。

「なんだ。やっぱり君の誤解か。みなともぼくも、見えるはずないもの」

「でも」

みなとは、女の子が名残惜《なごり》しそうにちらりと自分の方を振り返ったのを、確かに見た。

けれどもうエルナトには言わないでおく。

エルナトは、因果、という言葉をよく口にしていた。みなととエルナトが知り合ったのも、因果だと。

もしもあの女の子に自分が見えていたのだとしたら……。

いつか、また会えたらいいね。魔法が消えないうちに。

みなとは、祈りのように呼びかけた。

突然、薄い胸板の内側にシュワッとした清涼感が広がって、意識が鮮明になった。

もう日が暮れようとする時間、病室は静まり返っている。退屈な毎日に情報を運んでくれるテレビも、消した覚えはないけれど沈黙していた。

みなとはベッドの上に胡座をかいていた。

着ているのは王子の服ではなく、病院お仕着せのパジャマ。目の前には、自分が集めた〈可能性の結晶〉が十個ほどもばらまかれている。

ぼくは戦利品を眺めているところだ、とみなとはきちんと文章にして考えた。

急に目が覚めるような感覚に慣れてきている。今回もそれだろう。

目覚めたきっかけは何か判らない。最初は流星雨の光、次はエルナトが追っていた〈可能性の結晶〉の光、その次は少女の視線。今回は自分を起こそうとするものが何もないように思える。

胸の中のすうっとした感覚は、しだいに強くなり、全身がすっきりした香りの冷たい水に浸されていくようだった。

今から何かが起こるんだな、とみなとは確信する。

因果、縁、そんなものが自分に働きかけているから、こうして気持ちがはっきりしたに違いない。

起こるべき何か、来たるべき何か。それはもうきっとすぐ近くまで。

いいことだろうか。悪いことだろうか。

少女に見つめられ、王子様気分を味わったそのあと、みなとは、〈可能性の結晶〉集めがいいことばかりではないと気付いてしまっていた。自分は純真な星の王子様にはなれないのだ、とも。

そうなのだ。〈可能性の結晶〉集めは、何かを決めてよかったね、という祝福の気分だけでやっていけるものではなかった。それが胸の裡《うち》を重苦しくふさいでいて、そこへきてこの爽快《そうかい》な衝撃が。

このタイミングで自分を訪《おと》なうものはなんなのか。みなとの心は、その予兆にどきどきしながら、いつものようにこの姿勢を取るまでの記憶を爪繰《つまぐ》る。

〈可能性の結晶〉を得た時の、それぞれのエピソードが、一斉に襲いかかってきた。

〈可能性の結晶〉は、いろいろな人に宿っていた。

エルナトの言うとおり、その多くは幼い子供の胸の中にあった。些細《ささい》な一言で、ほんのちょっとしたいざこざで、小さな子供は小さな結晶をぱらぱらと落とす。選ばれなかった可能性が、壊れた夢の破片のように散らばっていく。

〈可能性の結晶〉は迷えるおとなの中にも身を潜めていた。応募されなかった小説作品。展示されなかった絵画。参加しなかった企画。乗らなかった電車。そんなものの足下に、〈可能性の結晶〉は悲しく光っていた。

エルナトにとっては、宇宙船のエネルギーを回収するだけの単純な作業だった。けれどみなとには、〈可能性の結晶〉の光がちくちくと泣いているように見えることもある。

「気にすることはないさ」

エルナトは満足そうに結晶をしまいながら、みなとに言う。

みなとにも判っていた。電子が何度も軌道をジャンプできるように、ときめく心を取り戻すこともあるかもしれないと。けれど、やはり空虚な気持ちが広がってしまう。

彼はいろいろなものを諦めてきた。

外で遊ぶこと。学校で学ぶこと。友達と買い食いすること。家族旅行をすること。分厚い本を一気に読むこと。ペットを飼うこと。長い散歩をすること。海やプールで泳ぐこと。目が痛くなるほどゲームをすること。食べたいものをお腹《なか》いっぱい食べること。

それらはみんな、みなとが自分で諦めたことではなく、諦めざるを得なかったことばかりだ。

展覧会に絵を出したかったら挑戦すればいいのに、とみなとは悔しくなる。落選してもいいから、出してみればいいのに。絵を完成させるだけの体力があり、チャンスが目の前に転がっているなら、やってみればいいのに。会いたい人がいるのなら、あとさき考えずに電車に乗ればいいのに。自由に独り歩きができ、乗り物に揺られても気持ち悪くならないのなら、思い切って行ってみればいいのに。

ぼくにはできないけれど、みんなにはできる。

だったら、やってみればいい。

やれないのではなく、やるかどうか迷っているだけなら、なんでもトライしてみればいいのに。

「贅沢《ぜいたく》だな」

みなとはぽつんと呟いた。

それは、好きな先輩に告白する勇気が出てこず、帰宅するなり布団をかぶってしまった女子高生から〈可能性の結晶〉を回収したばかりの時。

オレンジ色と緋色《ひいろ》がベールのように空を彩る、きれいな夕焼けの日だった。

みなとはオフィスビルの屋上の縁に腰掛け、夕日へ顔を向けていた。

横ではエルナトが〈可能性の結晶〉の入った袋の底に片手を当てて、ザシザシと音高く重みを確かめているところだった。

みなとが、

「みんな、選べるのに選ばない」

と、続けて呟くと、たった一人の友達は夕日に赤く染まった弱い笑みを返してきた。

「君にはそう見えるかもね、王子様」

「なんだよ、その言い方」

みなとはキッとエルナトを睨んだ。

エルナトは、いやいや、と首を振って、みなとと入れ替わりに夕日を眺める。

「君のほうが贅沢かもしれないってことだよ。庶民の生活を知らない王子様のようにね」

「どういうこと」

突っかかるみなとを、エルナトは肩をすくめるポーズで躱《かわ》す。

「悩みがどれほど重大かは、その人の心の状態によるんだよ。君たちの美点に、身体の弱い人に乗り物の席を譲る、という風習があるよね」

さあ、想像してごらん、とでも言うように、エルナトは夕日に手を伸ばす。

「バスは満員だ。目の前に老人が立っている。ある人は、自然に席を立って譲るだろう。けれど、以前、老人扱いするなと叱《しか》られた人だと躊躇《ためら》うだろうね。注目を集めるのが恥ずかしくて立てない人もいるだろう。席を譲るだけでも、いろいろな葛藤が発生する」

「それはそうだけど」

「恥ずかしいという感情ひとつとっても、人それぞれだ。ちょっと俯いて我慢できる人もいれば、心臓が止まりそうなほど緊張してしまう人もいる。恥ずかしさのあまり次の停留所で降りてしまって、自分の人生を狂わせてしまう出来事に遭遇するかもしれない。それを、恥ずかしいくらいは我慢して席を譲るべきだ、と即断できるかい？」

「大袈裟《おおげさ》すぎるよ」

「そうかな。これほど世の中にはいろいろな可能性があるんだ。君には小さな悩みに見えても、本人には命懸けの重大事項かもしれないということは、忘れちゃ駄目なんじゃないかな」

みなとは考え込んでしまった。

自分はいつだって命懸けだ。比喩《ひゆ》ではなく、正真正銘《しょうしんしょうめい》、翌日の命があるかどうかを心配してる。そのためにできないことがたくさんあって、それを「しない」人に地団駄踏んでいる。

けれど、命が保証されている人も「たとえ死んでもこれだけはできない」ことがあるのだ……あるのだろう……きっと。

先輩に本心を告げられなかった女子高生は、もしも交際を断られて関係がぎくしゃくしてしまったら、死ぬよりつらい目に遭うと思っているのかもしれないし、下手《へた》をしたら本当に死んでしまうかもしれない。

生きていたいがために選択肢を失った自分と、選択肢を間違えて死んでしまう人と。

いったいどちらがよりいっそう不幸なのだろう。

「それでも」

みなとは、エルナトの顔を見ないまま呟く。

「ぼくは選んでいきたい。間違ってもいい。ひどい目に遭ってもいい。自分で自分を選びたい。そうさせてはくれない病気なんていうどうしようもない縛りが、ぼくはどうしようもなく憎いんだ」

「だろうね」エルナトは頬笑《ほほえ》んでいた。「でもさ、自分自身ではどうにもならないこともあるんだよ。少なくとも自分が属さなきゃいけない世界の中では、理《ことわり》からは外れられないしね」

「自分の属する世界の中……って、他にも世界があるってこと？」

呆然《ぼうぜん》とした顔をするみなとに、エルナトはしっかりと頷いた。

「そういうことだ」

「ぼくが病気でない世界もあるの？」

「あるかもしれない」

「エルナトたちの技術を使えば、違う世界へ行けるの？」

友達は、神妙に頷いた。「けど、なにをもってして違う世界と言うか、という問題がある」

みなとは黙ってエルナトの説明を待つ。

大きくひとつ呼吸をしてから、エルナトはまた夕日に目を向けた。

「君にとっては、健康で自由な自分のいる世界に行きたいんだろうね」

「……うん」

「そううまくはいかないよ」

「えっ？」

「その世界には健康な君がすでにいるからね。その子に取って代わるか、融合するか、まあそんな感じにでもならない限り、君はその世界の現実から爪弾《つまはじ》きされたままだよ。この世界にいる君自身が、健康な人生を一からやり直さないといけないんじゃない？」

「そう……なの。ぼくにも時間が遡れるかな」

がっくりと肩を落とすみなとの背中を、エルナトはぽんとたたく。

「それもまた可能性の問題だ。君が君をやり直せる方法がどこかに落っこちてるかもしれない」

そして友達は、みなとを元気づけるかのように陽気な声を出した。

「それに、ぼくといる時の君は、健康だし自由だろ。空だって飛べる。悪くないと思うよ」

「うん。そうだね」

星の王子様の顔が、まだ知らぬ〈可能性〉に照らされて、少し明るくなった。

王子に魔法をかけた少年は、ぴょんと立ち上がって伸びをする。

「さて、ぼくも頑張るとするか」

「これからまだ集める？」

エルナトの身体がびくんと跳び上がって見えた。

ぱちぱちと目瞬きをして、慌てて手を振る。

「え、ああ、ええと……。頑張るのは〈可能性の結晶〉のことじゃなかったんだけど、その……」

「なんのこと？」首を傾げるみなと。

困った顔をしていたエルナトは、急にみなとの頭を両手で掴んだ。そしてわしわしと髪を掻き回して、

「詳しいことはまた今度！」

と、逃げていってしまう。

ぼさぼさ頭の王子様は、一瞬きょとんとしたが、すぐに、

「ずるいよ」

と、含み笑いをしながら友達のあとを追って飛んだ。

ある夜には、こんなこともあった。

パネル工法のお洒落な家だった。窓には水色のカーテンが下がっていて、今は中途半端《ちゅうとはんぱ》に半分開いている。

水の中を泳ぐように、少年たちはすうっと滑らかに二階の窓へ近づく。

白すぎる感のある明かりが、フローリングの上に座った幼稚園児らしい男の子を照らし出していた。俯いた顔は影になっていてよく見えない。

子供部屋のようだ。狭い室内にはカラーボックスがいくつも置かれていて、段に収められたカラフルな箱からは、ミニカーやロボット、電車のおもちゃなどが溢れ出している。

「わかったよ」

男の子は小さな声で言った。

さらさらの髪の周りを、黄色く光る氷砂糖が旋回している。〈可能性の結晶〉だ。

母親にはやはり見えていないのか、男の子の目の前に、ごく自然に立っている。

「カズくんは男の子でしょ。だったら、もうちょっと男の子らしいお仕事がいいと思うのよ」

母親は、なだめているような叱っているような、ねっちりとした声だった。

「そりゃあ、幼稚園の先生はうまいこと言うわよ。カズくんは優しいのね、とか。でもね、おとなになったらお花屋さんになる、っていう答えは、男の子らしくないと思うの」

男の子は消え入りそうな声で「もう言わない」と呟く。

母親は大きくため息をついた。

「男の人だってお花屋さんはいる。それはお母さんも知ってるわよ。でもね」

「もう言わない」

〈可能性の結晶〉の描く円が、つん、と大きくなった。スピードも増して、いまにも軌道を離れて飛び出してしまいそうだ。

「ほら、もっといろいろあるでしょう。消防士さんとか、運転手さんとか」

「今度訊かれたら、そんなのにする」

「それがいいわね」

ぽん、と〈可能性の結晶〉が弾かれて、勢いよく壁を通り抜けた。

「今だ！」

みなとがいつもの合図をした。

エルナトがそれをうまくキャッチする。

「いただきっ」

ほくほく顔で袋に入れると、それをジャラジャラと振って見せた。

結晶を手に入れたというのに、みなとの心は曇《くも》ってしまっていた。

袋の中に入ったのは、あの子がたったいま捨て去った将来の夢。花屋になるかもしれなかった〈可能性〉。女性優位の職業、たとえば、メイキャップアーティストやバレエダンサー、料理研究家や手芸の先生、そういった選択肢まで閉ざしてしまった証拠《しょうこ》の品。

何にでもなれるはずの希望いっぱいの幼稚園児は、自分が進むべき道には、自分の母親から好ましく思われる方向とそうではない方向があると知ってしまった。それを成長と捉えるか可能性の芽を摘んだと捉えるか。

みなとは判断がつかなかった。ただ、胸の中が重苦しかった。

今の王子様の格好は、心の奥の方で考えていたことを具現化したのだ、とエルナトが言っていたけれど、だったら星のピアスをぶら下げている自分は、女の子みたい、とあの母親に蔑《さげす》まれるのだろうか。

何になってもいいじゃないか。

自分の脚で歩けて、自分の手で仕事ができて、長い間働いても苦しくならないで、他の人に名前を呼ばれて頬笑みかけてもらえるなら、どんな仕事だっていいじゃないか。

あの母親は、ベッドでずっと寝ている息子と、花屋さんになって活き活きと働く息子と、どちらがいいと思っているんだろう。

「さ、次」

エルナトはさっさと上昇してしまう。

男の子の俯く部屋を窓越しに振り返り振り返り、みなとは仕方なく友達の後を追った。


別の機会には、自分でも気がつかないうちに将来の選択肢を放棄したかに見えるケースもあった。

エルナトの「これは大きそうだね」という声に連れていかれたのは、マンションの六階。

ベランダから見える部屋は、女性アイドルのポスターが壁に貼られていて、ベッドと勉強机があった。

ベッドの上に、細身の青年が俯《うつぶ》せになっている。みなとは、高校生くらいかな、と思った。

青年は頬杖《ほおづえ》をして、熱心に何かを読んでいた。

エルナトが、みなとの肩に手をかけて、ぐいっと覗き込む。

「この世界の人たちは、ああいう複雑な矩形《くけい》デザインを記した書物が好きだね。みんな読んでる」

「マンガだ……」

テレビアニメにもなっている人気作を、青年は読んでいるのだった。

「マンガと言うのか。同じ人物のポーズ変化が興味深いね。文字も組み込んである。図像として文字デザインを楽しむのは、なかなか高尚《こうしょう》だ」

しかつめらしい顔で腕組みまでしたエルナトに、みなとは困ってしまった。

「あれは、コマ割りで時間が表してあって、映画みたいに流れを読むものなんだよ。だから同じ人物が、このポーズをしたら次の動作、というふうに何度も描かれているし、セリフや効果音が文字で入れてあるんだ」

「なんと！」

喜劇役者みたいに大きな動作で、エルナトは両手を挙げた。勢いで、マフラーの先ももう一対の腕のようにぴょんと上がる。

「興味深い。実に興味深いね。三次元的立体を平面である二次元で表現する手法は以前から面白いと思っていたが。その上、四次元からしか操作できない時間軸までを、あの単色の線で表しているというのか。なんて乱暴な……いや、なかなか凄《すさ》まじいことをするなあ、君たちは」

「そ、それはどうも」みなとは仕方なく恐縮しておいた。

「この若者があそこまで惹《ひ》き付けられているのも、納得だな」

いやそれはマンガという表現手法に興味を持っているんじゃなくて、きっと絵柄や物語が好きなんだと思うけど。みなとはそう思ったが、説明がややこしくなりそうなので黙っていた。

青年は、たまに唇をつまんだり頭を掻いたりしながら、マンガから目を離さない。

みなとは、あることに気がついて瞳を凝らした。

机とベッドの間の五歩くらいの距離を、ぼんやりとした光の珠《たま》が行ったり来たりしている。緑がかった灰色の光が、大きさを変えながらゆるやかに移動しているのだ。

「もう身体からは出ているようだが、まだ揺れてるな」

エルナトは、両手をこすり合わせて待ちきれない様子。

「あれが〈可能性の結晶〉なの？」

「そう。見ててごらん。時間が経って後戻りできなくなると、しっかり固まるよ」

「後戻りできなくなるって……。あの人、なにもしてないよ」

彼はただマンガを読んでいるだけだ。机の上には鞄《かばん》が蓋《ふた》も開けられずに投げ出されていて、床には脱いだ靴下が丸まっている。

エルナトは、みなとのほうをちらりと見た。

「なにもしないことで決定してしまう運命だってあるからねえ。ほら、だんだん光が強くなってきただろう。自分でも気がつかないうちに、彼は自分の可能性を捨ててしまっているんだ。無自覚ほど恐ろしいものはないってことだね」

青年が、くくく、と笑った。マンガに面白いシーンでもあったのだろう。

みなとの眉間に皺が寄る。

「あの人は、勉強をサボっているから〈可能性〉を失うってこと？」

だとしたらお説教臭い、と思った。学問に励んでいい学校へ行かないと、自分の可能性は広がらない。

親や先生から、そんなふうに戒められる感じに似ていた。

しかし、エルナトは慌てて手を横に振る。

「いやいや、そうじゃないよ。彼は、いま勉強しない、という決定をしたに過ぎない。悪い方向へ転がっていくとは限らないんだ」

「じゃあ、いい方に転がったらどうなるのさ」

「いま読んでいるマンガに影響を受けて、その関係の将来を選び、立派な人物になるかもしれないしね」

「それは、うまく転がりすぎだよ」

エルナトは、くふん、と鼻を鳴らした。

「かもね。とにかく彼は、勉強するのか遊ぶのか、その〈どちらでもない〉状態を失うから〈可能性の結晶〉が出てきた、ってこと」

そこでエルナトは意地悪な笑みを浮かべる。

「でもまあ、あんなに大きな光なんだから、きっと将来に影響する決定だとは思うけどね」

浮遊する光は、だんだん密度を増しているように見えた。霧がぼんやり光っていたみたいだったのが、懐中電灯のようなかっちりした光源に固まってくるような感じだった。

「どうして将来のことが光の大きさに表れるの。今は今じゃないか。先のことなんか、先になってみないと判らないだろ？」

「なかなか哲学的な質問だ」

エルナトは芝居がかって腕組みをした。うんうんと大きく頷きさえする。

「それだけ〈可能性の結晶〉は高次であるということなんだ」

「わ……わかんないよ」

だろうね、という顔をして、エルナトは肩をすくめた。

「平面上にしか棲《す》めないものは、高さというものを知らない。けれど、みなと、君は空を飛んでみてどうだった？　世界全体が見渡せる気がしなかったかい？　たとえば、塀を挟んで何かをしている人たちを、両方一緒に見ることができるよね」

「うん」

「で、君たちはこの世界を三次元で捉えている。縦、横、高さ。その理に縛られている以上、時間軸の向こう側を知ることはできない。過去に戻ったり未来を知ったりはできないわけだ。けれど〈可能性の結晶〉は、三次元よりも高次の影響を受けているから、時間軸を次元の高みから見渡せる。まあ、要するに来《き》し方行《かたゆ》く末《すえ》の因果関係が判るということだ。だから将来への影響も結晶の大きさや質に反映される」

「因果関係って、君は以前に縁のようなものって言ってたけど、原因と結果みたいなことだよね」

「間違いではないな」

みなとは、さっきエルナトがマンガに感心していた理由を思い出した。平面である二次元に、四次元の時間軸まで落とし込む。そしてそれを三次元に棲む人間が読む。判らなかったらページを繰って前に戻り、退屈だったら時間を早回しするみたいに読み飛ばす。何の気なしにマンガを眺めてきたけれど、これは四次元の感覚を模擬体験しているようなものだったのかもしれない。

「ま、プラトンって人が〈洞窟《どうくつ》の比喩〉で言ったのと似たようなことだな」

　プラトンが偉大な哲学者であったことは、みなとも知っていた。

「すごいね。エルナトたちはそんなすごいものを宇宙船のエネルギーに使ってるんだね」

　宇宙人の顔が、かあっと赤くなった。

「う、あ、そうだな」そして、ふっと表情を翳《かげ》らせて、「どんなにすごい技術があっても、滅びちゃうんだけどさ」

　みなとは目を丸くした。

「滅びる？」

　エルナトは、しまった、と口を押さえた。

　みなとはじっと友達の顔を見つめている。

　宇宙人は観念して、口から手を外し、ふう、と長く息を吐いた。

「そう、滅びるんだ。どんなに可能性を探っても、ぼくたちの星は滅びる。今のところはそういうことになっている」

「だから宇宙船で脱出した、とか？」

「ちょっと違うな。滅びると決定された運命から逃げ惑っているというか――おっと、結晶が出てくるぞ」

　説明は途中だったのに、青年の部屋から結晶が勢いよく飛び出して、エルナトの注意を削《そ》いでしまった。

「今だ、みなと！」

　エルナトが合図を出した。

「あ、えっと、いただき」

みなとは、野球選手のように高く上げた片手で、パシッと〈可能性の結晶〉を受け止める。

「よしっ、大物！」

エルナトはみなとから結晶を受け取り、いそいそと背中のバックパックを外して、袋のなかに灰緑色の結晶を入れた。

みなとが部屋の中を覗き込むと、青年はすでにマンガの上に突っ伏し、眠ってしまっていた。

彼の運命がいいように転びますように。

みなとは、そっと祈った。


訪問の気配をひしひしと感じながら、みなとは、さまざまな過去を持つ〈可能性の結晶〉を空中に浮かべてみる。

結晶を集めるにつれて、みなと自身にもすこし不思議な力がついてきていた。まだ魔法使いとは名乗れないかもしれないけれど、魔法使いの弟子くらいのことならできる。

みなとは、病室に充満する夕日の気配を吹き払い、部屋を真っ暗にして、右手を高く差し上げた。

掌を大きく開くと、壁と天井で一斉に夥《おびただ》しい数の星が誕生した。

もはやそこは病室ではない。闇には確かな奥行きがあって、広大な宇宙空間には見慣れた星座が正しい位置に収まっている。簡易プラネタリウムではなく、本物の宇宙だ。

魔法使いの弟子は、宇宙の中心で、ひとつ、頷いた。

ここには見えない星もちゃんとある。ぼくがそう願っているから、ちゃんと存在する。

六等星も十等星も、五十等星だってある。みんなが見つけられない星も、一生懸命に輝いている。

人間の身体をした見てもらえない星は、人差し指を立てて〈可能性の結晶〉をその周りに集めた。

自分を恒星に見立て、〈可能性の結晶〉たちに惑星の動きをさせる。

色々な光がゆったりとみなとの周りを巡り、残光が軌道となって円を描く。

周回速度がしだいに速まっていくのは、みなとが、なにものかの訪問の予兆にだんだん鼓動を激しくしている証《あかし》。

星たちがきゅんきゅんと音を立てるほどの速度になったとき、病室の扉が音を立てた。

薄く開いた隙間から、圧倒的な光量が部屋の中に流れ込む。

「うわ」

あまりの眩しさに、みなとは〈可能性の結晶〉をすべてベッドの上に落としてしまった。

左腕で目をかばいながら、けれど扉のほうに顔を向けずにはいられない。

それは小さな人影だった。逆光でよく見えないが、小学校低学年の女の子くらいの体型。

次の瞬間、眩しさが消えた。

女の子が動いた気配はなかったのに、瞬時に扉が閉められ、女の子は内側に立っていた。

「あれ？」

女の子も不思議に思ったのか、きょろきょろと周りを見回している。

彼女は薄茶色のコートを着ていた。明るい色の髪があちこちはねて、瞳が活き活きと大きい。

あたりを確認していたはずの女の子は、部屋いっぱいに広がった星宇宙に目を奪われたようだ。

「わああ」

と声を上げ、星よりも強い好奇の光が瞳にキラキラと灯った。

みなとは、あっと思った。この子は、〈可能性の結晶〉集めのとき、自分のほうを見つめてきた女の子ではないか。

「君はだれ？」

自然と声が出てしまっていた。

女の子はびくっと身体を硬直させて、やっとみなとの存在に気が付いた。

みるみる眉が八の字になる。女の子は肩をすくめて、悪いことをした、という顔をしている。勝手に部屋の扉を開けて、許可なく綺麗なものを見てしまった。それを咎《とが》められると思い込んでいるようで、すっかり萎縮《いしゅく》している。

みなとの顔に、うっすらと笑みが浮かんだ。

「ここに座って」

ぽんぽん、とベッドを叩《たた》く。

女の子はいっそう身を固くして上目を遣ってきた。

近付いてくれない寂しさに、みなとの瞳が翳った。

けれど、彼は心を強くして思い直す。あの時の女の子だったら、因果というものが結ばれている……はずだ。そう信じたい。ぼくたちが見えたのなら、きっと仲良くなれるはず。

みなとは、声に力を入れた。強く、けれど優しく。

「ぼくのいるところが宇宙の中心だよ。こっちのほうがよく見えるから、おいで」

怯《おび》えた仔犬《こいぬ》の動きで、女の子は歩幅狭くベッドのほうへ近付いてきた。

病院では嗅《か》いだことのない、甘いお菓子のような香りがする。

星だらけの部屋をおそるおそる渡った少女は、ベッドに片手をつくとほっとしたのか、改めて頭を巡らせた。

不安や疑念が彼女の丸い頬からすうっと消え、かわりに、あの夜見たのと同じ、憧れめいた輝きに彩られた。ゆるやかに唇が開いていき、目瞬きするのも忘れて、少女はわくわくした顔で宇宙を眺める。

「座って」

みなとはもう一度言った。

女の子は、二度ほど目瞬きしてから、遠慮がちにちょこんとベッドの縁に腰掛けた。

恥ずかしそうに俯いて、それでもちらっちらっとみなとのほうを覗っている。

夜空を飛んでいたのがみなとだとは気がついていないのだろう。あのときは立派な衣装を身につけていたし、なにより入院している男の子が空を飛び回れるわけがないと感じているだろうし。

みなとは、右手をぶんと振って〈可能性の結晶〉を空間に散らせた。

その光を追いかけるように、広がっていた星々が床のほうへまでさらに範囲を広げる。

三百六十度の宇宙。

星々はすぐにふたりの後方へ流れる動きを見せた。まるで、ベッドを乗り物に、星の中を飛んでいるような光景だ。

「わ、わ、わ」

とてつもなく綺麗で、身体が飲み込まれていきそうに怖くて、女の子は細い声を出した。周りの星がすべて後ろへ去って行くので、ジェットコースターのような感じなのだろう。

「うわあ……」

それでも、女の子の中では、浮遊感への恐怖よりも綺麗だと思う心が勝《まさ》っているようだ。天空から目を離さず、姿勢の拠《よ》り所としてみなとの手を握ってきた。

彼女の手は、ぬくもりを持つゼリー、とでも呼びたくなる初めての感触だった。ふわんとしていて、しっとりしていて、ほわんと温かかった。

彼女に触れられたところから感覚が鋭く研ぎ澄まされるようであり、同じ所から意識がやわやわと蕩《とろ》けていくようでもあった。

医師や看護師たちにさんざん触れられてきたはずなのに、初めて人肌を知った気持ちすらする。

女の子は、目の前に繰り広げられる星々に夢中だった。

みなとは、頬笑んでいる。

自分のしたことが、これほど他の人の心を動かせるなんて。ぼくを頼ってくる人がいるなんて。

この子が相手なら、自分は本物の星の王子様になれる。パジャマを着ていても、病院の中でも、この子にとっての王子様になってやれる。

自分で王子様なんて言うのは、ちょっと恥ずかしいかな、とみなとは忍び笑いをした。

そして、笑顔のまま彼女を覗き込み、彼女の手の甲を優しく叩いてやって、いたずらっぽく言った。

「大丈夫。ぼくは魔法使いなんだ」

ぱっとみなとを見返した顔が、みるみる紅《あか》みを増していく。

「君、星は好き？」

女の子は、一度頷けばいいものを、五回ほども細かく首を縦に振った。

ORBIT

「夏の大三角形は知ってる？」

一瞬だけ躊躇った後、

「知ってる。織姫と彦星と、白鳥さん」

みなとは軽く笑い声をたてた。

「そうだね。東洋と西洋が混じってるけど、間違いじゃないね。じゃあ、冬にも大三角形があるのは知ってる？」

「……知らない」

「よおし」

と、みなとは腕まくりの真似をして、前方をぴっと指さした。

「そっちのほうへ行こう！」

ベッドが、ぐん、と加速した。

本当にベッドが飛んでいるのか、星が後ろへ流れていくからそう思えるのか、魔法を使っている本人にも判らなかった。

ただ、エルナトが空を飛ぶ練習をしている時に教えてくれたみたいに、あっちへ行こう、と意志を強くしているだけだった。

「うひゃあああ」

笑いながら女の子が甲高い声を発した。

「すごいすごいすごい」

とも言ってくれた。

みなとは、女の子が嬉しがるのが嬉しい。

楽しそうな様子が楽しい。

わくわく顔がわくわくする。

きっと、星を映したかのようなキラキラの瞳を見る自分の目も、負けずにキラキラしているに違いない。

奔流となっている星の群れの向こう、前方に見慣れた星座が不思議とそこだけくっきり浮かび上がった。

「ほら、あそこ、見てごらん」

大犬座のシリウス、子犬座のプロキオン、そしてオリオン座のベテルギウスが、ほぼ正三角形に並んでいる。三角の中には、地上では見たことのない濃さで天の川が横たわっていた。

「ほんと。三角だあ。オリオンはいつも見てるのに、気がつかなかった」

女の子は手を打って喜んだ。

「冬のダイヤモンドっていうのもあるんだよ。六角形に結ぶんだ」

みなとは、自分の声が上ずっているのを一生懸命に押さえようとしていた。

きっと自分一人でこれを見ても、こんなに幸せではなかっただろう。

美しい世界と、自分の話を喜んで聴いてくれる相手。

天の川よりも濃い多幸感が、みなとの中で滔々《とうとう》と流れる。

ふと、みなとはわずかに視線をずらした。

冬の大三角形の近く、ベータ星エルナトを擁する牡牛座が、小さなVの字の顔で二人を見守ってくれていた。

その女の子は、何度もみなとの病室を訪れた。

みなとは彼女が扉を開ける直前に、キリッと意識が鮮明になる。そうしたら、すぐに部屋を宇宙空間にする。すると同時に、小さな手が扉を開くのだ。

女の子と会っていない間の自分がどんなに朦朧《もうろう》としているのかと思うと、怖かった。扉が開く寸前までの記憶は、思い出そうとするとちゃんと掘り起こせるのだけれど、決まってそれは追想という形を取っている。彼女がいるとき以外は夢の中にいて、目覚めてから夢の顛末《てんまつ》を思い出すのに似ていた。

それでもいい、とみなとは思う。

どうせ起きていたって、ベッドで横になっているか、検査を受けているかのどちらかでしかないのだから。本やテレビから情報を受け取れはしても、対等に喋ってくれる相手は彼女しかいない。彼女が部屋に来てくれるのなら、残りの時間はいくらぼうっとしていても構わないとすら思った。

記憶が定かでなくても、今日が何日か判らなくても、女の子の前で魔法を使える星の王子様になっている時だけが、みなとが森の奥の人知れぬ樹ではなくなっている時間。

みなとは、因果というものを信じられるようになってきていた。

女の子が病室に来てくれる間だけ目覚められるのであれば、自分と彼女の間には確かな縁が結ばれているのだ。

因果律は古典物理学における宇宙の法則であるという。ある結果には、必ずそれに先立つ原因が対応しているが、原因を突き詰めて考えれば宇宙全体からの影響を考慮しなければならない。つまり、この世界の理であって、通常は打ち破れない。もしも、相対性理論や量子論的な高みからこの因果を操作してくれた者がいるとしたら、精一杯感謝したい。

森の奥の孤独な大木ではなく、言葉を交わせる人間として、感心してもらえる存在として、ようやく自分が他者と関わることができるのだという証を見つけられたのだから。


みなとと女の子は、底知れない宇宙空間のただ中で、星の話をたくさんした。

ベッドは方舟《はこぶね》、世の中には二人きり。

「すごいね」

女の子はベッドの上に仰向けに寝転がって、視界いっぱいの星を愛《め》でる。

「私、お星様ならいくら見てても退屈しない。お空いっぱいの星から、なんだか音が聞こえてきそうな時もあるの」

それはそのまんま君のことだよ、と、みなとは言いたかった。

女の子は表情が豊かで、見ていて飽きなかった。声も可愛《かわい》くて、耳の中がリンリンと鳴るようだったから。

突然、女の子が歌い出した。

あかいめだまの　さそり
ひろげた鷲《わし》の　つばさ
あをいめだまの　小いぬ、
ひかりのへびの　とぐろ。

「星《ほし》めぐりの歌《うた》、だね」

みなとが言うと、女の子は上半身を起こして、きょとんとした。

「そうなの？」

「知らずに歌ってたのかい」

「おばあちゃんが教えてくれたから……」

「有名な歌だよ」

「なんか、銀河鉄道のお話とか、雨なんかへっちゃらだぞーって詩を書いた人が、これも創ったたって」

「銀河鉄道《ぎんがてつどう》の夜《よる》、雨《あめ》ニモマケズ、だよ。宮澤賢治《みやざわけんじ》っていうんだ」

「そうそう、そんな名前」

女の子はパタパタと手を振って賛同する。

そして、口元は頬笑んだまま真面目な顔をして、またのけぞって星を見た。

「星めぐりの歌って言うんだね……。ぴったり。手遊びもあるんだよ。たまにお友達とするの」

そして彼女は、「あかいめだまの」ともう一度歌いながら、小さい手で拳を作ったり掌を打ったりした。

「へえ」

みなとは、それこそ魔法を見るような目で女の子の手の動きを追う。

同じ年くらいの女の子たちが固まって、この手遊びをしているところが見えるような気がした。楽しいことを握りしめ、悲しいことを打ちつぶし、夢を翼の形にして、世の中を見通す眼鏡《めがね》を指の輪で作って。少女たちはキラキラと笑っているに違いない。

女の子はにっこりと振り向いて、

「教えてあげようか？」

と訊いた。

「あ、いや……いいよ」

みなとが顔を逸らしてしまったのは、自分には一緒に遊ぶ友達がいなくて少し悔しくなったから。

「それよりもぼくは、どうして宮澤賢治がこんな歌を書いたのか、調べてみたいと思ってるんだ」

女の子はみなとの複雑な心境にも気づかず、「どういうこと？」と、素直に尋ねてくる。

「だって、宮澤賢治は星のことも石のこともすごくよく知ってたんだよ。なのにどうしてこんな間違いだらけの歌詞にしたんだろう」

「間違ってる……かなあ？」

「蠍《さそり》座《ざ》のアルファ星アンタレスは、サソリの目玉じゃなくて心臓だよ。子犬座のアルファ、プロキオンも、目玉じゃなくて心臓。青く見えないしね」

「そういえば……」女の子はちょっとがっかりしたような顔をした。

「確か、小熊の額の上は空の巡りの目当て、とかってない？」

「あるよ。一番最後に」

「それだって、星を巡る目当てが、動かない北極星のことだとすると――」

「そうか。北極星は小熊座の額じゃなくて尻尾《しっぽ》だよね。北斗七星も大熊の脚じゃないし」

「正解」

みなとは、ぴっと指を立てて、彼女の年齢に不相応なまでの天文知識を褒める。

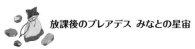

女の子は一瞬だけ笑顔を返したが、口元に手をやって俯いてしまった。

「他のところも間違ってるかもしれないね。わたし、探してみなきゃ」

みなとの心臓がきゅっと縮まった。

「がっかりさせちゃった？」

「ううん、大丈夫。クイズみたいで、楽しい」

晴れ晴れとした顔を向けられて、少年はほっとする。

「それにね」と、女の子は髪をさらりと動かして続けた。「間違っててもいいの」

「なんで？」

「この歌の素敵さは変わらないもん。お友達に、間違ってるんだよーって言ったら、どこがどこが、って、またいっぱいお喋りできるでしょ。やっぱりいい歌だよ、これ」

うんうん、と一人で頷く。

勝手に納得する女の子が、みなとには眩しかった。友達がたくさんいて、間違いも否定的に捉えない。自分もこんなふうだったらいいのに、と思う。

いつの日か退院したら、気の合う友達と手遊びを……いや、男の子はこんなことしないかもしれないから、この女の子のことを話そう。星が好きで、なんでもいいふうに考えて、くるくると表情を変える、かわいい女の子の話を。

そう想像すると、みなとの心にも、シャランシャランと星の音が鳴り響くような気がした。

「でね、その子はお母さんのお見舞いに来ているらしいんだ。教えてくれたときは、いくら楽天的な子でもさすがに心配そうにしてたよ。ぼくが本当の魔法使いだったら、お母さんの病気なんかすぐに治してあげられるのにね」

珍しく一気にまくしたてるみなとを、エルナトは静かな顔で見守っていた。

繁華街の夜更け。雑居ビルにはこれでもかと賑々《にぎにぎ》しく看板が掲げられ、派手な色のライトが明滅している。天上の星が宝石の煌めきならば、看板はセロファンと豆電球で拵《こしら》えたどぎついプラスチックの明かり。

酸っぱいような酒臭さが漂う路地の上を飛び疲れて、ふたりは広告塔の上で休んでいるところだった。

エルナトはいつものように〈可能性の結晶〉を入れた巾着袋をジャックジャックと鳴らしながら、みなとの話に耳を傾けている。

興奮気味のみなとに比べ、冴《さ》えない顔をしているが、俯いているので、みなとはそれに気が付かなかった。

「ねえ、エルナト。君の力で、彼女のお母さんをなんとかしてあげられない？」

エルナトはちろんとみなとを見上げた。

「できないな」

冷たい言い方に、みなとはひるんだ。

「で、でも、〈可能性の結晶〉はこんなにいっぱい集まってるよ。ぼくも少しは魔法を使えるようになったよ。それだけの量があったら、もっといろんなことを」

「できないものはできない」

「でも」

と、もう一度言ったみなとを、エルナトはひと睨みした。

「みなと。可能か不可能か、と、やっていいか悪いか、と両方の意味を考えてくれよ。〈可能性の結晶〉は宇宙船の〈エンジンのかけら〉を回収する能力を蓄えるために集めている。そのほかのことには使いたくないんだ。そしてもうひとつ。この世界の人間にぼくの力が及ぶのは、最低限にしておきたい。それに……」

「それに？」

小首を傾げたみなとを、エルナトは真面目な顔で凝視する。

「きみが病室で会っているというその女の子のこと、もうあまり深く考えるんじゃない」

あまりにも突拍子もないことを言われて、みなとは思わず笑ってしまいそうになった。

「どうしてだよ」

「……どうしてもだ」

「判らないな」

「それが君のためなんだよ、みなと」

みなとは肩をすくめて見せた。

「ぼくが考えなくても、あの子はまた来てくれるよ？　そうしたらどうすればいいのさ」

エルナトはぷいと横を向いた。

「来てしまったら、仲良くしておけばいい。せいぜい愉快に過ごすことだ」

みなとは余計に判らなくなった。考えるな、けれど会えたら愉快に過ごせ。これはいったいどういうことだろう。

「考えないでおくのは無理だよ」

「まあ、そうだろう」

「ぼくの唯一の楽しみなんだよ？」

「そうだろうとも」

「だったらなぜ」

友達は、くっと瞳に力を入れた。

「みなと。だからこそなんだ。だからこそ、彼女がいなくなったときのことがぼくは心配なんだよ」

「いなくなるって……あっ、そうか」

みなとはぽんと手を打った。

「あの子のお母さんが退院してしまったら縁が切れると思ってるんだね。もう彼女に会えなくなるよ、って」

エルナトは広告塔の上でむじむじと身体をよじる。

「……うん、まあ……。そういう感じかな」

友達の目は泳いでいた。なんとなく嘘《うそ》を吐かれている感じがする。

みなとは思い切って空を見上げた。

「その時はその時だよ」

眼下のライトが眩しくて、星はあまり見えなかった。

「母親が退院するまでに、もっと仲良くなって連絡先を教えてもらえるかもしれない。退院の嬉しさでぼくのことなんかすっかり忘れてしまうかもしれない。普通は見えないはずのぼくの姿が見え、病室まで導かれてしまった彼女と、ぼくがどれくらいの因果が結ばれているのか——それもまた可能性というものさ」

そうだろ、とみなとはエルナトに確認の眼差《まなざ》しを送る。

エルナトは黙って、酔客の蠢《うごめ》く繁華街を見下ろしていた。

そして、沼に小石を落とすようにぽつんとこう言った。

「君は、ぼくが予測した以上に想像力が豊かだったんだな」

そうしてエルナトは、〈可能性の結晶〉の入った袋を、ジャリッと握りしめた。


みなとは、ベッドの上でエルナトとお揃いの巾着袋を握りしめる。

中は空っぽで、彼の集めた〈可能性の結晶〉は、部屋の中の宇宙空間に鏤《ちりば》めてあった。

エルナトは何を言いたかったのだろう、とみなとは改めて考える。

横には、ふっくらした頬を上気させた女の子。

会えなくなるんだろうか。

たった一つの希望も、ぼくは失ってしまうのだろうか。

袋を握る手に力が入る。

〈可能性の結晶〉。ぼくとこの子がずっとこうしていられる可能性が結晶となって宿っているのならば、けして手放しはしないものを。

女の子が、ぱっと顔を輝かせた。

「冬の大三角形！」まっすぐに指さす方向に、それは燦然《さんぜん》と輝いている。「私、覚えたよ！」

ふふん、と自慢そうにみなとを仰ぎ見た。

「オリオンを目印にしたら、けっこうすぐ判るね。ほら、左上の赤い星」

みなとは薄く頬笑んだ。

「赤色超巨星ベテルギウス」

女の子は首を傾げてみなとの顔を見上げた。

「超巨星って、そんなに大きいの？」

「うん。直径にして太陽の千倍はある」

「千倍！」

まるまると目を見開いた顔も可愛かった。

女の子は「すっご――ぃ」と言いながら、ベテルギウスをしげしげと眺める。「もしもあれが太陽だったら、地球はどうなってたかな」

「飲み込まれてるよ。木星の軌道ぐらいまであるんだから」

「うわあ」瞠《みは》った瞳に恐怖の色が混じった。

「しかも」と、みなとは自然と口に出してしまう。「もうすぐなくなっちゃう」

「えっ」

しまった、と思ったが遅かった。

楽しい時間にこんなことを言うなんて、自分はなんて愚かなんだろう。それもこれも、エルナトが、彼女と別れるかもしれないと仄《ほの》めかしたからだ。

「あの星はね、爆発しちゃう運命なんだよ。その時には地球にも影響があるかもしれない」

「そうなの……」

しょんぼりと女の子が呟く。

みなとは慌てて付け足した。

「きっと大丈夫だよ。ベテルギウスまでの距離は六百光年ある。超新星爆発が起きてから観測されるまで、少なくともそのくらいの時間がかかる。科学はどんどん進むから、人間は爆発を予測してなんとかしているよ」

女の子は赤々と輝く巨大な星から目を離さないままだった。

「お星様、一つなくなっちゃうのね」

みなとは唖然《あぜん》とした。この子は、人類の行く末ではなく、夜空から美しいものが一つ失われることのほうが悲しいのだ。

この子は、ぼくと会えなくなったら、同じように悲しんでくれるに違いない。エルナトが言ったようにたとえ別れの瞬間が訪れるとしても、この子の記憶の中にぼくとの思い出が息づいていれば、それで少しは安心できる。

病室でプラネタリウムよりもすごい星空を見たこと。魔法使いだと名乗る少年と、楽しく星の話をしたこと。それさえ覚えていてくれれば、自分の生きた証になる。

「そうだ！」

突然叫んだ女の子に、みなとはびっくりした。

「私も、昨日、星作ったんだ」

「星を、作る？」

女の子はベッドの上に置いていたポシェットを取り、右手を差し入れた。

中を覗き込んで、ごそごそ探りながら、

「うん。お母さんと折紙で作ったんだよ。あげるね。……あ」

手が止まった。

じっとポシェットの中を凝視したのち、彼女はしんみりと手を抜く。

そっと差し出した小さな掌の上には、厚みを持って折られた五芒星《ごぼうせい》が載っていた。

が、よく見えない。部屋は宇宙。暗すぎて、折り紙の星は輪郭すら危ういのだ。

「飾ってもらおうと思ったのに。私の星、見えないね」

女の子の声は涙を帯びていた。

たぶん、一生懸命に折ったのだろう。

たぶん、宇宙を見せてもらうお礼のつもりだったのだろう。

たぶん、みなとを喜ばせたかったのだろう。

大きな瞳を潤ませて自分の手に視線を落としている彼女を見ていると、みなとのほうが泣きたくなってきた。

みなとは、精一杯明るく言ってみた。

「僕は、この星好きだな」

「嘘」

女の子は唇をへの字にしてみなとを睨む。

「本当だよ。この星、まるでぼくみたいだから」

「え？」

そこにあるのによくは見えない。あるのかどうか判らない。たくさんの想いを内包しているのに、役に立たなくて、ひとり暗いところに沈んでいる。

怪訝《けげん》そうな顔の女の子に、みなとは特上の笑顔を送った。

そして右手をさっと差し上げて、散らばっていた〈可能性の結晶〉の一つを呼び寄せる。

それは、昨夜、この病院の廊下で拾ったものだった。とっても小さくて弱々しく光り、心許《こころもと》なそうにしていた。

「この、ぼくの星と交換しよう」

女の子の視線が、みなとの指に摘まれた桃色の結晶と、みなとの瞳を、何度か往復した。

「いいの？」

みなとはふっと笑みこぼす。

「また集めればいいさ。それに、この星も君のことが好きみたいだよ」

女の子の鼻の先で、〈可能性の結晶〉は、リロリン、リロリン、リロリロリロ、と、おしゃべりするように点滅している。柔らかい音は、赤ちゃんのガラガラみたいに聞こえた。

選ばれなかった結晶が、エルナト以外の人にとってどのような作用をするのかは判らない。エルナトは、飛び出したらそのまま消えてしまうと言っていたから、もう用済みだと思うのだけれど。

桃色の光は女の子にとても似合っていたし、たとえすぐに溶け去ってしまう砂糖菓子のようなものでも、ひととき彼女を慰めてくれれば。

みなとは女の子と星を交換する。

折紙の星を手にしたとき、うわ、と声が出そうになった。

何の変哲もない紙だ。なのに、掌が高性能のセンサーになったかのように、紙の感触が強いのだ。軽いし、熱くも冷たくもないのだけれど、ぴりぴりした電気が走るような、傷の上をこすってしまったような、激しい感覚がある。

それはけして嫌なものではなかったが、物を手に持つというのはこういう感じだったのかと改めて納得してしまう自分自身の考えが妙だった。

女の子のほうは、「わあ」とか「綺麗」とか言いながら、〈可能性の結晶〉を手の中でころころ転がしている。結晶が動くたびに、彼女の髪の先や瞳、ふっくらした唇や頬に、桃色の光が優しく映える。

みなとは、折紙の星を両手で押し包みながら彼女を見守っていた。

もしも〈可能性の結晶〉が能力を少しでも残しているのなら、どうかこの子のお母さんが元気になる可能性を。この子がどれを選んでも心満たされる選択肢を。笑顔ばかりですごせる未来を。

彼女の前には、常に、希望に溢れる将来がたくさん広がっていますように。

いつか会えなくなるかもしれないけれど、ぼくからもらったなんて気が付かないかもしれないけれど、君に〈幸せの可能性〉を心を込めて贈《おく》るよ。

だって、ぼくは君の魔法使いだから。君は、ぼくに願いをかけてくれたから。

みなとは、静かに頬笑んでいた。

「ねえ、エルナト。こんなところに来ても〈可能性の結晶〉なんかないよ」

　みなとはだんだん心配になっている。

　ふたりは夜の海にいるのだった。

　海岸からはずいぶん離れてしまっていて、遠くに湾岸道路のライトがビーズのように並んでいるのがかろうじて見えるだけ。眼下は墨のように黒い海面。お互いの姿がなんとか見えるのは、例の不思議な力のせいだろうか。

　人がいないのだから〈可能性の結晶〉が飛び出ることもない。なのに、エルナトはぐんぐんとさらに沖のほうへ離れていってしまうのだ。

　このままずっと飛び続けたら、ぼくたちはどうなってしまうんだろう。

　星の王子様の姿をしている時に疲労を感じたことはない。けれど、もし飛び疲れてしまったらどこで休めばいいのだろう。

　エルナトはいったいどこへ行こうとしているのだろう。

「仕方ないな」

　みなとは、そう独り言を口にしてから、ぐっと加速した。

　たちまち近づいたエルナトに、右手を伸ばす。

「ねえってば」

「ぎゅえっ」

　マフラーを引っ張ると、エルナトは勢い余って空中で一回転した。

「なんてひどいことを！」

「だって、エルナトが答えてくれないんだもん」

エルナトは、首をさすりながらぶつぶつと低く返した。

「〈可能性の結晶〉がないのは承知だよ。答えなかったのは、君が次に、どこへ行くの、とか、何をするの、とか、さらなる質問をしだすと面倒だからだ」

「面倒って、どうしてだよ」

「言葉では答えにくいことをしようとしているからさ」

エルナトは、あたりを見回した。

星空の下で、黒い水がおうんおうんとうねっている他には何もない沖合。

「ここらへんでやってみるか」

エルナトはバックパックを外し、中から〈可能性の結晶〉を入れた巾着袋を取りだした。袋の中の結晶が、布地を透かしてやんわりとした光を放っている。

「みなとのも貸して」

なんでだよ、と一瞬思ったが、もともと手伝いをしているだけなのを思い出した。せっかく集めた結晶に何をされるのか心配だが、ここは渡すしかない。

空中に胡座を組んで座るエルナトは、みなとにも横に来るように促した。

慎重に二つの袋を開ける。

中から〈可能性の結晶〉が、一つずつ一つずつ、しずしずと舞い上がった。全部で三十個ほどもあるだろうか。それらは、病室と同じくらいの広さの円盤の縁を形作ると、そっと静止した。

みなとは「何をするの」という疑問をぐっと飲み込む。

隣のエルナトの肩に少し力が入ったように見えた。

すると、結晶たちは苦しげに瞬き、切れ切れの光の線を描き始める。

「これは……」

みなとには、魔方陣のように見えた。〈可能性の結晶〉を外縁にして、いくつかの同心円と読めない文字が浮かび上がる。

切れかけの蛍光灯のようにびりびりと点滅する魔方陣に、エルナトが吐息をついた。

「やっぱりぼくじゃ、まだ安定しないな。もうちょっと頑張らないと」

みなとは、我慢しきれなくなって、おずおずと訊いた。

「エルナトの最終目的は、〈エンジンのかけら〉っていうのを集めて、宇宙船を修理することなんだよね」

「そう。でないといつまでもこの世界に留め置かれてしまう」

「〈エンジンのかけら〉って、どんなものなの」

片眉を上げたエルナトは、すらりと、「今に判るよ」と、質問を躱《かわ》してしまう。

みなとは、むう、と唸って唇を尖らせた。

それを見たエルナトが、ふっと優しい目になって、付け足してくれた。

「〈エンジンのかけら〉は莫大《ばくだい》なエネルギーを持っている。今のぼくたちじゃまだ捕まえられないけど、網は早く準備しておくに越したことはない」

「この魔方陣、網なの？」

「魔方陣か。いい呼び方だな。実にかっこいい」

エルナトはこくこくと頷き、機嫌をよくした。

「実際、魔法みたいなものだね。量子的作用を、目に見える大きさで行っているんだから。君たちの世界では、物理法則を破ってしまっているようにしか思えないだろうし」

「はあ」

「簡単に言えば、量子エンタングル状態の網で〈エンジンのかけら〉を捕まえようという寸法さ。〈エンジンのかけら〉は、膨大な〈可能性〉を展開されてオーバーフロー状態になり、機能停止し、縮退し、物質化する。本当は〈協力者の資質〉で作るのが強力なんだが、まだ見つからないから、とりあえず〈可能性の結晶〉で作るしかないんだ」

と、エルナトは調子が上がってきたのか、人差し指を立てて身体を左右に揺らしながらどんどん喋る。

「待って、待って。ちっとも簡単じゃないよ」

エルナトは、ふん、と鼻を鳴らした。

「だから、説明不能だって言ったじゃないか」

「説明をはじめたのはエルナトのほうだよ」

ぱちくり、と一度目瞬きをして、立てていた人差し指をしょんぼりと下ろし、エルナトは決まり悪そうな咳払《せきばら》いをする。

「えーと、そうだったかな」

エルナトはぽりぽりと頭を掻く。掻いているつもりだろうが、指が当たっているのはゴーグルだ。

「それは悪かった。解説しかけてしまったお詫《わ》びに、できるだけ簡単に言い換えてみよう。これは――」

「これは？」

みなとは身を乗り出した。

エルナトは、胸を張って、

「魔法だ」

みなとは、がくりと身体から力が抜けてしまった。

「簡単すぎるよ」

エルナトはやれやれと肩をすくめる。

「え、そう？　まあ、君は幼年期の人間にしては知識があるから、もうちょっと知らせてもいいかもしれない。言い換えれば、これは――」

「これは？」

再び身を乗り出すみなと。

エルナトが偉そうに反《そ》っくり返った。

「魔方陣だ」

「だから、それはさっきぼくが言ったんだってば！」

食いつきそうなみなとに気圧《けお》されて、エルナトは胸の前でぱたぱた両手を振った。

「いやいや、当たらずとも遠からずだったんだよ、魔方陣という譬《たと》えは」

「どういうこと」

エルナトは胡座を解いて立ち上がった。

「〈可能性の結晶〉たちは、いま、それぞれが最大限に影響を及ぼし合っている。君はバタフライ効果というのを知っているかい？」

「……うん」

「カオス理論はまだ勉強していないか。つまり、地球の裏側で蝶《バタフライ》がそっと羽搏《はばた》きすると、その影響が回り回って増幅され、こちらに大きな変化をもたらす。そんな意味だよ。君が属する文化では、風が吹けば桶屋《おけや》が儲《もう》かる、という言葉もあるようだね」

そっちは落語で聞いたことがあった。風が吹いたら、土埃《つちぼこり》で目を患《わずら》う人が増え、目が不自由でもできる三味線《しゃみせん》が売れる。三味線は猫の皮で作るので猫が減り、ネズミが増えて桶を囓《かじ》る。だから、風が吹いただけで桶屋が儲かる。そんな馬鹿馬鹿しい話が、一見関係のないところにも大きな影響が出る、という意味の諺《ことわざ》になったとか。

「〈可能性の結晶〉は、人に選ばれなかった選択肢として弾き出されたわけだが、もともとはまさしく可能性の塊、〈膨大な選択肢の記憶〉なわけだ。仮に、一から百までの可能性があったとして、その一つを選び、次の瞬間にもまた一から百までのうち一つを選ぶとする。すると、百かける百で、一万の組み合わせができる。でもその一万の選択肢は、最初の一つで別なのを選ぶと――」

そう言ってエルナトは、一番近い結晶に手を伸ばし、ちょん、と指先でつついた。

〈可能性の結晶〉がわずかに揺れ、その波紋は次々に伝わり、魔方陣全体に波動が伝わる。

「関係するもの全体に影響を及ぼす。ぼくたちは、可能性を自由に選択する能力、というか技術があるんだ。魔方陣は、いわばその関係性を図式として可視化したものなんだよ。可能性の線で運命の迷路を描いているようなものだね」

エルナトがぷよんぷよんと結晶を押すと、魔方陣が大きく波打った。

「図式では力が順に伝わっているように見えるけれど、本当は離れた場所でまったく同時に変化が起こるんだ。〈非局所性〉と言い換えてもいい。実体同士にはなんの関連もないのに、別の場所に絶対的な同時性を持って影響が及ぶ。まったく同時、だよ。光の速さは超えられないとする君の宇宙では、ちょっと想像もつかない事象だね」

みなとは、波打ちながら不安定に明滅する魔方陣をじっと見つめる。

まさしく運命のうねり。小さな蝶の気まぐれが、世界全体を大きく揺るがしていくさま。

「ぼくたちは、あらゆる可能性から任意の一つを〈確定〉することができる。その力を逆手に取って、敢えて遊ぶことを避け、自分の星が滅びてしまうという天然の運命から、宇宙船のエンジンをふかして逃げて逃げて逃げまくっている状態だった。そんな、運命すり抜け装置のようなものの前に、桁数《けたすう》すら判らなくなるほどの量の選択肢が現れたらどうなると思う？」

そんなのは想像もつかない。だいたい、運命から逃げる、というのすら、感覚的に捉えられない。

黙ってしまったみなとに、エルナトは魔方陣を布のように被《かぶ》せた。

「うわ」

頭から光の網に絡められ、みなとは思わず空中でしゃがみ込んでしまう。

「そうなんだ」エルナトの声は自慢そうに響いた。「逃げ道を探す処理が多すぎて、どうしようもなくなって固まってしまうんだ。こんなふうに〈可能性の結晶〉で〈エンジンのかけら〉を捕まえるつもりなんだよ」

光の網が消失した。

顔をかばっていた腕の間から様子を窺うと、エルナトは澄ました顔をして結晶たちを巾着袋にしまいこんでいるところだった。

「……エルナトたちは、逃げてるの？」

「そうだよ」

結晶から目を離さず、エルナトは静かに語る。

「どうしたってぼくたちの星は滅びてしまう。どんな宇宙へ行っても、どんな選択をしても、今のところ結果は同じさ。だったら、何も選ばないのがいい。〈何も選ばない〉という唯一無比の選択しかない。けれど、生きていくということは、選択の繰り返しだ。だからぼくたちは、ある意味時間を止めて、ひとところにとどまらず、何も決めなくていいように、流離《さすら》いはじめた。銀河を渡り、宇宙を渡り、次元を渡り、彷徨《さまよ》い、流離い……。君たちが知っている宇宙の理からは外れる行為だね。それでも、結果が出ないように、ぼくたちはいつまでも逃げる」

「ふうん……」

みなとは、心のどこかでがっかりしている自分に気がついた。

自分が手伝うのを、エルナトは喜んでくれている。自分でも役に立つと判って、みなとも嬉しい。けれどそれは、エルナトが彼自身の運命から逃亡するためだったなんて。いくら〈可能性の結晶〉を集めても、いつか〈エンジンのかけら〉を集められても、やった、万歳、ではなく、じゃあまた逃げるね、とエルナトは遁走《とんそう》を再開するのだ。

これじゃあ、エルナトの役には立っても、エルナトの種族や星にとってはなんの役にも立っていない。自分が星を救えるとは思わないけれど、もうちょっと積極的な何か、確かな達成感、未来が明るく拓《ひら》ける感じ、そんなものをみなとは頭の隅で期待していたのだ。

「何にせよ、もっと〈可能性の結晶〉を集めるか、ぼく自身が力を付けるかして、魔方陣を安定させないといけないな。大きさだってぜんぜん足りない」

「エルナトが力を付けると安定するの？」

「んー。協力者を引き寄せる力……ってやつ？」

友人は、照れくさそうに鼻をこすった。

「協力者を見つけなきゃいけない。ぼくは、実を言うと魔方陣をうまく扱えないからだ。魔方陣は因果を編んだもの。けれどぼくたちは因果をすべて否定して、何も決めないという立場を取っている。ちゃんと因果律の中に棲息する者でないと、このネットを自由に扱うことはできないんだ。そういう人を早く召喚したいのだけれど、まだうまくいかない」

「ぼくじゃ、駄目なの？」

みなとは思わずマフラーを掴んでいた。

「ぼくだってこの世界の人間だよ。いくらでも協力するよ。ぼくにはこの魔方陣は扱えないの？」

「ま、まずは手を離せ。締める前に、離せ」

ぱっと手を離すと、おびえたエルナトが距離を取った。

ぜいぜいと荒い息をしながら、マフラーの端っこを自分で握って守る。

「君にも扱えるかもしれない。ただ、君の場合はすこし特殊だからな」

「エルナトは何度もぼくのことが特別だと言っているね。いったい何が特別なんだ」

「まあ、そう怒るな。いまに判る。いや、判ってほしくはないが、きっと判ってしまうんだろう」

「どうしても言わないつもりか」

「言わない」

ぷーい、とエルナトは芝居がかってそっぽを向いた。

「それが君のためだ」

エルナトはよそを向いたまま、みなとのぶんの巾着袋を突き出した。

それを受け取りながら、みなとはゆっくりと項垂《うなだ》れる。

「……みんなそう言うんだ。ぼくのため、って。ぼくの病気がなんなのか、いつまで入院してないといけないのか、ぼくはどうなるのか……質問はみんなはぐらかされて、それがみんなぼくのためだって言うんだ。本当のことを知らないのが自分のためだなんて、ぼくにはどうしても思えない」

暗黒の海の上で、みなとの顔は袋から漏れる結晶のわずかな光を受けてぼんやりと浮かび上がる。

「知るというのは、新たな選択肢が与えられるに等しい」エルナトはきわめて真面目な語調だった。

「しかし、選べない者に選択肢を与えても、心乱れるだけだろう」

「どういうこと」

「いっ、いやいや、君のことではなく、逃げ続けるしかないぼくのことだよ」

友人はもういつものやんちゃな顔をしていた。

軽く上昇すると、

「この宇宙、ヒッグス粒子を宇宙創世に関わらせると、ビッグバンではなくビッグクランチが起きてしまうらしいね。つまり、爆発的に宇宙ができたんじゃなくて、誕生した瞬間に収縮してなくなっちゃうって。でもここにこうやってあるだろう。海も、空も、命も。おかしいよね」

「それがどうしたんだ」

「深く考えても仕方ないってことさ」

鳥が鳴くように高く笑って、エルナトは飛び去ろうとする。

「だから、君がいつも言ってるように、楽しくやろう、ってか？　おい、待てよ」

みなとは慌ててあとを追いかけるけれど、どんなに加速しても、粘力を持つかのような闇の中で、友達にはけして追いつけない。

逃げ続けたら、とみなとは考える。

ぼくもずっとこのまま、魔法を使う星の王子様として逃避していたら、よくない運命に捕まえられずにすむのだろうか……。


飛びながら、追いかけながら、みなとは黒い海の上で考えた。

ぴょんぴょんと楽しげに逃げるエルナトの背中を見つめながら、考えた。

あの女の子が、自分に向けてくれた憧れの表情を思い出しながら、考えた。

——自分には何ができるのだろう。

特殊の意味を教えてくれないエルナトを受け入れて王子様ごっこを続けても、それだけではあの女の子を幸せにできない。一生懸命に折ってくれた折紙の星のお礼ができない。

〈可能性の結晶〉や魔方陣をちゃんと操ることができたら、きっとあの子の願いも叶えてやれる。

そのためには、知らなければ。どうしたら本当の魔法使いになれるのかを。

知らなければ。逃げないで、知らなければ。どうしたら協力者としてエルナトに認めてもらえるようになるのかを。

たとえ、どうしても選べない選択肢であっても、自分の意思で諦めたい。

みなとは唇を噛《か》んだ。血が滲《にじ》むかと思うほど、強く噛んだ。

そして、抵抗の大きい闇をぐいぐいと押し分けて、もうすぐエルナトに手が届こうとしたその時。

「うわあっ」

突然、世界が閃光で満たされた。

視界も頭の中も真っ白になってしまい、みなとは腕で目を庇《かば》う。

光はすぐに消失し、目がもとの暗闇に慣れてくると、上空を振り仰ぐエルナトの姿が見えてきた。

「今の、何？」

エルナトは、なぜだか泣きそうな顔をしていた。

「あれが〈エンジンのかけら〉だ」

エルナトの視線の先には、星に紛れるほどの遙《はる》か上をゆっくりと動く光点があった。

星と異なるのは、小さいくせに明るさがマイナス三等星くらいもあることと、ゆったり不規則に輝きを変えていること。

「あれが……」

みなとも光点を目で追う。エルナトはうっとりと言った。

「さっき、魔方陣を展開したから引きずられて出てきてくれたのかもな」

「因果に絡まって？」

「そういうことだ。このぶんだと、隠してある宇宙船が君に見えてしまう日も遠くないかもしれないね」

「えっ、隠してあるの？　どこに」

「どことは判らないような高次元のエネルギー状態で、太陽の周りに存在する。けれど〈エンジンのかけら〉がこうして可視化されてしまうようなら、いずれ場所を〈確定〉できる物質として、この世界に姿を現してしまうだろう。そうなったら、眠っている仲間たちも目覚めてしまうし、地球にぶつかってこの星を滅ぼしてしまうかもしれない」

「そ、そんなに大きいのか！」

そんなものが地球と一緒に回っていただなんて。

エルナトは、〈エンジンのかけら〉の輝きをひたと追い、郷愁を帯びた口調で言う。

「そう。巨大な宇宙船の駆動体の一部が、あれだ。あれには、ぼくたちの運命だって変えられるくらいの力があるんだ。今のぼくたちじゃとても手が届かないけどね」

みなとは、胸の中がもやもやした。

「君はさっき、魔方陣を張ったじゃないか」

エルナトは、力なく首を横に振る。

「あんなもんじゃ駄目だよ。それに、ぼくじゃうまく扱いきれないって説明したよ？」

「じゃあ、いつ捕まえられるんだ？」

「さあね」友人の丸い頬に自嘲《じちょう》の笑みが浮かぶ。「いつになるかなあ」

カッと熱いものがみなとの全身を駆け巡った。言葉が逆鱗《げきりん》に触れたのだ。

いつになるかなあ、と、退院時期を誤魔化され続けてきた。いつになるかなあ、と先延ばしにされているうちに、自分は病状が悪化して死んでしまうかもしれないのに。なんという暢気《のんき》な言葉。

「エルナト！」

叫ぶと、エルナトはびっくりして飛び上がる。

「君はいつだって、できない、話せない、立ち向かえない、そんなのばっかりだ！」

「……みなと？」

拳を握りしめ、肩をふるわせて、みなとは唸るように言う。

「健康そうなのに、魔法だって使えるのに、なんだってできそうなのに」

「できそう、と、できる、は違うよ」

弱々しく答えるエルナトが、よけいに腹立たしい。

みなとの声は硬かった。

「ぼくにできることは、一つだけだ」

「なんだって？」

「魔法使い、星の王子様。そんなものになっても、病室に横たわるしかないぼくには、できることが、してあげたいことが、一つだけしか見つからないんだ」

そして、みなとはエルナトを睨んだ。

思わずエルナトが身を引いてしまうくらい、強い決意の表情だった。

「あれがあれば、運命だって変えられるって言ったね。あれがあれば、あの子の願いも叶えてあげられる」

「あの子……？」

みなとは、エルナトの復唱を振り切るようにして、ぐん、と飛び立った。

逆しまの流星のように、みなとは〈エンジンのかけら〉へ向かう。

「なっ……どうする気だ！」

驚きのあまりじたばたと追いかけてくるエルナトが、必死に声を掛けた。

「捕まえるんだ！　今のぼくならできる！」

「よせ！　あの力を個人の願いのために使うつもりか！」

個人の願いの何が悪い、とみなとは叫び返したかった。

母親の健康を祈るあの子の願いを叶えることが、健康でないために苦しんできた自分にできる、たった一つの行動だ。

まだ力が足りない？　そんなものはどうにでもなる。やってみなくちゃ判らない。やってみもせず、諦めたり逃げたりするなんて、もったいなさすぎる。

少なくとも自分は、今度あの子にあったときに「チャンスはあったけど、もうちょっと待って」などとは言えない。「次の機会にね」なんて言えない。医者や看護師から何万回も聞いた誤魔化しのセリフを、あの子に言うことなんかできない。

今ならできる。健康な身体の星の王子様なら、できる。

「エルナトだって、本当はあれが必要なんでしょ？　捕まえる勇気がないなら、ぼくがやってみせてあげるよ。結晶だってこんなに集まったんだし、魔方陣の描き方だってさっき見てたし、きっと大丈夫だよ！」

「みなと！」

後ろで聞こえるエルナトの叫びは、泣き声に近かった。

みなとは独り言のように返事をする。

「だってぼくは……ぼくは魔法を使える星の王子様なんだから」

星の王子は夜を飛ぶ。

頭の王冠はなんのため？

立派なコートはなんのため？

胸の十字星はなんのため？

——すべて、あの子を幸せにするため。

縁というものがあるのなら、因果というものがあるのなら、それはこの瞬間のために編まれてきたのだ、と、みなとは思った。

病床の自分が宇宙人に会い、王子の衣装を着せてもらい、魔法が使えるようになり、あの子に見られ、あの子に会い、あの子の願いを聞き……。みんなみんな、こうして彼女の願いを叶えるために準備されたことなのだ。

自分が人知れず斃《たお》れる樹ではなく、人と出会い、人と言葉を交わし、人の喜ぶことをしてあげられる存在だと証明する、千載一遇《せんざいいちぐう》のチャンス。これ以上待ってはいられないし、エルナトに任せておくわけにもいかない。

女の子の母親の病状は知らない。もっと力を溜《た》めたほうが本当にいいのかどうかも判らない。けれど、動ける身体を得たみなとは、やっと目にできた、強く輝き運命すら変えられる巨大な宝石を前に、じっとしていられなかったのだ。

背後でなにやら叫び続けるエルナトの言葉は、もう聞き取れなかった。

迫り来る光が強い風のようにみなとを押し戻そうとする。

〈エンジンのかけら〉は、近付いてみると、呼称からは想像できないほどの異様な姿を持っていた。

中心から四方八方へ、虹色に輝いて動く針をたくさん突き出している。何かの光源の絵を子供が描《か》いたみたいにも見えた。

かけらは、光芒《こうぼう》の形に放射したその針をざわめかせ、王者の足取りで星空を進んでいた。

しかしすぐに、遅く思えたのは〈エンジンのかけら〉があまりにも巨大だからだとみなとは知った。

病院だってまるごと入ってしまいそうな……いや、もっともっと巨《おお》きい。

ごうんごうん、と聞こえないはずの音が耳の底で響く。

光芒がまさぐるのは、見えない運命の先なのか、近づくみなとの存在なのか。

「追いつけない……」

みなとの顔が歪んだ。

巾着袋を取り出して、ばっ、と一掴みの〈可能性の結晶〉を空間に撒《ま》く。

魔方陣を張るつもりだった。

が、そううまくはいかない。

巨大な星の前で、〈可能性の結晶〉の光はあまりにも弱々しかった。

刹那《せつな》、円形を取りかけた〈可能性の結晶〉は、ざらりと崩れ、あちこちへ弾かれてしまう。

まずい。

そう思ったのと、〈エンジンのかけら〉の輝きが増したのとが同時だった。

膨大な質量が、信じられない角度で転回し、急速に縮小しながらみなとへと向かってくる。

長々とした光芒が、幾千の槍《やり》のようにみなとへ向かった。

みなとは悲鳴を上げた。

長く長く叫んでいたはずだったのに、捕獲しようとしたことを後悔する暇もなかった。

拳ほどの小ささまで圧縮されたトゲトゲの〈エンジンのかけら〉がぶつかってきて、みなとは吹っ飛ぶ。

いや、吹っ飛んだはずだった。

しかし身に感じるのは、衝撃でも痛みでもなく、ひたすらの浮遊感。空を飛んでいるのとはまた別の、重力の向きすら判らない虚空に放り出された感じだった。

知らずに閉じていた目蓋をそっと開く。

その矢先に、身体が急降下した。

みなとはまた悲鳴を上げる。墜ちる。どこか知らないところへ、墜ちる。

目はまた閉じてしまっている。

落下の感覚に弄《もてあそ》ばれるうち、みなとは気を失ってしまった。


テレビの音がする。

「……『切符を拝見いたします。』三人の席の横に、赤い帽子をかぶったせいの高い車掌が、いつかまっすぐに立っていて云《い》いました」

この物語は知っている。宮澤賢治の『銀河鉄道の夜』だ。カムパネルラとジョバンニが、宇宙を走る鉄道に乗って不思議な旅をする話。睡眠学習になればいいと、両親がかけっぱなしにしておいてくれているから、朗読の番組でもやっているのだろう。

テレビ音声に加えて、ピッピッと規則正しい電子音がしていた。

それと、しゅこー、しゅこー、という、空気が漏れるような音。

朗読は続いている。

「……カムパネルラはわけもないという風で、小さな鼠《ねずみ》いろの切符を出しました。ジョバンニは、すっかりあわてててしまって、もしか上着のポケットにでも、入っていたかとおもいながら、手を入れて見ましたら、何か大きな畳んだ紙きれにあたりました」

はた、とみなとは瞳を開いた。

まだ宙に浮いてはいるけれど、すでに王子の服はなく、いつもの病院お仕着せのパジャマ姿だった。

そこは見知らぬ病室。

部屋の天井近くから、みなとは周囲を見下ろした。

集中治療室だろうか、機械がたくさんある。心電図モニタ、観血式血圧モニタ、パルスオキシメータ、カプノメータ、呼吸数モニタ、体温モニタ。そして人工呼吸器と体温維持装置。

機械からは何本もチューブが出ていて、ベッドに横たわる少年の身体に入っている。

みなとはベッドの横に下りていって、瞳を絞って病人を見た。

人工呼吸器の音に合わせて酸素マスクが曇り、シーツの下の薄い胸が上下する。

髪は乱れて伸び放題、眉間に皺を寄せた苦悶《くもん》の表情。

誰が見ても、生きているのがやっとの状態、いや、ようやく機械によって命を繋《つな》いでいるようにしか見えない。

「……ぼくだ」

無表情にみなとは呟いた。

いつこんな大層な部屋に移動させられたのだろう。それよりも、身体があそこにあるのに、同じパジャマ姿の自分が横に立っているのはいったいどういうことだろう。

ベッドを挟んだ反対側に、エルナトがすうっと降下してきた。

「これは……？」

訊くと、エルナトは一呼吸置いてから、乾いた声で、

「そうか。やっぱり、君は気付いていなかったのか」

と、言った。

みなとは、感情が麻痺《まひ》してむしろ笑い出したくなっていた。

「どういうこと？　いったいいつからぼくは……」

エルナトは視線をベッドのみなとへと逸らせて答える。

「初めてぼくらが出会ったときから。ずっと、君はこうして横たわっていたんだ」

テレビの中からのアナウンサーの声が耳障りだった。

「嘘だよ、エルナト」みなとはくすくす笑っていた。「ぼくを騙《だま》すのはやめてくれよ。ねえ、全天図はどこ？　あれを眺めるの、ぼく、大好きなんだ。ああそうだ、星の本もどこへ隠したの？　ほら、君にエルナトって名前を付けたとき、参考にした本だよ」

エルナトは口では答えず、俯いたままゆるく頭を横に振った。

マフラーの先が、つられて揺れる。

みなとはそれを掴もうという気力もなかった。

「嘘だよ。ぼくがずっと寝たきりだったなんて、あり得ないよ。だって、看護師の藤原さんとお喋りしてるんだよ。お父さんやお母さんだって、お見舞いに来て、今日の調子はどうだったか訊くんだよ。ぼくはベッドの縁に腰掛けて、ちゃんと受け答えしてるんだよ」

エルナトは、また首を振った。もうベッドの上の少年も見ていず、目を硬く閉じている。深く項垂れているので、頭の上のゴーグルだけが虚《うつ》ろなレンズでみなとを見ている。

ゴーグルの二つのレンズには、相対するパジャマ姿のみなとがちゃんと映っていた。

信じない、信じない。

みなとは呪文《じゅもん》のように心の中で繰り返す。

しかし、もう笑っていられなかった。

「嘘だよ。ぜったい、嘘だよ。このぼくが、寝たきりの夢の中の存在だなんて。本当のぼくがこんな姿でいるなんて」

答えるエルナトの声は消え入りそうだった。

「すべてが幻というわけじゃない。君は、意識の奥深くで力一杯、せめてこんな自分でいたい、と夢見たんだろうと思う。それを、ぼくの力があんな形で引き出してしまったんだ。全天図のあるこざっぱりした個室、優しい両親、気さくな看護師。ご両親と病院スタッフは、眠っている間に君に会いに来ているかもしれないから、睡眠学習の要領で真実の姿も織り込まれている可能性もある」

「睡眠学習の可能性？　可能性は絶対じゃないよね。だったら、ぜんぶぜんぶぜんぶぼくの夢で、両親はぼくを顧《かえり》みず、もしくは事故か何かですでに死んでいて、病院の人たちだって、江口先生も藤原さんも、空想の人物だった可能性もある！」

「そこまでいじけるな。きっと彼らは存在するよ」

みなとは勢い込んだ。

「じゃあ、あの子は。折紙の星をくれた、あの女の子は！」

エルナトはまた首をゆるく振る。

「彼女は……。全天図のある想像上の部屋を訪れ、君があり得ない力で星空への旅へ連れて行ったと言うのなら、きっと彼女は……」

「そんなはずないよ！」

みなとは絶叫する。

「笑い顔が可愛かったよ。大きな目がくるくる動いていたよ。恥ずかしそうに俯いたりもしたよ。触れると手は柔らかかったよ。ぼくの話を聞いてくれて、星の話をたくさんして、それから――」

「君は」と、エルナトが悲しい顔で遮った。「ぼくと逢《あ》うまで、正確に言うと宇宙船の爆発を流星雨として見るまで、どう過ごしていた？」

唐突な質問にみなとはうろたえる。

「どうって……。だから、ずっと全天図のある個室で」

そして、世界が鳴動するかのような大きな衝撃と共に、思い当たってしまった。

「まさか、そんな」

宇宙船爆発の強力な光を浴びて、自分は目を覚ました。自分の名前やそれまでのことは、その瞬間に思い出した。まるで、量子理論において〈観測〉が行われ、その瞬間に〈観測者〉の作用で状態が〈確定〉するかのごとくに。

次に目覚めたのは、エルナトが訪問したときだ。その次は、女の子に見られたとき。そして、あの子が病室の扉を開けたとき。

みんなみんな、その瞬間まで意識がなくて、〈観測者〉に〈確定〉されて初めて、そこまでの経緯を思い出す形だった。

「ぼくは……誰かに会った瞬間〈ぼく〉になり、それまでの自分の辻褄《つじつま》合わせをしていたのか？」

「そういうことだろうと思うよ」

エルナトの肯定が、しんみりと心の底に沈んでいった。

テレビはまだ朗読番組を流している。

「……おや、こいつは大したもんですぜ。こいつはもう、ほんとうの天上へさえ行ける切符だ。天上どこじゃない、どこでも勝手にあるける通行券です。こいつをお持ちになれぁ、なるほど、こんな不完全な幻想第四次の銀河鉄道なんか、どこまでも行ける筈《はず》でさあ、あなた方大したもんですね」

「君はとても意志が強い」

エルナトが続ける。

「こうありたいとずっとずっと願っていたからこそ、〈可能性の結晶〉や〈エンジンのかけら〉がばらまかれたのが見えたし、ぼくとも会えた。けれどね、まだ力がないのに〈エンジンのかけら〉に触れたせいで、〈エンジンのかけら〉は君が関与するあらゆる可能性の中から〈真実の解〉を見つけてしまい、君の魔法は解けてしまったんだ」

「そんな」

と呟いたみなとは、バッと勢いよく顔を上げ、堰《せき》を切ったように喋った。

「でも……でも、また君と一緒に〈可能性の結晶〉を集めればいいよね。今だ、いただき、って。一緒に空を飛んで、追いかけっこしたり、結晶の投げ合いっこしたりして、楽しく集めればいいよね。そうすれば、うん、そうだよ、そうすればまた力がついて」

エルナトは苦しげにぶんぶんと首を横に振る。

みなとが言い終えても、ぶんぶんぶんぶん、と、エルナト自身の中の何かを振り切るように、強く否定する。

「駄目なんだ、みなと。とても残念だよ。君は特別で、〈可能性の結晶〉集めに向いていた。でも、もう終わりなんだ」

「向いていたって……？」

「覚えてるかい、最初の夜のことを。君から弾け飛んだ銀色でまん丸な結晶のことを」

そう言って、エルナトは無表情に巾着袋に手を掛けた。

「ほら、これだ。ぼくはこれを見て判った。この結晶は、なにか一つの決断をして失われた選択肢なんかじゃないってね。この珍しい結晶は――君が〈すべて〉を否定して、生まれたものだ。こんなものを吐き出せる人間なら、他の人から出た結晶を集めても、自分の中にそれが入ってしまったりしない。実際、どんなに集めても、〈可能性の結晶〉は君の中に取り込まれたりしなかった。実に珍しい。実に珍しくありがたいトモダチだった。でも、もう魔法は終わりだ。詭弁《きべん》を弄《ろう》しない〈真実の解〉は、君が昏《こん》睡《すい》状態である、ということなんだ」

そうしてエルナトはもう一度、

「残念だよ、みなと」

と、付け加えた。

みなとの身体が瘧《おこり》のようにぶるぶると震えた。幻の身体とはいえ、実際に熱が出ていたかもしれない。

それくらい、みなとは必死に考えた。脳味噌が沸騰するくらい、残された可能性を考えた。

魔法は解けてしまった。〈可能性の結晶〉を集め直すこともできない。自分の真の姿は半死半生《はんしはんしょう》。

どうにかできないか。なんとかできないか。何か道はないのか。

ぼくは、自分の運命に関わるこんなに重大な局面においても、やっぱり何もできない役立たずなのか。

森の奥の巨木でさえなかった。樹は動植物に囲まれて森の一員としては立派に役に立っていた。けれど自分は、病院という閉ざされた世界ですら、何とも関係を持てない。これでは、外の人と関わることなど夢のまた夢。倒木の音を人界に知らしめるまでもなく、もとより森の小鳥も獣も集《つど》ってはくれない、荒れ野に立つただの石柱なのだ。

どこへ行った、あの折紙の星は。

あの子からもらったあの星さえあれば、起死回生《きしかいせい》の素晴らしいアイディアが湧《わ》いてくるかもしれないのに。

ああ、でもあの子も自分が紡ぎ上げた幻で。

ぐつぐつ音を立てそうなみなとの心の中に、一本調子の朗読の声が侵入する。

「……ああぼくいまお母さんの夢をみていたよ。お母さんがね立派な戸棚や本のあるとこに居てね、ぼくの方を見て手をだしてにこにこにこにこわらったよ。ぼくおっかさん。りんごをひろってきてあげましょうか。と云ったら眼がさめちゃった。ああここさっきの汽車のなかだねえ」

あの子は、ぼくがぼくのために作り上げた人物だったのか。ぼくは自分が作った虚像を好ましく思っていたのか。

——冬の大三角形。私、覚えたよ。

追憶の中で、女の子の鈴のような声がりんりん響く。

そういえば、彼女の名前すら知らなかった。星語りの世界では、「君」と「ぼく」で事足りたから。

みなとは、結晶を入れた袋をきつく握りしめて念じた。

因果、縁、運命。なんでもいい。ぼくの想像力がこの楽しい日々を生み出したというのなら、現状から抜け出す想像を、今まさに、力一杯しよう。

〈可能性の結晶〉、ぼくに宿らなくてもいい。でも、ぼくが手に取り、ぼくが袋に入れたんだから、残る力をぼくに貸してくれ。

どんなささいな可能性でもいい。どんなつまらない選択肢でもいい。このまま横たわるだけの人生から抜け出せる力を——。

こおおおお、とみなとのまわりで見えない風が逆巻いた。

伸びた髪が持ち上がり、パジャマがばたばた音を立てる。

その時。

圧倒的な光量が病室に射《さ》し込んだ。

エルナトは振り返って、思わずよろめいた。

「〈エンジンのかけら〉。どうしてここに」

窓の外には、〈エンジンのかけら〉が針のような光芒をギラギラと蠢かせていた。

エルナトは、呆然と独り言を口にする。

「そうか。かけらはさっき、みなとの幻影と因果を――あっ！」

みなとの様子に気がついたエルナトが、ベッドの上を越えて飛びかかった。

「なにをする、みなと。袋を離せ。〈可能性の結晶〉はもう、君には必要ない物だ」

「うるさい！」

みなとは、思いっきりエルナトを突き飛ばした。医療機器にぶつかるかに見えたエルナトは、その機械をすり抜け、病室の隅まで転がる。

「〈エンジンのかけら〉。あれがあれば、運命だって変えられるんだよね？」

「ど、どうするつもりだ」

こんがらがったマフラーを慌ただしく顔から外しながら、エルナトが訊く。

みなとは、憤然と光の源を指さした。

「あれでやり直す！　ぼくが他の世界へ行けず、この世界にぼくの可能性がないなら、過去からもう一度、選択をやり直せばいいんだ！　死ぬ選択でもいい。生まれてこない選択でもいい。とにかく、自殺もできない寝たきりのままは嫌だ！」

エルナトの動きが止まった。

意識がないということは、自殺すらできないということ。みなとの選択肢はそれほどまでに皆無なのだと、改めて思い知った顔だった。

そこに一瞬の隙《すき》ができた。

みなとは袋から手荒に〈可能性の結晶〉を掴み出し、一心に願う。

もう一度、ぼくがあの姿になる可能性を！

エルナトが最初に空の飛び方を教えてくれた時のことが甦《よみがえ》る。

――行きたいように、動きたいように。そうすれば君の思い通りになるはずだ。

想像すれば叶う。強く思えば叶う。必死に願えば叶えられる。

たとえ立ち現れるのが幻の姿であったとしても、それを想像する精神だけは何ものにも邪魔させない。

ぼくを、魔法使いの星の王子に！

〈エンジンのかけら〉とは別の閃光が、衝撃とともに上から下へ駆け抜けた。

白いコートの裾が、ざっと音を立てて太腿へ当たる。

今だ。いただき。

王子は体当たりするように病室の窓を開き、一気に外へ飛び出した。

「そんな、自分の力で変身……。待て！」

我に返ったエルナトが、ようやく立ち上がる。

厳しい顔で同じく窓から出て、逆光に滲むみなとの小さな影を急いで追った。

エルナトは、苦悶の表情で後悔している。

「ごめん。君の絶望を特別で便利だなんて思ってて。君の想像する力を甘く見ていて。ぼくは、君を〈可能性の結晶〉に深く関わらせすぎた」

そして、キッと顔を上げてみなとに叫ぶ。

「やめるんだ、みなと。君は君の世界の理から外れようとしている」

みなとは光の中から、「それこそぼくの望むところだ！」と、大声を返した。

エルナトは必死になって言い返す。

「駄目だ。〈エンジンのかけら〉は未来へ向かうためのものだ。世界を渡るのも、運命を変えるのも、現状を受け入れた上でのことだ。今の自分を否定すれば、魔法は呪《のろ》いに変わってしまう」

「だって」

みなとは進むのをやめて、エルナトに向き直った。

眩しい光を背にしていてもなお、みなとの顔は暗く沈んでいた。

「だって、否定するしかないじゃないか。このまま寝たきりで生かされ続けろって言うのか？　ぼくのことを想ってくれる人なんて、誰もいない。たった一人、ぼくの扉を開けてくれたあの子も、いない」

みなとは、両手両足をいっぱいに広げて、大声を上げた。

「なにもかも幻だったんだ。ぼくが初めて抱いた希望はすべて！」

それは宣言だった。自分自身に、宇宙全体に、絶望を宣言したのだった。

血を吐くような言葉と同時に、王子の胸から小さい金色の光がシュッと放たれた。

エルナトがはっとする。

それは〈可能性の結晶〉。すべての選択肢を銀色の結晶として吐き出していたみなとの中に、わずかに残っていた最後の希望。

みなとは、その光を平然と眺める。飛び出して当たり前だ。あれは、あの子とずっと語り合っていたいという望みだったんだから。女の子が幻だと言われた今、その選択肢は失われる。去られてしまって当たり前だ。

「まだそこに、可能性があるのなら！」

叫んだのはエルナトだった。

力一杯両手を前に出して、金色の光に掌を向ける。

エルナトは、身体をくの字にして渾身の願いを放った。

みなとが散らかしていた〈可能性の結晶〉が弧を描いて収束する。エルナトの巾着袋からも、袋を破った結晶たちが光の矢となって飛び出した。

〈可能性の結晶〉は魔方陣を展開し、その網で金色の光を受け止めた。

金の星の勢いで中心の図を伸張させた魔方陣は、そのままみなとに襲いかかる。

「なにを……っ」

顔の前で手を交差させて身構えるみなと。

しかし、魔方陣も金色の光も彼の身体を軽々と通り抜けた。

みなとは、ふっと身体が軽くなった気持ちがした。

振り返ると、亡霊のように半透明の、もうひとりの自分が魔方陣に捕らわれている。

病院のパジャマを着た亡霊は、胸に金色の光を宿し、うっすらと頬笑んでいる。

亡霊の視線の先には、やはり夜空を透かす半透明の五芒星が浮かんでいた。

「折紙の……星？」

みなとが首を捻《ひね》るうちに、パジャマのみなとも、金の光も、折紙の星も、魔方陣ごとすうっと消えてしまった。

エルナトは荒い息をしていた。

「何をしたんだ」

というみなとの問いにもなかなか答えられない。

「君の……みなとの……かすかな……可能性、だ」

みなとはカッとなって拳を作る。

ざわりと髪が逆立った。

「まだぼくに無用な夢を見させるつもりか。けして叶わないなら、希望なんて最初からないほうがいい！」

エルナトは弱々しく笑う。

「もうひとりの君は、あの子からもらったという星に付いて行ったよ。まだ大事なものがあるんだよ」

「うるさい！　あんな幽霊、ぼくじゃない！　ぼくは、ぼくはっ」長髪と星のピアスが頬を打つほど、激しく頭を振る。「せめて、自分自身を消し去る道を……っ」

みなとの周りに、どす黒い霧が発生し、彼を縛るように渦巻《うずま》いた。

その霧はすっかり彼の全身を覆い尽くし、邪悪なエネルギーの塊に変じる。

霧の中に、血の色の双眸《そうぼう》がぎらりと光った。真っ赤に裂けた口は獣の笑みに歪んでいた。

頭のあたりからは悪魔の角が二本立ち、脹《ふく》脛《はぎ》のあたりでは白かったコートが濃い灰色に染まって切れ切れに裂けていた。

「よせ！　自分自身を呪うな！」

エルナトが霧の塊に突進する。

霧が触手のように伸び、友達を鋭く払った。

「どうせ君も、ぼくの幻だ」

エルナトの口から、「あっ」と小さく声が漏れた。

みなとはもう、エルナトをエルナトの姿で見ようとしていなかった。かっこいいゴーグルも、マフラーも、カボチャパンツも、冒険スタイルも、十字星がついたリュックも、いたずらっぽい笑みも、友達ぶる様子も。

所詮は自分が思いついたものじゃないか、と、みなとはギリギリと歯噛みした。

与えられていた姿を失って、エルナトはくぐもった結晶の形になっていく。

エルナトだった結晶は、遙か下へと吸い込まれるように墜ちていった。結晶の表面に、エルナトの悲しい顔の残像が広がり、すぐに消えた。

胸の痛みを振り切るように、みなとは決然と〈エンジンのかけら〉へ顔を向ける。

「ぼくは必ずかけらを集める。そして運命を変えてやる。こんな現実は認めない！」

みなとは黒い霧を纏《まと》って〈エンジンのかけら〉へと上昇した。

霧の中では、瞳が燠火《おきび》のようにむらむらと燃えている。

一度捕縛に失敗したことも、魔方陣を張る〈可能性の結晶〉をもう持っていないことも、みなとは気にしていなかった。

燦然と輝く〈エンジンのかけら〉。あれを捕まえたらすべてが手に入る。さもなくば、失敗して死ぬ。どちらにしても、壊れた人形みたいな今の自分よりもましだ。

みなとは飛んだ。

持ちうる限りの能力で〈エンジンのかけら〉を追いかけた。

人の姿を取ることも忘れ、流星の速さで飛翔する黒い霧でしかなくなっても、ひたすらに〈エンジン

のかけら〉を手に入れようとした。

みなとは、時間が判らなくなり、かけらとの距離が判らなくなってきた。

それほど、飛んでも飛んでも、急いでも急いでも、〈エンジンのかけら〉は近付いてこなかった。

もう宇宙の果てまで飛んだかと思うほどなのに、光芒の先にすら到達できない。

ちらりと、夜の海上で感じた不安が持ち上がった。疲れたらどうなるのか。どこで休むのか。

朧《おぼろ》になった存在には、すでに疲労など関係なかった。休むところなんて、どこにもなかった。

彼は飛び続けた。

眩しい光に集中していたはずなのに、いつしか何もかもがぼうっと白く輝きはじめ、どんどん思考が纏まらなくなってきた。

あれを、捕まえる。

みなとは次第に薄れていく意識の中で、そう自分に言い聞かせた。

絶対に、捕まえる。

捕まえる、捕まえる、捕まえる。

そうでないと、ぼくは……。

あれ、と、みなとは思った。

ぼくは、泣いているのかな。

それが、みなとがみなととして綴《つづ》った最後の感情だった。


もうひとりのみなとは、ふわふわと浮遊しながら病室へ戻ろうとしていた。

金色の光を胸の上に載せ、色とりどりの〈可能性の結晶〉に取り囲まれている。

目を閉じていたが、パジャマ姿の自分が、どこか穏やかな場所、柔らかな光の中で眠りに就こうとしているのが判った。

さっきまでの苦しみが嘘のように、みなとは優しい心持ちでいる。自分が世の中には無用な存在だと悟ると、こんなにも達観してしまうものなのか。

一緒にいようね、とみなとは〈可能性の結晶〉たちに語りかける。

静かなところで、ひっそりといようね。

役立たずなんだもの。みんなの邪魔をしないように。

そうだ、と、みなとはちりりと胸を痛ませる。

お父さん、お母さん。できれば幻じゃなくて本当に生きていてほしいな。そして、たまにはぼくのところに会いに来てくれていると嬉しいな。

でも、負担だよね。あんなに機械をいっぱい使って生きながらえさせているなんて。お金もかかるだろうし、悲しいよね。

どうか邪魔なぼくが、みんなの負担になりませんように。少しでも早く消えてしまえますように。みんなが要らないと弾きだした〈可能性の結晶〉と一緒に、どこかでおとなしくしているから。

花がいっぱい咲いているところがいいな。

……あの女の子、かわいかったな。もう一度会えるなら、きっと花畑を喜んでくれるだろうな。

みなとは、ほんの少し、金色の光を強めた。

ぼくはまだ少し期待してるのかもしれない。あの女の子が実在するかも、ってことに。

だって、あの子はぼくを「起こして」くれたもの。他の人みたいに思い出す存在じゃなかったもの。記憶のカードの中に描かれてるんじゃなくて、倒れるドミノの一枚でもなくて、ぼくを揺り起こすことができたんだもの。

彼女の存在がどうであるかは判らない。夢でもいいからもう一度会いたい、とみなとはしんみりしてしまった。

再会の場所には、できれば綺麗な噴水や水路なんかがあるとすがすがしいだろうな。チョウチョが飛んでいたら、きっとあの子も嬉しいだろうな。

そんな内緒の花園で、ぼく、静かにしてるから。

邪魔にならないように、滅びの瞬間を待っているから。

だから、ぼくのせいで誰かが苦しまないように。

「……『僕も少し汽車へ乗ってるんだよ。』男の子が云いました。カムパネルラのとなりの女の子はそわそわ立って支度をはじめましたけれどもやっぱりジョバンニたちとわかれたくないようなようすでした」

浮いた身体の下方から、病室のテレビ音声がかすかに聞こえてきた。

「『ここでおりなけぁいけないのです。』青年はきちっと口を結んで男の子を見おろしながら云いました」

あれ、と、みなとは思った。

ぼくは、泣いているのかな。

それが、みなとが眠りに就く前に綴った最後の感情だった。

水音がする。

この水は、循環している。

ここは、外の世界と隔絶されているのだから。

みなとは、それを知っていた。

そこは、柔らかな光が降り注ぐ温室だった。

天井は五芒星《ごぼうせい》をデザインしたガラスドームで、中央に噴水がある。周りには、さまざまな植物が生い茂っていた。大きな木もたくさんあって森のようなところもあるし、水路の脇《わき》には小さな蕾《つぼみ》を付けた花々も植わっている。

あたたかく快適に、閉ざされた世界。植物は外の世界にはない種類のものだし、水路も石組みの小径《こみち》も、どこへも繋《つな》がっていない。光の粉を散らしながら翔《と》ぶ青い蝶《ちょう》は、どんなに羽搏《はばた》いてもバタフライ効果をどの世界へも伝えることはない。

こうして自分たちは静かに待っているのだ、と、噴水の前に佇《たたず》むみなとは薄く笑った。

現実と重ね合わされた別の世界で。人々の忘却の彼方《かなた》で。

判っているのは、人から捨てられた〈可能性の結晶〉が、集めもしないのにここへ自然と寄ってきて蝶や花の蕾に宿り、自分と一緒に粛々と滅びの時を待っているということ。

それだけ覚えていればいい。他《ほか》の事を思い出そうとしてはいけない。

胸に入り込んでいた金色の星は、噴水のてっぺんにある十字星の飾りに封じ込めてある。あれは確か、誰《だれ》かに対する未練だったような気がするが、もう忘れてしまおう。

それが自分を守るため。

待つ。ただ、待つ。それだけ。

穏やかすぎて、いままでこの温室にいることすら実感できなかったのに、どうして急にこんなことを改めて確認するのだろう。

怪訝《けげん》さに首を捻《ひね》った瞬間、原因に思い当たった。

「風が変わったね」

指先に止まらせた蝶へ語りかける。

目の前に差し出した指は以前よりも細く長く、視線は以前よりも高い位置にある。自分は少し成長したようだった。

風が変わって、自分は自分を取り戻した。急に目覚める感覚は、前に何度も体験したような気がする。

それは、誰かが自分と関わってくれた時に――。

「もしかして、お客さんが来たのかい？」

そんなはずはないのに、別の存在がここを〈観測〉しようとしているのだ。

「道理で空が騒がしいわけだ」

いったい誰が。

みなとは、激しく咳《せ》き込んだ。過去を思い出そうとすると、金の星を取り出した胸が痛んで咳《せき》が出る。思い出したらつらくなるということを、意識ではなく身体《からだ》が教えてくれる。いわば、咳は過去への結界のようなものだった。

膝《ひざ》から頽《くずお》れながら、みなとは腹を立てていた。

なぜ、外のものが混入してくる？　どうしてぼくを乱す？　なぜそっとしておいてくれない？

ぴしゃりと扉を閉める音がした。扉など、どこにもないはずなのに。

そして、駆け寄る足音と、女の子の声。

「ごめんなさい、大丈夫ですか」

鈴のような声と共に、カシッと何かが割れる音がした。

「あの、大丈夫?」

おろおろした口調で、女の子はみなとに肩を貸そうとする。

その手が、あっ、と躊躇《ためら》ったのを、みなとは感じた。

みなとは、やっと女の子の顔を見た。

髪の色が明るくて、瞳《ひとみ》が大きくて、かわいい少女だった。

誰かに似ている、と思った瞬間、また胸がきりきり痛んだ。

苦笑が自然と顔に浮かんできてしまう。

「軽いだろ」

なにせ、中身は空っぽだからね、とみなとは続けたかった。物理的にも軽いし、心の中には過去も希望も残っていないし。

女の子は、困ったような、怯《おび》えたような顔をして、じっとみなとを見つめている。

みなとは、この子はここへ足を踏み入れることができるのだから、特別な情報を持ってきてくれたのかとも思った。が、彼女は戸惑っていて自分同様に何がどうなっているのかを知らないようだった。

期待が削《そ》がれて、みなとからふっと力が抜けた。

「それ」

女の子が持っていた細長いバッグを指さす。

「今、変な音したけど？」

「ふえっ！」

女の子は飛び上がらんばかりに驚いて、あたふたとジッパーを開けた。

「あああああ」

悲壮な声を出しながら中身を取り上げる。

バッグの中にしまわれていたのは、小型の天体望遠鏡だった。

この子、星が好きなんだ、とみなとの鼓動が跳ね上がった。黄色いポップな星形のピンを髪に着けているのも、ただのお洒落《しゃれ》ではなく、趣味の表明というわけだ。

自分もずっと星が好きだった……いや、過去を失っているので断言はできないが、好きだった気がする。

だからこそ、天井ドームには五芒星、噴水のてっぺんにも星の飾り、積み石には十二星座のマークが彫り込んである。自分が創造したのであろう心地よい空間に星の意匠を持ち込んでしまうくらいには、星を愛していたはずだ。その証拠《しょうこ》に、自分は女の人みたいに三日月に抱かれた五芒星のピアスまで両耳に着けているではないか。

女の子は、黒縁のレンズのようなものを手にして、がっくりと肩を落としている。

みなとはくすっと笑って、「とりあえず、座りなよ」と、噴水の縁石を叩《たた》いて、言った。

女の子は、恥ずかしそうに地面へ視線を彷徨《さまよ》わせた後、立ったまま噴水を見上げた。

「ほわあ」

小さな感嘆の声を出したのを、みなとは聞き逃《のが》さない。

直径十メートルはあろうかという大きな噴水だ。二段構えの水盤の上には十字星のオブジェがあって、朝顔型に上へ噴き出す水が透明なベールを作っている。群青《ぐんじょう》を地色に金色の星を散らすラピスラズリが帯のように埋め込まれているのも、星座のマークがぐるりを取り囲んでいるのも、天文好きの彼女には嬉《うれ》しい驚きなのだろう。

「口、開いてるよ」

みなとが指摘すると、彼女はパッと両手で自分の口を押さえて、ますます恥ずかしそうな顔になってしまった。

セーラー服をアレンジした制服が似合っている。この子はちゃんと学校に行っているんだな、とみなとは思った。学生生活に憧《あこが》れて、温室の外へ出ることはないのに制服めいたタイやカーディガンを着てしまっている自分とは違い、本物の学生だ。

女の子は口を押さえたまま固まってしまっている。

話題を変えるか、と、みなとは口の前で握ったままのレンズを指さしてみた。

「それ、見せてくれる？」

「あ、はい……」

縁石に腰掛けて、天井からの光に透かしてみた。罅《ひび》が入ってしまっているが、それがまた、陽光を受けて複雑に輝き、とても魅力的だ。

みなとが見入っているので女の子は所在なくなってしまい、やっと遠慮がちにみなとの横へ腰を下ろした。

よほどがっかりしているのか、自分の膝に視線を落としている。

「ふうん、綺麗《きれい》だね」

みなとが思わず呟《つぶや》くと、力ない声が返ってきた。

「プロテクターフィルター。これだけですんで……よかった」

「ありがとう」

そう言ってフィルターを返そうとしたみなとの動きにも、気落ちした彼女は気が付かない。ぴんぴんと跳ね散らかった毛先までもが、しょんぼりして見えた。

少女は、太腿《ふともも》の上で両手をぐっと握りしめたまま呟きを落とす。

「私……いつも要領悪くて。友達からも、よく、鈍臭いって言われるんです」

友達か、とみなとは思った。

掛ける言葉をみなとは持たない。唯一の友達がいたようなうっすらとした感触は残っているが、それ以上考えようとすると胸苦しくなってしまうから。

なんと言ってやればいいのかを迷っていると、温室に棲《す》む青い蝶が、ふわりと少女の前髪に舞い降りた。

「そのまま……」

みなとは手を差し伸べて、蝶を自分の指にとまらせた。

女の子の頬《ほお》が、かっと紅潮する。突然異性に触れられてどきっとしてしまったのかもしれない。けれど、みなとは蝶を放《ほう》っておく訳にはいかなかったのだ。

温室の中にあるものは、すべてが自分の幻影。蝶や花は〈可能性の結晶〉の仮の姿。そんなものを、まだ正体の判らない、もしかしたら現実の世界から来たかもしれない女の子に接触させたら、果たしてどうなるかが心配だった。

「うわあ」少女は、蝶から目が離せないでいる。「なんていう名前？」

「さあ。よく知らないんだ」

たった独《ひと》りの閉じた世界では、誰かと会話することもなく、名前を付けてやる必要もない。

「ねえ。どんなに綺麗でも、ここでしか生きていられないものに意味があると思うかい？」

「え？」

「どんな輝きも人の目に触れなければ暗闇《くらやみ》と変わらないように。どんな立派な巨木でも、人知れず朽ちてしまえば、存在したことすら気付いてもらえないように」

無意味を自分に思い知らせるために創った聖域を、この子は乱しにやってきた。

みなとは、力のこもった瞳で少女を射貫《いぬ》く。

「鍵《かぎ》は掛かっていたはずだ。誰でも来られる場所じゃない。君は誰」

少女は、

「……すばる。すばるです！」

と、答えた。

幼児のような言い方に、みなとは思わず頬笑《ほほえ》んでしまった。

「名前じゃないよ」

でも、答えてくれてよかった、とみなとは思う。

少なくとも、ぼくは彼女を名付けていない。「すばる」という名前は、「みなと」という名付けに関係がないこともないが、まさか自分の深層心理がプレアデス星団の和名を引いて勝手に付けたとも思えない。彼女が自分の名をあらかじめ持っているということは、この架空の楽園の外から来た証明ではあるまいか。

だとすると、彼女はどんな因果に絡まって、開かずの扉を開いてしまったのか。

思い当たるとしたら、すべての始まりである流星雨。

因果？　全ての始まり？

みなとは自分の思考を反芻《はんすう》する。

流星雨を見て、ぼくはどうなったんだったっけ。

あまりにも頭の中の霧が深くて、よく思い出せないけれど、そう、確かに始まりは現実離れした流星雨。

みなとは、陽光煌《きら》めくドーム天井を見上げた。

「すばる。君は星を見なかったかい？」

よほどみなとの質問が唐突に聞こえたのだろう。

すばるは人差し指を頬に当てて、「星？」と、ゆるく呟き返した。

と思ったら、

「ふわっ！　そうだ！」

すばるは、突然叫んで、ぴょんこ、と立ち上がった。

「わ、私、行かなくちゃ」

くるりとみなとのほうへ向き直る。

「あ、あの。今夜はペルセウス座流星雨のピーク日で……。私、それが見たくって……」

今夜が流星雨。予報が出るなら、よくある普通の天体ショウだ。自分が見たものとは違う。

声を裏返らせて言い訳をする少女の慌て方は、可愛《かわい》らしかった。自分が創造した幻の人物だとすると、こうも素《す》っ頓狂《とんきょう》な行動はできまい。

みなとは、彼女が外から迷い込んできた人物だと確信した。

「へえ」

みなとはとりあえず、表情を押し殺して無難な返し方をする。流星雨と関係ないとすると、彼女はどういう縁でここまで来たのだろう。

「あ、あの……っ！」

「うん？」

「あ、あの。良かったら……」

すばるは、緊張のあまりしどろもどろになってしまっている。

ぎゅっとポケットのあたりを掴《つか》んで、

「流星雨、見に来ませんか」

と、誘う。唇がわなわな震えていた。

すばるは、渾身《こんしん》の力で言い足す。

「き、きっと……きっと綺麗だから！」

本当に素っ頓狂だ。面白いな、と、みなとは頬笑ましく見守った。

それに、ぼくがここから自由に出られると思い込んでいる。綺麗なものに感動する心を、まだ残していると思い込んでいる。

みなとは、ふっと笑みこぼして言ってしまった。

「なんで？」

少女の表情が、一瞬、歪《ゆが》んだ。そしてみるみる真っ赤になって、

「い、いいです。やっぱり、いいです。すみません、変なこと言って」

と、慌てて手を振った。

その慌てぶりのまま、天体望遠鏡のバッグを引っ掴み、

「お、お邪魔しましたあああっ！」

と、言い終える時には、もう、入ってきた扉をがらりと開けて、出ていってしまっていた。

すばるが扉を閉めた瞬間、それは拡散する花の香りのように、ふわりと消えた。

「つむじ風みたいな子だな」

みなとは、拳《こぶし》を唇に当ててくすくす笑う。

変わり映えのしない温室の空気が、新鮮なものに入れ替わったかのような爽快感《そうかいかん》。

退屈で知らず知らずのうちに澱《よど》んでいたみなとの胸を、心覚えのあるミントの風が吹き抜けたよう。

また来るのかな。

そう、過去にもこんなふうに、誰かの訪れを待っていたことが……。

ついうっかり、そう振り返ってしまった。

とたんに胸が錐《きり》を刺したように痛んだ。

そうだな。ここでは、期待なんてものは、しちゃいけないよな。

胸を押さえて苦笑する。

そしてみなとは、声に出してみた。

「縁があれば、また会えるさ」

言った傍《そば》から、彼女がプロテクターフィルターをぽつんと置き忘れているのが目に入った。

「やれやれ」

みなとは、肩をすくめた。

青い蝶たちは、みなとの周りをはたはたと飛び交っていた。

自分たちの羽搏きがすばるに伝わり、みなとの願いを叶《かな》えてやれると信じているかのように。


水が循環する閉鎖空間では、時間もまた、循環するかのように変化がない。

世の中から捨て置かれるのがこれほど心地よいものだなんて。どうして最初からここを創らなかったのだろう。

最初？　最初の意味も判らないけれど。

将来はない、消えるだけ。それが本当に心穏やかだ。ここではシュレーディンガーの猫でさえ、死しか選べないだろう。

みなとは、聞きかじりの知識を動員して、自分はシュレーディンガーの箱の中にいるのではないかと思索に耽《ふけ》ることがあった。〈シュレーディンガーの猫〉とは、有名なパラドックスの名前だ。

量子的な確率を利用した毒殺装置と共に箱の中にいる猫を、生と死が〈重なり合って〉いる状態と捉《とら》える。観測者が蓋《ふた》を開けると、量子論を記述する波動関数はそのどちらかに〈収束〉し、生死が〈確定〉する……らしい。

〈シュレーディンガーの猫〉の箱なら、中身は元気な猫か死んだ猫。元気な猫への期待を掛けて、蓋を開く人もいるだろう。しかし、みなとの箱の中身は、寝たきりのみなとか死んでいるみなと。そんな箱を、開いてみようとする奇特な人などいやしない。

現実を直視するのが嫌だったら、箱の蓋を開けなければいいのだ。結果が出ないようにすればいいのだ。

この温室のように。

蓋をされた閉鎖空間でしか存在できないということさえ受け入れてしまえば、なにものにも乱されない世界はとても甘美だ。

同じように、運命から逃げている人物を、逃亡者と罵《ののし》ったことがあるような気もするが、深く考えると胸が痛んで咳き込むのでやめておく。

期待はしない。なに一つ、希望も持たない。決定はしない。なに一つ、選ばない。

たった一つ、みずからが望み、みずからが達成すべきなのは、誰の邪魔もせず滅びゆくこと。

ぬくぬくと心地よい温室の中で、みなとは、ただ、待つ。選択に破れた〈可能性の結晶〉たちと一緒に。

華々しく選ばれようとするなかれ。先の幸福を望むなかれ。静かに隠遁《いんとん》していれば、きっと穏やかな滅びがやってくるはず。

それが「逃げ」に見えようが、みなとには他に選択肢がなかった。

選択しないことを指して、逃げだと厳しく指摘してしまった誰かに、謝罪したい気分だった。

けれど、その人はきっともういない。

みなとの胸が、きりりと痛む。


起きているのか眠っているのか判断の付かない、ぬるい時間が過ぎていく。青い蝶は、空《むな》しい羽搏きを続けている。

みなとは、石畳の上にしゃがみこんで、〈可能性の結晶〉を託した花の蕾を手にとって眺めている。

眺めている自分を、自覚する。

自覚するということは……。

ガチャッと金属的な音がした。

やはりお客が来たのだ。だからみなとは目覚めたのだ。

振り向くと、前と同じ、星のヘアピンを留めた女の子、すばるが扉のところに佇んでいた。手にしっかりと、飲み物の紙パックを握りしめて。

前回は引き戸だったのに、今回は押して開けるタイプの扉だ。

けれど、呆然《ぼうぜん》とした顔は同じだった。

みなとは、「また君か」と言ってしまった。

別の人は来ようにも来られないのだから、当然のことなのだけれど。

他の誰かにも訪れてほしい気持ちと、同じ人と深く縁を結んじゃいけないという無自覚のブレーキとが混じり合って、我ながら突《つ》っ慳貪《けんどん》な言い方になってしまう。

すばるは、消え入りそうな声で、

「えーと……こんにちは……」

と、律儀《りちぎ》に挨拶《あいさつ》をした。

みなとは、「こっち」と言って、先に立って歩き出した。

睡蓮《すいれん》に似た葉の浮かぶ水路の脇を進み、噴水へ連れて行く。

みなとは、羽織っていたカーディガンをするりと脱いで、噴水の縁石に敷いた。

「ほら、座ってて」

みなとは、彼女が再び迷い込んでしまったのは、忘れ物をしたせいだと考えた。

プロテクターフィルターを持って戻ると、すばるは、緊張の面持ちで縁石に座り、みなとのカーディガンはお尻《しり》の下ではなく膝の上に載せてくれていた。

「はい」

と、みなとがすばるの目の前にフィルターを突き出すと、

「うわあっ！」

と、いちいち驚く。

みなとは、大袈裟《おおげさ》で元気なすばるの反応がおかしくてたまらなかった。

「忘れ物だよ」

「あ、これ……」

これまでの行動からすると、うわあ、ありがとう、とでも言うのかと思った。

が、すばるはフィルターを受け取ってもしゅんと肩を落としたまま。

「どうしたの」

すばるの隣りに腰を下ろしたみなとが訊《き》くと、彼女は「え？」と訊き返した。

「嬉しくなさそう」

大きな瞳がうろうろと彷徨う。

「だって、これはもう役に立たないもん」

みなとは、身を乗り出してすばるの手元を覗《のぞ》き込んだ。

「ふうん。こんなに綺麗なのに」

「あ、あの……」すばるは尻込みしながら言った。「要《い》りますか、これ」

「え？　なんで？　くれるの？」

「私には、もう必要ないから。綺麗だって言ってもらえる人のところにあったほうがいいと思って」

「本当？」

みなとは嬉しかった。必要がないものをまた一つ、この安息の地に迎え入れられたことが。そして、誰かが自分に贈《おく》り物をしようとしてくれていることが。

ほんのりと浮かんでくるのは、以前に何かをもらった記憶。やはり掌《てのひら》にすっぽり収まる小ささで、とても大事だった気がする。ただただあたたかい思い出の雰囲気のみが甦《よみがえ》ってきた。

我知らず頬笑んでいたのだろう。目の前のすばるも、ちょっと口元を上げる。

「あ、笑った」

やっと見られた、すばるの笑顔。

他の人と笑み交わすことができるなんて、自分でも信じられなかった。

きょとんとしているすばるに、みなとは重ねて言った。

「この間の君は、こんなところへ来てしまってあたふたしてたけど元気だった。でも、今日はなんだか、悲しそうだったから」

　ほっとしたみなとは、頬杖《ほおづえ》をついた。

　指摘したのが悪かったのか、すばるはまた視線を下へ落としてしまう。

「私、久しぶりに会った友達と、なんだかうまくいかなくて。会いたくなかったわけじゃないのに。会えて嬉しいはずなのに」

「会話が噛《か》み合わなくなっているのかい？　会わなかった時間は、それぞれ好き勝手してただろうしね。共通体験が途切れてしまっているんだよ。話題がてんでばらばらになってしまうのもしかたない」

「そんな簡単なことじゃ……」

　少しむっとしたすばるを眺めながら、みなとは吐息をついた。

　もしも、急に両親に会ったら、自分はどう思うだろう。なにひとつ共通体験がない親と、どんな話をすればいいのだろう。実際の両親がみなとのイメージとまったく同じ訳はない。その時自分は、予想と違う様子にきっと戸惑う。両親だって、ぼくの様子にきっと戸惑う。

　だから、このままでいい。外界を遮断し、想像力だけで世界を構築して、齟齬《そご》も意外性もなく、戸惑いも落胆もない、この世界が自分には優しい。

　みなとは、ガラスの天蓋《てんがい》を仰いだ。

「変わってほしくないんだね」

「え？」

「君の知らないうちに、君の知ってる人が、君の知らない人に変わるのが嫌？　それとも、変わりたくないのは君の方？」

「……判らない」

すばるは、またしょげてしまった。みなとは慌てて作り笑いをする。

「ごめん。ぼくもよく判らないんだ。友達がどんなものかなんて」

かつて、一人だけトモダチがいた気がする。胸が痛んで思い出せないけれど。その子といま会ったら、自分もすばるのようにまごつくだろう。

みなとは、すばるの顳のあたりに目を留めた。

「ねえ、すばるはなんで角が生えてるの？」

みなとは自分も顳《こめかみ》のところに指を立てて、二本の角を模してみる。

すばるは、バッと癖毛を押さえ込んだ。

「ど、どうしてもこうなっちゃうんです！」

「かっこいいね、それ」

すばるは、恥ずかしがってそっぽを向いてしまった。

「本当だよ。もしもぼくが自分の好きな姿になれるとしたら、絶対に角を生やすよ」

「知りません、そんなの！」

みなとは、すばるの背中に語りかけた。

「癖を直したいと思っても直せない。そうだよね。無理して押さえ込んでも、ピン、と跳ね返ってしまう」

頭を押さえ込んだすばるが、「うー」と可愛らしく唸《うな》るのが聞こえた。

「人の心も同じなんじゃないかな。変わりたいと思っても、そう簡単には変われない。君はどう？」

少しの間、すばるは答えなかった。

やがて、消え入りそうな声で、

「無理です」

と、ぽつりと言う。同時に、癖毛がぴこんと元に戻ってしまった。

「君の友達だって、そうなんじゃないのかな。会わなかった時間を埋め合わせようとしても、今の自分をその時に戻したりはできない」

すばるは黙ってしまっている。

みなとは、彼女に考える間《ま》を与えてから、そっと言い足した。

「ねえ。だったらさ、なればいいんじゃないかな、改めて、友達に」

すばるは、怪訝そうな顔で振り返った。

「今のままの君を正直に表して、今のままの相手と」

「正直に……。でも、なかなかきっかけが……。どうやったらいいのか……」

みなとは、ふっと息を吐いてから、掌を胸に当てた。

「ぼくは、みなと。まずは、名乗る」

釣られて、

「すばる……です」

と、答えた少女に、みなとは噴き出しそうになった。

「この前、聞いたよ」

「えっ、あっ、ああっ、そっそうですよねっ」

ばたばたした慌てぶりは、少し元気を取り戻した証拠。

みなとは、うっすらと頬笑んで続けた。

「名前があるなら、呼びかけてみる。そして、共通体験を作っていく。ぼくだったら、そうするな」

言いながら、意識の端のほうで浮かび上がる追憶があった。名前を聞きあって、すごく楽しい冒険を開始して。もう誰とも、共通体験を語り合うことはないのだけれど。

「君には時間がたっぷりあるんだろう？　だったら、どんどん思い出を積み重ねていけるよ」

すばるの唇が、むにむにと動いていた。

そして、ぴょんこ、と立ち上がる。

「わ、私、そろそろ行きますっ」

何らかの決心が変わらないように急いでいる。みなとにはそんなふうに見えた。

みなとに一礼して、石畳の小径をバタバタ走り、あっという間に扉をくぐってしまうすばる。

半ば呆気《あっけ》にとられて見送ったみなとは、扉が消失してから、ようやく、新たな忘れ物に気が付いた。

さっきまで彼女が座っていたところに、今度はイチゴ牛乳の紙パックが、ぽつんと残されていたのだ。

みなとはそれを大切に取り上げた。

「またこんな縁を残して……」

普通の人を異界に呼び寄せたくはなかった。

が、みなとの頬には正直な柔らかさが宿っていた。

特定の人と仲良くなってはいけない。

みなとはそれを思い知っている。

幻の空間での親密さはやはり幻に過ぎず、いずれ苦い別れがやってくる、と。

噴水のてっぺんにある十字星の飾り物。封じ込めた未練の内容は忘れているが、人恋しさだった気がする。

みなとは、すばるが忘れていったイチゴ牛乳と、十字星のオブジェを何度も見比べた。

このまま彼女がやってこなかったら、自分はイチゴ牛乳に固執してしまう気がした。紙パックを依《よ》り代《しろ》のように崇《あが》めて、来てくれ、まだ来ないのか、と願いをかけてしまう虞《おそれ》がある。なにもかも捨て去って、滅びを心静かに待ちたいのに、そんなものに後ろ髪を引かれるのは嫌だった。

思い切って飲んでしまおう、いっそなくしてしまおう。そう思ってストローを差し込む。

甘くて、まったりとおいしかった。イチゴの香りが誰かの幻影を引き出しかけたが、詳しく思い出すことはできず、みなとは軽く首を捻った。

そういえば、ぼくは口からものを食べた覚えがないな。

この世のものとも思えないおいしさに、みなとはしんみりしてしまう。

その時、パックを開けたのが因果になったのか、彼女が来る予兆で自分はパックを開けたのか、果たしてすばるがまた扉を開いてやって来た。

手に大きなゴミ箱を提げて、きょとんとしている。

みなとは、来てくれた、と小躍りしたい気持ちを不格好に抑え込んだ。

「どうして君はいつも浮かない顔をしてるんだい？」

すばるは、みなとが手にしているものに気が付いた。

「あ、それ、私の……」

「おいしいね、これ」

すばるは、ゴミ箱を提げたまま、口をぱくぱくさせている。

「飲んで悪かった？」

「いっ、いいえっ。それ、あげます。お礼です」

みなとはくすりと笑って、いつものように噴水の縁石へすばるを座らせる。

「お礼って？」

「この間話した友達のこと。みなと君のおかげで、また友達になれたから」

「僕が何かしてあげた？」

すばるは、ちらりとみなとの顔を見た。

「私の話、聞いてくれました」

「それだけ？」

「うん。それでも、なんていうか、気持ちが軽くなれたから」

みなとは不思議な感じがした。

自分には何もできない、というトラウマめいた記憶があった。そういう空しさゆえに世捨て人として隠遁生活をしている今、人から感謝されるなんて、とんでもなく皮肉なことだ。

「ふうん。なのにどうしてまたそんな顔してるの」

すばるは、「あううう」と可愛く唸って、肩を落とした。

「あの、私、また鈍臭いって言われちゃって。いろいろ巧《うま》くできないし。いろんなこと、決められないし」

みなとは、それで？　という顔をして聞いていた。

すばるはいつも、人生相談を持ちかけているようにも見える。けれど、聞くだけでもいい、と彼女は感謝してくれた。それなら自分も役に立てるかもしれない。

なかなか聞くだけという訳にはいかないんだけどな、とみなとは少し困る。二人の人間がいるんだから、どうしても会話になってしまう。前回だって、実は、もう一度友達になってみたら、とアドバイスめいたことをしてしまっていた。すばるが、お説教を食らったように感じず、みなとの意見をスポンジが水を吸うように自分の中に吸い込んでしまっているのなら、それはそれで嬉しいのだけれど。

みなとは、この前みたいに、自分の考えもちょっと口にしてみる。

「君は欲張りだね」仄《ほの》かに笑って言った。「巧くできるかどうかより、それをするチャンスに恵まれているとは思わない？　やってみれば、いずれ巧くなる可能性もある。いろいろ決められないのも悪いことじゃないよ。選択肢が多いのを喜べばいい」

すばるは、とても悲しそうな顔をした。

「そんなふうには……」

「ぼくにはとても羨《うらや》ましい状況だと思うよ。やることも選択肢も与えられている。友達だっている」

みなとの言葉の重さをすばるは判らないのだろう。不満そうに、口元がむにむにと動いた。

「でも、私、足手まといにしかならないから。みんなと一緒にいちゃいけないんじゃないかって」

みなとは小首を傾げてすばるの顔を覗き込んだ。

「みんなと一緒にいることは、君にとって、いいこと？　悪いこと？」

「悪いことなんてないです！」

「じゃあ、一緒にいたい？」

「いたいです！」

みなとは、ふっと力を抜いた。

「迷ってなんかないじゃないか」

「あ、あれ……？」

すばるはきょとんとして、何度も目瞬《まばた》きをした。

よかった、気がついてくれて。

みなとの目が和む。自分は何もできないけれど、こうして少し背中を押してあげることならできそうだ。

可能なら、すばるの夢を全部叶えてあげたい、とみなとは願った。自分が、少なくとも彼女とは話していても構わない存在なのだと、彼女が教えてくれるから。

夢を、叶える？

しくしくと胸が痛んだ。なんだろう。危険信号が、どうしてこんなことで発動するんだろう。

ああ、とみなとは独りで納得した。

高望みなのだ。滅びを待つ自分が人の願いを叶えたいだなんて。傲慢《ごうまん》で、思い上がった考えなのだ。

みんなが待っててくれるから、と、普通の世界へ帰ろうとするすばるは、一度、振り向いて尋ねた。

「また来れるかな？　私、自分のことばっかりで、まだみなと君のこと何も聞けてない」

話すことは何もない。消えるのを待つだけだなんて、未来が拓《ひら》けているごく普通の健康な少女にとっては理解しがたいだろうし、ここは自分が浅ましくも夢見た儚《はかな》い世界だと告げる勇気もない。

みなとは頬笑んだ。笑顔の裏には茫漠《ぼうばく》とした寂寥《せきりょう》が漂っていたのだけれど。

「さあね……」

水盤から、音を立てて水が溢《あふ》れた。てっぺんに未練の金の星をいただく噴水。見上げれば、脆《もろ》いガラスの天蓋に煌めく星座の飾り。

因果は巡り、縁は結ばれ、星は空を渡る。

みなとは上を振り仰ぎながら付け足した。

「だけど……星が君を導くなら」

その言葉の響きは、祈りにも似ていた。


それからも、すばるは温室へやってきた。

彼女の意思ではなく、迷い込んでくる。どうやら、異界への扉はすばるの学校の中にあるらしい。学校に通いたかったみなとの抑圧された願いが、校舎の中へ通路を作ってしまっているのかもしれなかった。

みなとは、彼女と深く関わってはいけないと判ってはいたが、やってくるものは仕方がない、と自分に言い訳をする。

すばるは、決まって優柔不断《ゆうじゅうふだん》な顔の時に扉をくぐってしまうようだ。みなとは、自分が囚《とら》われている因果はどうしても彼女の相談役をやれと言っているみたいだな、と苦笑してしまう。

相談役と言っても、すばるの言うことは具体性を欠き、ほとんど禅問答《ぜんもんどう》のようになってしまうのが常だった。

彼女のいいところのひとつに、他の人の悪口を言わない、というのがある。だからいつも抽象的な伝え方になるのだ。浴びてしまった一言に傷ついたり、自分の要領の悪さを嘆いたりすることはあっても、けっして相手を恨んではいない。

まっすぐに前を向いているんだな、と、みなとは羨ましかった。本人は、自分の意志薄弱《いしはくじゃく》さや不器用さで頭がいっぱいだから、前向きだ、などと言うときっとぶんぶん首を振って否定するだろう。けれどそれは、発達の過程における逃れようのない混沌《カオス》段階でしかない。みなとには、すばるの困惑が、常に自分をよりよくしようと努力している聖なる戦いのように見えるのだ。

ある時、すばるは、

「たくさん存在する私の中で、この私が一番〈なんでもない〉私なんだ。私の可能性の中で、一番〈決められない〉自分なんだ……。だから選ばれたんだ」

と、独り言めいてこぼしたことがある。

何に選ばれたのかは判らなかった。けれど、質問をしようにも、〈可能性〉という単語に引きずられてあの結晶の話をしてしまいそうで、その時は、自分をぐっと抑えるのに忙しかった。

温室で、みなとはひっそりと思考を巡らせる。

すばるの中には、きっとキラキラした可能性がたくさん眠っているに違いない。輝かしい可能性が多すぎて、選びきれないだけなのだ。

やろうと思えば、なんでもできる。

選ぼうと思えば、なんでも選べる。

ただ、そのチャンスと勇気がないだけで。

いずれすばるも大人になって、知らず知らずにキラキラをこぼしてしまうだろう。失って初めて惜しいと思う輝きもあれば、なくしてさっぱりする雑念もあるだろう。

みなとは、すばるがまっすぐに命を使っていくと確信しているし、彼女が選ばなかった可能性がもしもここへたどり着くとしたら、この楽園の花に託して大切にしまっておきたいと思っていた。

それが、すばるを想う因《よすが》になるだろうから。泣いて笑って、迷って怒って、可能性がいっぱいで全身をキラキラさせているすばるの魂の一部分が、みなとの手元に残ることになるだろうから。

もっと本心をあからさまにすると、彼女自身を自分の傍に留め置きたかった。

すばるは、困っている時も、しょげている時も、ちょっと怒っている時も、ほんとうに瞳がよく動く。心と目が直結しているように、瞳を覗き込めばすぐさま感情が溢れ出しているのが感じられた。動作だって、焦ってばたばたしている時も、恥ずかしがって頭を抱えている時も、これが自分と同じ生き物かと思うくらいに面白い。本人はちっとも面白がらせるつもりはなくそれが自然な振る舞いで、いわば天然なのがさらに面白い。

みなとは、本当の世界でこういう子と一緒にすごせたら自分も元気になれるような気がした。ちょっとした言葉で泣いたり喜んだりし、ちょっとしたすれ違いで怒ったり拗《す》ねたりするすばるは、青春という名の時間を活き活きと充実させていて、周りも巻き込んでみんなを楽しい大騒ぎに参加させてくれるように思えるのだった。

心を許しそうになるたびに、みなとは、いけないいけない、と自重する。自分は何もしない、何もできない。ただ待つ身なのだ。

すばると語り合うこのひとときが、いずれ失われてしまうと判っているからこそ、楽しんではいけなかった。楽しければ楽しいだけ、終わりが来るときの悲しみが深くなるから。

すばるは、温室の植物を眺めて、こう言ったことがある。

「ここ、いつも蕾ばかり。でも、花が咲いたらきっと綺麗だろうな」

「花は咲かないよ。咲かせてはいけないんだ」

もちろん、すばるには理解できなかった。

〈可能性の結晶〉が、〈どんな花になるのかという可能性〉に変性して眠っているのだと告げられたら、彼女はきょとんとするだろう。選択を間違えれば実を結ばない徒花《あだばな》になってしまうと知ったら、とても悲しむだろう。

すばるは、世俗から切り離されて楽園に住むみなとを「囚われのお姫様みたい」と言ったこともある。どうして王子じゃないんだ、と突っ込みそうになったが、まあいい。本質は同じだ。ガラスドームの天井は、鳥籠《とりかご》めいていることだし。

いつも爽《さわ》やかな昼下がりの光が射《さ》し込むその天井を仰いで、

「やっぱり私、夢を見てるのかな。まだ放課後のはずなのに……」

と、改めて温室の不思議に首を捻ったこともある。

「夢？　夢か。僕はすばるの夢の中の住人ということ？」

みなとはその時、とても嬉しかった。

「君が夢を見ている間だけ、僕はここにいるんだね」

この世界は、みなとが作った幻だ。けれどそれがすばるの夢の中であるなら、少なくとも森の奥の巨木はその存在を知られているということになる。すばるしか辿《たど》り着けない場所だけれど、ここにみなとが存在する、と、彼女だけは夢の中で知ってくれていることになる。それだけでも、みなとが生きているという証《あかし》になる……。

そして、夢の中であれば、みなとが危惧するようにすばるを自分の因果に巻き込んでしまうこともない。

「もしもここがすばるの夢の中だというのなら、君が目を覚ませば済むことさ。そうしたら僕はどこに行くんだろう。あるいは君の夢と一緒に……」

「駄目！」

滅びはみなとの目標。それを大声で否定されて、みなとは目を瞠《みは》った。

「駄目だよ、そんなこと、言っちゃ」

すばるは、身を乗り出して、半泣きになっている。

この表情を向けてもらえただけで充分だ、とみなとはぽっと胸があたたかくなった。

無理矢理《むりやり》に笑って、「冗談だよ」と、誤魔化しておく。

彼女とは住む世界が違うから、せめて彼女の夢に、と思ったのだけれど。

噴水の十字星に閉じ込めるべき未練が増えてしまうことを、みなとは自分でも止められずにいる。

でも、まだあそこには入れたくない。

今はもう少し、〈幸せの可能性〉という蜜《みつ》を味わっていたい。

自殺もできない空っぽの自分は、静かに滅びるだけでいい。

だから。
ちゃんとそうするから。
みんなの邪魔をしないように、ひと羽搏きの風も起こさず、おとなしく退場するから。
もう少し……。もう少しだけ……。
みなとは、独りの時、小径にしゃがみ込んで道端の固い蕾をそっと手に享《う》ける。
「すばる。君とは、あと何度会えるんだい？」
蕾の中で眠る〈可能性の結晶〉は、もちろん黙して語らない。

肉体という軛《くびき》をはずして、〈エンジンのかけら〉への欲望が剥《む》き出しになった黒い霧は、虚空を疾走していた。

科学と魔法の間《あわい》に位置する彼は、知らずしてエルナトに似てきている。

彼は、人が扱えないものが扱えるようになった。

いまや、宇宙が真空エネルギーに満ちているのが感じられる。量子論では、エネルギーと位置を同時に〈確定〉できないので、エネルギーが完全にゼロになり、かつ、何もない、と断言することができなくなるのだ。感覚も知識も、睡眠学習でもあるまいに、自然と身についてきた。

みなとは、宇宙を膨張させ続けているダークエネルギーを感じ、宇宙項Λ《ラムダ》を操作できるようになった。たった独りで魔方陣を張り、たった独りで〈エンジンのかけら〉を感知できるようになった。

――行きたいように、動きたいように。そうすれば君の思い通りになるはずだ。

エルナトのアドバイスが甦る。その通りではあるのだが、友達ぶった彼への憎悪で爆発しそうになる。猟犬《りょうけん》のようにかけらの痕跡《こんせき》を嗅《か》ぎ、一般相対性理論の網をかいくぐって光速を超えた移動をしながら、みなとは激しく呪《のろ》い続けた。

それは自分自身の存在へ向けた呪詛《じゅそ》であり、捕まえられない〈エンジンのかけら〉への罵倒《ばとう》であり、一度手にしたのに失わざるを得なかった小さな幸福への痛惜《つうせき》の叫びでもあった。

おおう、おおう、とみなとの心は獣のように吼《ほ》え続ける。

黒い霧が、捻《ねじ》れ、拡散し、また渦巻《うずま》き、人の形を取ったかと思うとすぐさま崩れ、ひたすらに空を駆ける。

このままでは嫌だ。

超人的な魔術を手にしても、自分への否定、という願いだけが叶わない。

霧の中のギラギラした赤い瞳が、ふと力を失い、水底の紅玉のように潤んで揺れた。

おおう、おおう、おおう。

悲しみと怒りがむちゃくちゃに混ぜ合わされて、みなとは自分を忘れ、吼えながら、ただ、飛び続ける。

夥《おびただ》しい時間と空間を通り過ぎ、物質と魂が混沌となって何も判らなくなった頃《ころ》。

みなとは〈エンジンのかけら〉の気配を感じた。

これまでも何度か追っていたが、見失うばかりだった。

今度こそは。

場所は、海上。高度約四千メートル。飢えた獣が獲物《えもの》の臭《にお》いにそそられるように、みなとの本能は〈エンジンのかけら〉を全速力で追走する。

先にあるのが、生か死か判らない。どうであれ、呪わしい現状の自分を変えてくれるものには違いない。

かけら、かけら。あった、あった。ぼくの、ぼくの。ほしい、ほしい。

心の中がぐらぐらと煮え立つようだった。

夕焼けが血のようで、いっそう心が沸騰《ふっとう》する。

突然、橙色《だいだい》に染まった雲の向こうで、大きな爆発が見えた。

暖色系の虹色《にじ》に輝く何百もの針のような光芒《こうぼう》が、ゆっくりと回転している。周囲は夢のような光に満ち、秘められた甚大なエネルギーの圧力を感じる。空中なのでスケールは定かでないが、とてつもなく大きいのは確かだ。

大物だ。来た、来た。次元を降りてきた。

霧の奥底で、含み笑いが漏れる。

しかし、その次の瞬間、空間に魔方陣が展開された。自分でない誰かが、〈エンジンのかけら〉を手に入れようとしている。

なんだ、あれは、なんだ。

黒い霧は驚きのあまりねじくれ、一瞬の後、螺旋《らせん》を描いて先を急いだ。

五芒星を抱く巨大な虹色の魔方陣は、中心に〈エンジンのかけら〉を捕らえ、すでに波動関数を収束させはじめていた。

エネルギーを保ったまま圧縮され、物質として〈確定〉されてしまえば、魔方陣の奴《やつ》らの掌中《しょうちゅう》に収まってしまうのは避けられない。

違う、これは、ぼくの、ぼくの。

霧は頑是《がんぜ》ない子供のように呟きを繰り返し、泣き叫ぶかのように魔方陣の中心を突っ切った。

女の子……？

魔方陣を抜ける瞬間、五芒星の頂点にはそれぞれ杖のようなものに乗った白い衣装の少女たちが位置しているのに気がついた。

どうして、邪魔をする。誰だ、君たちは。ぼくの、ぼくの。

怒りがごぼりと湧《わ》き上がった。

急な角度で引き返した黒い霧は、少女たちのすぐ脇を何度もかすめ、威嚇《いかく》する。

足技で反撃してくる子もいたが、そんなものは意にも介さない。軽々と避《よ》けて、突進を続ける。

黒い流星めいたみなとに乱され、五芒星の魔方陣はゴムのようにたわんで消失した。

大きく弾《はじ》かれたかけらは、バレーボール大の光る金平糖《こんぺいとう》のような姿になって、遠く飛ばされる。

それを受け止めたのは、杖の尾部に桃色の十字星を付けた少女だった。

どうやら偶然だったらしく、金平糖の形に〈確定〉した〈エンジンのかけら〉を胸に、きょとんとしている。

ぼくの。ぼくの、ぼくの！

禍々《まがまが》しい漆黒《しっこく》の軌跡を描いて、黒い流星はかけらを襲撃する。

桃色の子はしつこくかけらを離さない。

急旋回して、二度。引き返して三度。

ぼくのだ。放せ。ぼくのだ！

高速で突っ込もうとする霧の塊。

しかし、桃色の少女は急に杖の乗り物のバランスを崩し、みっともない前回りをしたかと思うと、そのままぶつかってきた。

少女を抱き止めてしまったのは、人の心が残っている証拠だろうか。なぜ自分の腕が伸びたのか、みなと自身にも判らない。

人間の形を取ってしまうのは、エルナトと別れて以来だった。

みなとは、彼女に触れられて、不定形な霧だった自分が〈確定〉したかのように思えた。

これは何かの因果なのか。バタフライ効果を生む蝶が、どこかで羽搏いたというのか。

「恐るべき鈍臭さだな、君は」

顔を歪めて、みなとは言った。

「えと、私、すば……」

「名前なんか聞いていない！」

みなとはまだ混乱していた。

高い能力を身に付けた自分が、愚鈍そうな女の子に体当たりされてしまったことがまだ信じられないし、彼女を抱き止めて助ける格好になっているのが、さらに信じられない。

「あの……大丈夫？」

心配されて、みなとはカッとした。

「よけいなお世話だ！」

我に返ったみなとは、彼女の手からかけらを奪い取り、どんと手荒く突き飛ばした。

「これは、ぼくのものだ！」

高らかに宣言する。

「違う。私たちのだ！」

杖の後ろに青い十字星をつけた眼鏡《めがね》の少女が、ぶおん、と突撃してきたが、平常心を取り戻したみなとの敵ではない。

軽々と身を翻《ひるがえ》し、みなとは月の方角へ飛び去った。

手に入れた、やっと一つ、手に入れた。

みなとは大切に〈エンジンのかけら〉を抱く。本当に金平糖そっくりだった。まるまるした形がかわいらしい。しかし、これは運命すら変えてしまうほどの超常的なエネルギーの塊なのだ。

少女たちは追ってこなかった。

みなとはようやく大きな息を吐く。その時はじめて、自分も彼女たちと同じような杖を携えていることに気が付いた。

凸凹《おうとつ》はあるものの滑らかに光る〈エンジンのかけら〉に、歪んだ自分の顔が映っていた。

赤い瞳は瞳孔《どうこう》が縦に開き、獰猛《どうもう》な獣のようだった。

ざらりと流した髪には、絵本の悪魔のような角が二本生えている。

我が身を見下ろすと、黒に近い灰色のケープマントを羽織っていた。金色の縁取りや十字星の飾りは星の王子だった頃を彷彿《ほうふつ》とさせるが、マントの裾《すそ》は嵐《あらし》の後の蜘蛛《くも》の巣のように破れている。裂けた裾の先々に、小さな金の星の飾り《チャーム》が揺れているのがせめてもの慰めだ。

すさんだ姿だな、とみなとは自嘲《じちょう》の笑みを浮かべた。

今の自分にはお似合いだ。与えられた運命に抗《あらが》い、叶わぬなら消滅も辞さないという今の自分には、悪魔の姿がぴったりだ。

〈エンジンのかけら〉は、十二個ある。意識が朦朧《もうろう》としている間に、なぜだかみなとはそう知った。

あと十一個……。

と、胸元のかけらを撫《な》でた時、

「え」

思わず声が漏れた。

せっかく奪い取ったというのに、そのかけらは一部分を欠いていたのだ。

もともとエネルギーが実体化したものだから、目に見えてどこかが削れているというのではない。ただこれでは〈足りない〉ということがみなとには感じ取れる。

ちっ、と鋭い舌打ちをして、みなとは歯噛《はが》みした。

桃色の少女とぶつかった時に欠けてしまったのだろう。もしかしたら、分かたれた一部はあちらの手に落ちているかもしれない。

どうやら彼女たちとの因果の絡みは、これ一回だけでは済みそうもなかった。

みなとは、面倒臭いことになった、と肩を落とした。


再会の時は、思ったよりも早くに訪れた。

〈エンジンのかけら〉を一つ捕まえたことで他のかけらも次元の向こうから引っ張り出されたのか、すぐに次のものが現れたのだ。

「難しいな」

マントの裾を風に乱しながら、みなとは独り言《ご》ちる。

遠目には、青と桃色に変化する変光星が輝いているだけに見えるのだが、その実体は、ふたつの〈エンジンのかけら〉が対になって周回しているのだった。

互いの引力と遠心力とが均衡した二連星のような状態なので、ふたつを同時に捕まえないと、もう片方が釣り合いを失って弾き飛ばされる。

方策を練っているうちに、みなとは白装束の少女たちの接近を感じ取った。

感覚に引っかかったのは三人だが、じきに残りの二人も来るだろう。

こちらは独り。あちらは五人。二連星をうまく捕まえられる可能性は、あちらのほうが高い。

「ふむ」

血の色の瞳が意地悪く笑みの形に弧を描く。

先陣の少女三人は、まだあれが対になっていることを知らず、三角形の魔方陣を張って正面から受け止める様子。

ほんとうに何も判っちゃいないんだな。なんであんな愚かな奴らが〈エンジンのかけら〉を……。

みなとは、はあ、と吐息をついてから、指を鳴らした。

指先から発射された閃光《せんこう》が、魔方陣に捕らえられていた〈エンジンのかけら〉を射貫く。

少女たちの魔方陣に、血の色をしたみなとのそれが取って換わり、あっという間にかけらをある程度〈収束〉させた。

「さて、あとは待つか」

みなとは、彼女たちの遙《はる》か上空で悠然と腕を組んだ。

やっと二連星状態だと彼女たちにも見えたのか、おいそれとは〈確定〉しようとしない。

それにつけても、彼女たちはいったい何者なのだろう。

魔方陣を張ることからして、エルナト、もしくは彼の種族の影響を受けているには違いない。

エルナトの一族かもしれないが、それならみなと自身が見たいように見えるはずで、自分の深層心理の奥底まで浚《さら》ってみても、白い衣装の少女たちを想像するとは思えなかった。

彼女たちの衣装は、スカーフを蝶々に結んだセーラー襟《カラー》に、ノースリーブ、丈はロングで腰のあたりに大きなリボンがついている。服のあちらこちらに十字星の飾りがあるのは、エルナトの関係者だという証拠に思えた。

服はお揃《そろ》いだが、帽子はマリンルックあり、リゾートハットのような鍔広《つばひろ》あり、で個性を出している。魔女でも気取っているのか、箒《ほうき》ならぬ自動車のシャフトそっくりの棒に乗っていて、光る十字星の駆動装置はそれぞれに色が違っていた。

眼下では、ようやくやって来た二色が加わり、五色の軌跡が〈エンジンのかけら〉を捕らえようと右往左往《うおうさおう》している。見るだに桃色が不格好な飛び方だ。

あの色は、自分にぶつかってきた奴だ、とみなとは苦々しく思い出した。

歳《とし》はおそらく、みなとと同じくらいか少し下だろう。女子中学生かもしれない。なんというか、常にキャワキャワ騒いでいるような印象がある。

それ以上の観察をみなとは控えた。敵がどんな人物かは、よく知らないほうが存分に攻撃できるというものだ。

「おっ」

みなとが声を上げたのは、二つの色が仲間たちから飛び出して、息ぴったりに両方のかけらを〈確定〉したからだった。

例の鈍臭い桃色と、先日、彼女を助けようと無鉄砲に突っ込んできた水色だ。

「そんなふうに無理に動きを止めたら……ああ、ほら」

桃色と水色は、胸に大きな金平糖をそれぞれ抱えたまま、かけらの引力に振り回されはじめた。

二つが衝突してしまう前になんとかしないと、と、一度は身構えたみなとだったが、

「おや」

と、動きを止めた。

二人がほぼ垂直に急上昇を始めたからだった。

「インメルマンターンか。やるな」

飛行機の機動《マニューバ》のひとつで、速度のエネルギーを高度の位置エネルギーに変換するためにループとロールを行う、いわば縦方向のUターンだ。

ふたりが高々度で静止してほっとしたであろうところを見計らって、みなとはにやりと笑い、宙を蹴《け》って飛んだ。

瞬く間に接近し、バスケットボールのスティールの技で、桃色のほうから鮮やかに〈エンジンのかけら〉をはたき落とす。

あっ、と背後でふたりの声が聞こえた。

「何をする！」

残りの三人も急いで援軍に駆けつけた。

みなとは、奪った〈エンジンのかけら〉を掌の上に載せて余裕を見せつける。

「言っただろう？　これはぼくのものだと」

わっとばかりに襲いかかってくる少女たちの間をすり抜ける。

味方同士で団子状態になった彼女らの中から、黄色い色のシャフトに乗った元気のいい子が叫んだ。

「私たちが捕まえるのを待ってたな！」

その通り、とみなとは北叟笑《ほくそえ》む。

「君たちなど、いつでもどこでもどうやってでも、出し抜けるさ」

ひとつだけしか手に入らないのは惜しいが、ここは多勢に無勢というものだろう。

みなとはマントをはためかせて身を翻した。

「もうひとつも、いずればくがいただくよ」

少女たちが口々に何かを叫んでいるが、みなとの耳にはもう届かない。

これで、ふたつ。

自分の運命を変えるためには、あと十個。いや、ひとつは欠けてしまっているからそれも……。

まだまだだ。

先が思いやられるが、やるしかない。

そうするしか選択肢がないのだから。

自分に言い聞かせるみなとの唇が、僅《わず》かに歪んだ。


みなとは、日に日に自分の周りの空気が濃くなっているように感じる。

胸に息を吸い込むと、のったりとしたエネルギーで全身が満たされるような気がするし、空を飛ぶにしても以前よりも宙を蹴る足裏に踏み応《ごた》えがある。マントをはためかせる風は密度高く、世界中の力が肌から重く染み入ってくるようだ。

飛翔は鋭く速くなった。魔方陣は大きくなった。指弾きで繰り出す攻撃はどこまでも遠くに届きそうだし、感覚は鋭敏になった気がする。もしも咆吼《ほうこう》すれば地の果てまで響き渡り、腕を広げれば地球を丸ごと掴める、そんな妄想まで引き出された。

これが〈エンジンのかけら〉の力なのか、とみなとは畏怖《いふ》する。

エルナトたちの技術には、改めて驚嘆を禁じ得ない。

彼らの宇宙船の能力は高い。重なり合った多重な世界を行き来できるほどに。それは即ち、ある二つのものから〈選択〉をすると自分が分岐した世界の中のどちらにいるかが判明するという〈エヴェレットの多世界解釈〉を手玉に取り、〈選択〉により〈可能性〉が消失するとする〈コペンハーゲン解釈〉も同時に弄《もてあそ》んでいるということだ。また、エンタングル状態、つまり〈量子もつれ〉を応用して情報を取得し、任意の二点間をタイムラグなくジャンプすることもできる。

それらの知識は、いつの間にかみなとの頭に入っていたが、きちんと理解できているわけではなかった。一般の理科的常識では想像できない理《ことわり》に則《のっと》られても、みなとにはもはや「魔法」としか思えなかった。

その魔法の源が、掌に載ってしまう大きさのころんとした金平糖。

まだ集め始めたばかりなのに力が漲《みなぎ》ってくるとは、なんてすごいものなのだろう。

と、同時に。

みなとは警戒を強めた。

シャフトに乗ったあの少女たちも〈エンジンのかけら〉を手に入れている。ということは、あちらもどんどん能力を高めているに違いない。魔法の教師たる宇宙人もじきに姿を見せるだろう。

みなとの危惧は、すぐに現実となって跳ね返ってきた。

少女たちにうまく先んじて〈エンジンのかけら〉に駆けつけ、不器用な桃色が和を乱した隙《すき》に、血の色の魔方陣でかけらを捕まえた時のことだ。

「君たちとはなんの関係もないものだ」

と、勝利の宣言をするみなとは、見つけてしまった。

紫色の十字星をつけたシャフトに乗る少女の、ナポレオン帽の上に、青磁色のぷよぷよした生物が載っているのを。

クラゲのようなタコのような水饅頭《みずまんじゅう》のようなその生き物は、どうやら紫色の子を翻訳者にしているらしく、

「ぼくには〈エンジンのかけら〉が必要なんだ、返してくれ」

と、少女が叫んだ。

そう言うからには、あのクラゲがエルナトの仲間なのだ。エルナトが〈可能性の結晶〉集めを手伝わせてくれたように、奴は五人の少女を彼が言っていた〈協力者〉に選び、〈エンジンのかけら〉を回収しようとしているのだ。

エルナトは力が足りなくて〈可能性の結晶〉を拾うのがやっとだった。しかし、あのクラゲは、月日が経《た》ったためか協力者の能力が高いのか、〈エンジンのかけら〉を蒐集《しゅうしゅう》する力を持っている。丸まっちい可愛い姿をしているが、少女たちの誰かがそう見たがったから取っている姿であって、けして侮ってはいけない。

渡してなるものか、とみなとは怒りと共に決意を新たにした。

甘い夢から現実の沼へ自分を叩き落とした宇宙人。何も決めず、問題を先送りすることで、運命から逃げ惑っているずるい奴ら。そんなエルナトの仲間の手助けをするわけにはいかなかった。

「これはぼくのものだ。鈍臭い君たちに扱えるものじゃない」

声高に申し渡して、その場はしのいだ。

けれども、みなとの不安はいっそう募る。

間を置かずに出現した新手のかけら、それをいつものように横取りしようとしたみなとは、初めて彼女たちからの攻撃をまともに食らってしまったのだ。

こちらから指弾きで仕掛けたエネルギー塊ふたつを、お転婆《てんば》そうな黄色の少女が、なんと脚で蹴り返してきた。

それまで少女たちは、みなとの攻撃を避けてばかりだったので、不意を衝《つ》かれた。

それだけではなく、彼女たちはみなとが落としてしまったかけらを追って、水着姿に変身し、楽々と深海へ下ることができた。

みなとが海の底でも捕らえ損ね、甚大なエネルギーで成層圏へ噴き上がろうとする〈エンジンのかけら〉を、彼女たちはしつこく追う。

しかし、これまでの飛行技術からして、そろそろ限界のはず。

みなとは、片頰で笑って少女たちを追い抜いた。

すると、とんでもないことが起きた。

藍《あい》色のシャフトが変形し、その子を中心に五人が連結されて、まるでターボがかかったかのようにぐんぐんとみなとに迫ってきたのだ。

先に魔方陣を張ったのは、彼女たちだった。

負けずにみなとが〈エンジンのかけら〉を挟むように張る。

かけらは性質の異なる二つの魔方陣の斥力《せきりょく》で、あらぬ方向へ飛ばされた。

みなとと、眼鏡をかけた水色の少女が争って激しく飛ぶ。

それでも、まだみなとは負ける気がしなかった。

速度は、自分のほうが勝っていた。〈エンジンのかけら〉を求める心も、自分のほうが強いはずだった。

なのに、水色の子は、

「みんな、あとを頼む！」

と言うやいなや、シャフトでかけらを打ち、他の少女たちのもとへ弾き飛ばしたのだ。

駄目だ、とみなとは刹那《せつな》思った。

もはや、彼女たちのほうが強いのかもしれない。だって、ぼくは独りだもの。チームプレイなんてできないもの。

その瞬間、みなとはバランスを崩し、厚い雲の中へ墜落してしまった。

頭から逆しまに墜《お》ちながら、みなとは全身の力が抜けるのを感じていた。

駄目だ。

どんなにすごい魔法を使えても、心が折れてしまったら負けだ。

独りは駄目だ。

みなととエルナト。エルナトとみなと。ふたりならきっとあれを奪えた。

独りは絶対に駄目だ。

鋭い風切り音の中、みなとは歪んだ独白を漏らす。

「でも、ぼくは独りだ」

現実でも。この夢の中でも。

少女たちはどんどん力を強めていく。

あのクラゲの手助けもあったろう、太陽風を使って月へすら行けるようになっていった。

その時は、あろうことか、みなとを彼女たちの魔方陣の一頂点に取り込んでしまった。

図らずも共働する羽目になったみなとは、怪訝に思う。

これは、自分と少女たちとが、単なる〈エンジンのかけら〉を奪い合う敵味方ではなく、もっと強い何らかの因果で絡まっているということなのだろうか、と。

それを証明するかのごとく、次の機会には、土星まで勝手に引っ張られてしまった。不意に身体が強く引かれ、ふっと無重量の不快感が襲いかかったかと思うと、輪を嵌《は》めた巨大惑星が堂々と視界を占領していたというわけだ。

おそらく、量子テレポーテーションに似たしくみをニュートン力学のスケールで行った……。その〈もつれ〉にみなとも編み込まれた格好だった。

土星の争いで、みなとは、彼女たちが魔法の能力だけでなく胆力も上げてきていることを了解せざるを得なかった。

彼女たちの魔方陣を破っても、五人は以前のようにおたおたせず、幾度もリングへ突っ込んで、比重の違いで氷の粒の中から〈エンジンのかけら〉を見出《みいだ》すという、大胆なことをやってのけたからだ。

「くそっ。なんて乱暴なんだ、君たちは」

そう言い残して撤退するのが精一杯だったが……実は、身の内に湧き上がる楽しさを抑えきれずにいた。

ぼくは、独り。

けれど彼女たちと〈エンジンのかけら〉を争うのは、ちょっとしたゲームみたいじゃないか。彼女たちは、能力もぼくに引けを取らなくなってきたじゃないか。なかなか賢いことも思いつくようになってきたじゃないか。

「出たな、角マント」と毛嫌いされるのも、「鈍臭い五つ星」と罵るのも、相手があってこそ。自分と医療機器しか存在しない部屋でただ眠るだけより、百万倍素敵ではないか。

寝たきりの自分……。もちろん、当初の血を吐くような望みを忘れたわけではない。

けれど、今はもう少し、〈仲良く喧嘩《けんか》をする可能性〉という蜜を味わっていたい。

荒れ野に立つ石の柱であっても、蔦《つた》が絡まり小鳥が集う、楽しい夢を見るくらいなら許されるのではないか。

もう少し……。もう少しだけ……。

みなとは、自分の胸の中で、ちかっと小さな金色の星が光った気がした。

そのささやかな希望も、すぐに失われてしまったのだけれど――。

現実と重ね合わされた世界での戦いは、誰からも認知されない。

深紅《しんく》の壮大な魔方陣を張っても、その意匠に感嘆されることはなく、その力にひれ伏されることもない。

〈エンジンのかけら〉を追って少女たちと争っている時に下界を顧《かえり》みる余裕はないが、きっといつもと同じ生活が営まれているのだろう。

母親が子供を叱《しか》る。公園で笑い声が上がる。深刻な顔で電話をする。スーパーで買い物をする。自動車が通る。犬がじゃれる。

昏睡《こんすい》を続ける本当のみなとは、そういった日常に組み込まれていない。

この夢の世界でぼくが死んだら、どうなるのだろう、とみなとは考えることがある。

何も変わらず、現実は続くのか。現実のぼくも、死んでしまうのか。

実体ごと滅びることができるのなら、魔法の力で飛翔して、太陽に飛び込んだって構わなかった。けれど所詮《しょせん》、黒いマントは現実の人々の目に触れない仮の姿。きっとベッドの上で自分は眠り続け、悪夢から覚めた瞬間に次の悪夢が始まるがごとく、夢の中の自分はいくら死のうとしても消えてしまうことなどできないに違いない。

では、この現象は？

ちりちりと産毛が逆立つほどの圧倒的な質量の予兆は、現実の人たちに何も影響がないと言い切れるだろうか。

みなとが見上げる空には、夕日に負けない光量を持つ太い帯がかかっていた。

光の帯は直線なのだが、あまりにも巨大なので、蒼穹《そうきゅう》に沿って天の川のように弧を描いている。

「まだ早い」

みなとはぎりぎりと唇を噛んだ。

あれはエルナトたちの宇宙船の痕跡だ。こんなものが目に見えるようになってしまったなんて、非常事態だった。

宇宙船は、種族滅亡の運命から逃れるために、〈すべての運命を選ばない〉、つまり、時を止めて流離《さすら》うという、この世の理《ことわり》から外れた存在だった。しかし七年前の爆発事故で異界へ逃れる推進力を失った。

エルナトは、エネルギーでも物質でもある宇宙船を、上位次元に隠してあるようなことを言っていた。が、壊れたエンジンではそろそろ限界なのだろう。今、その一部が明るすぎる黄道光《おうどうこう》のような帯となって、現実世界への実体化を始めてしまったのだ。

宇宙船は、とてつもない巨《おお》きさだ。しかも、地球の科学ではまだ解明できていない仕組みを備え、未知の物質でできている。実体化すれば、地球と衝突するし、最悪の場合、反物質的な大爆発を起こすかもしれない。

地球ごと綺麗さっぱり滅びてしまえるのならば、それでもよかった。それこそが、みなとが望むことだった。

しかし、クラゲと少女たちもきっとこの光の帯に気が付いている。指を咥《くわ》えて看過しているはずがない。どのような方法であれ、あちらにある〈エンジンのかけら〉を使われてしまっては、みなとがかけらを利用できなくなる可能性がある。

彼女たちの能力を低下させるためには、あちらのかけらを奪取するしかない。

奴らはどこにかけらを隠しているのか……。

みなとは、ひとつ、自分の持っているかけらを取り出した。桃色と水色の少女が同時に捕まえた連星状の一方を奪った時のものだ。

十字星のピアスを片方はずし、その中へ埋め込む。

顔の前に掲げたかけらに、みなとはそっと唇を寄せた。

ふっ。

息を吹きかけると、かけらは放物線を描いていずこへか飛び去っていった。

「さあ、君の伴侶《はんりょ》を見つけておいで。反対向きのスピンを探すんだ」

みなとは目を細めてその軌跡を見送る。

反応があったのは、その日の夜だった。かつんとした衝撃を感じ、みなとは、すいっと顔を上げる。

少女たちは、思惑通り、囮《おとり》のかけらを捕らえてアジトへ持ち帰ってくれたようだ。誰かが、囮にした〈エンジンのかけら〉に触れ、それによって現出したピアスが主人に居場所を伝えてきたのだ。

「学校か……」

低く呟く。

あれほど憧れた場所に、こんな形で行くとは思わなかった。

みなとは、気持ちを入れ替えるように強くマントを身体に巻き付けてから、ざっと空へ舞い上がった。

月を背負って、校舎を眼下に。

みなとは、ふっ、と笑みを漏らした。

影のようにするりと校舎に侵入したみなとは、ぱちんと指を鳴らして校舎全体に自分の結界を張った。

日もとっぷりと暮れ、もう誰もいまい。あとはゆっくりと〈エンジンのかけら〉を探すだけだ。

〈エンジンのかけら〉とピアスの気配は、失われてしまっていた。クラゲも馬鹿《ばか》ではなかったようで、隠し場所に対して安全装置のようなものを設けていて、それが作動しているに違いなかった。

人気《ひとけ》のない長い廊下を、みなとは淡々と歩いていく。

左側は校庭に面した窓、右側は教室が並んでいた。

みなとは、手も触れずに扉を開け、ちらりと中を確認しては次の教室へ向かう。

一階の教室に、〈エンジンのかけら〉はなかった。

みなとが、クラゲは隠し場所ごと不可視にしてしまっているのかもしれない、と考えながら廊下の角にさしかかった、その時。

どん、と何かがぶつかってきた。

「うひゃ、ごめんなさ……」

と、胸の中で声を上げたのは、例の鈍臭い桃色だ。

「こっ……こんばんは」

間の抜けた挨拶をしながら後ずさる少女。

「魔法使い、なぜ君が」

意外さに思わず訊いてしまう。愚鈍そうな子なので、待ち伏せしていたとは思えない。たとえそうであっても、一対一ならこいつなど相手にもならない。

「いや、ちょうどいい。かけらのありかを」

みなとが迫ると、桃色の子は、あわあわとうろたえて、

「うひゃあああ」

情けない声を上げたかと思うと、シャフトを出現させてあっという間に飛んで逃げてしまった。

「待て！」

桃色の十字星をテールライトのように輝かせ、少女は廊下を一気に進む。

みなとも後を追うが、どうやら彼女には地の利があるらしい。きゅっと器用に角を曲がると、上の階へ上がってしまった。

「こしゃくな」

にやりと笑って悠々と後を追う……はずだったのに、みなとは、あれ、と動きを止めた。

最上階まで上がったのを察知したところで、彼女の気配が不意に消えたのだった。

校舎を包み込む結界が破られた感覚はなかった。

なのに、彼女がまるで別世界へ滑り込んでしまったかのように、存在感がなくなってしまっている。

クラゲが作った安全装置の中へ逃げ込んだのでもなさそうだった。消失する波動の雰囲気が違う。

「どういうことだ」

舌打ちをして、みなとは校舎の中を探し回った。

一番のろまそうな桃色に、自分が出し抜かれたとは思いたくなかった。

温室は空気が動かない。

美しいが、何もかもが生温かいゼリーの中で固まってしまっているかのようだ。

その大気が、ふる、と動いた気がして、みなとは振り返った。

「ひやあうあああ、止まってえええ」

石畳の上を、制服姿のすばるがなぜだか勢いづいて転げるように走ってくる。

なあんだ。風が動いたのは、彼女が来たせいか。

みなとはほっこりと思った。

自分がほっとしていることで、いかに彼女の訪問を待ち望んでいたかに気づいて、複雑な気持ちになる。

どしん、とぶつかってきた彼女の両肩に手を乗せて、

「すばるは元気だなあ」

と言うと、彼女はいつもの可愛い声で、「あ、ありがと……」と、見上げてきた。

「どうかした？」

みなとは彼女の尋常ならざる訪問の勢いを訊《たず》ねる。

抱き合う格好で頬を染めてぼんやりしていたすばるは、はっと気を取り直して答えた。

「た、大変なの。みんなが閉じ込められて……あ、閉じ込められたのは私のほうなんだけど、このままじゃ、せっかく集めたかけらが」

「かけら？　なんの？」

すばるは眉《まゆ》を八の字にして、口をむにむにさせている。どう説明しようか困っている顔だった。

「ほんとうに、君の言うことはいつも判らないなあ」

すばるの大きな瞳が、あちこちに動いて言葉を探す。

その時、みなとは、全身で違和感を捉えた。

「すばる。ポケットに何を入れているんだい」

戸惑った様子のすばるは、ポケットの中のものを掌の上に出した。

「これ、さっき、部室で拾った――」

ピアスだった。三日月に囲まれた十字星の形で、血のように赤い。

「みなと君のと似てるけど、違うよね。みなと君のピアスは、三日月の中の星、五芒星だもんね」

じっと十字星を見つめるうちに、世界に金属質の音が長く響いた気がした。

急に胸が刺されるように痛み、みなとは、うっ、と二つ折りになり、激しく咳き込む。

「み、みなと君？」

すばるが心配してくれている。

けれど、みなとは絶望していた。

正確を期すならば、絶望し直していた。

そうだ、そうだそうだ、そうだった。なんてこと、なんてことなんだ。

全身が爆発したかのような衝撃と共に、頭の中で記憶のドミノが一斉に倒れ、思い出のカードが散り乱れ、みなとはすべてを思い出し、すべてを知ってしまった。

自分がどういう経緯で温室に閉じこもっているのかを。その間、十字星のピアスの持ち主であるもう一人の自分が、何を考え、何をしてきたのかを。

「ほ、保健室へ」

みなとは、胸元のシャツを握りしめながら、そう言ってくれるすばるから身を引いた。

駄目だ。魔法使いの戦いに、何も知らない彼女を巻き込んじゃ駄目だ。

校舎を封じているのがたとえもう一人の自分自身であろうとも、すばるだけは逃がさないと。

「そ、そんなことより、君は友達に会いたいんだろう？」

すばるは返答に窮《きゅう》していた。

困惑した顔から、大事な友達と、あさましい自分とを天秤《てんびん》に掛けてくれていることが判る。

みなとには、それだけで充分だった。

「大丈夫。少し休めばよくなる」

よろよろと歩き出したみなとを、すばるが支えてくれる。

手近な木の幹に背を預けて座り込むと、みなとは大きく息を吐いた。

頭の中では、まだ、なんてことだ、なんてことだ、と繰り返している。

どうしてこんなにのんびりしてしまっていたのだろう。

自分一人が、もう一人の自分自身さえ置いて、時の止まった楽園に逃げ込んでいたなんて。

これじゃあ、選ぶことを拒否してむやみに逃避し続けるエルナトたちと、何も変わらないじゃないか。

「星が君をここへ導いたというのなら」

みなとは、目の前のすばるへ向け、慎重に言葉を選んだ。

「そろそろぼくも、応える時なのかもしれない」

意味が判らないすばるは、ますます困った顔になる。

みなと本人すら、自分がこれから何をすべきかは判然としていなかった。

ただ、安穏《あんのん》と待つだけでは駄目だ、目を閉じて耳をふさいで生温かいところでじっとしているだけでは駄目だ、ということは判っていた。

今のぼくは、弱いほうのぼく。

みなとは自分の正体を痛感する。

そして、黒いマントのぼくは、激しいほうのぼく。

どちらもぼくの本心で、分かれている限り本当のぼくじゃない。

弱いぼくは、小さな女の子の願い一つ叶えてやれなかった情けない自分を自分の力でなんとかしなければならないし、激しいぼくは、そのための争いですばるをつらい目に遭わせてはならない。

ともかく、すばるを安全な場所へ。いつもぼくに話してくれた、仲良く喧嘩している素敵な友人たちのところへ。

「それに、君をいつも困らせてばかりいる友達に、ぼくも興味が湧いてきた」

このぬるま湯を出たら、会ってみたい。すばるの表情をくるくる変えることができる人たちに。彼女が心を許している人たちに。すばるをすばるたらしめている人たちに。

逃げない、時間を止めない、エルナトから与えられたのと同じいずれ覚める夢を楽しんだりしない、自分の始末は自分でつける。

ここを出なければならない。

けれど、どこへ？　みなとは自問し、ふと、正直な欲望に気付いてしまった。

それならば――行き場のないぼくは、自らを楽園追放する勇気をもらうためにも、すばるとその友達のそばにいたい。何も干渉《かんしょう》できなくてもいいから、ただ、すばるを見守っていたい。

ぼくは今こそ、自覚的に、全精力を傾けて、そこへの扉を夢見よう。

みなとは、視線で左手の小径を示す。

「この道をどこまでもまっすぐ進むんだ。よそ見はしないで。そこにすばるの求めるものがある」

樹々《きぎ》が混み合った細い道を、すばるは不安げに眺めた。

「どうしよう。こんなに苦しそうなみなと君を、私、置いていけない。こんなの、決められないよ」

優しいね、本当に君は優しいね。

みなとは、そう言いたかった。

「けど、決めなくちゃ。ぼくは大丈夫」

宮澤賢治《みやざわけんじ》の『銀河鉄道《ぎんがてつどう》の夜《よる》』が甦る。

……「ここでおりなけぁいけないのです。」青年はきちっと口を結んで男の子を見おろしながら云いました。

決められない人になっちゃいけない。〈可能性の結晶〉は、正しい道が見えたなら、胸を張って手放さないと。

そうだ。〈可能性の結晶〉……。

まだうじうじしているすばるに、みなとは軽く頬笑んで、

「仕方ないな、すばるは」

右手のそばにあった小さな蕾をそっと手折《たお》った。

「お守りだ」

蕾をすばるの胸ポケットに挿してやる。

しっかり決められるように。大事なことを、まさしくその時機を逃さず、しっかり選び取れるように。

みなとは満足だった。自分なんかのために迷ってくれたすばるに、未来を選び取る機会という贈り物

をしてやれたことが。

折紙の星をくれた女の子のことが甦る。星を見せてくれたお礼だ、とあの子は言っていた。だとしたら今の自分は、すばるに人と触れあう楽しさを教えてくれたお礼を渡してやれたのだ。

「いつか、誘ってくれたね。星を見に行かないかって」

「あ……初めて会った時。だけど、断られちゃった」

すばるは照れて苦笑いした。つられてみなともくすっと笑う。

「どうして、って聞いただけだよ。そんなこと言われたの、凄《すご》く久しぶりだったから」

「そうだったんだ……」

「誰かと未来を約束した覚えがあまりないんだ。約束は破られてばかりだったから、しないようにしてた」

来週は退院、元気になったら宇宙飛行士にもなれるよ、今に判る。みんなみんな、破られてきた。みなとの未来を信じてくれていたのは、あの女の子と、すばるだけ。

みなとは、小首を傾《かし》げるようにしてすばるの顔を覗き込んだ。

「いつか、また誘ってくれる？」

約束は、時間の向こう側を透かす虹色の望遠鏡。覗けば、輝かしい世界が見えるはず。

すばるは、頬を染めながら、目瞬きと頷《うなず》きでイエスを伝える。

彼女に微笑みが戻ったのを確認して、みなとは促した。

「さあ、決まったかい？」

「うん。私、行くね」

さっと立ち上がるすばるに、もう迷いはなかった。

そうだよ、とみなとは決意した彼女を頼もしそうに見守る。

君は、じっとしてちゃいけない。立ち止まっちゃ駄目だ。やるべきことをしっかり見据えて、時計の螺子《ねじ》をどんどん巻いて進むべき人だ。

たくさんの選択肢の狭間で、困ったっていい。迷ったっていい。泣いたっていい。怒ったっていい。

でも、最後は自分で選び取るんだ。

それが――生きてるってことなんだから。

すばるは、樹々の間から振り向いて、大きな声で言った。

「でも、みなと君がここを出る時は、先に保健室に連れて行くから!」

思わず、みなとから笑みがこぼれた。

保健室だってさ。すでに大層な生命維持装置に囲まれている本当の自分を知ったら、君はどうするんだろう。またぱたぱた手を振って、自分の発言を恥ずかしがるんだろうか。

木蔭《こかげ》にすばるの姿が消えていく。

手の中の十字星のピアスに目を落とし、みなとは呟いた。

「ここを出るなんて、考えたこともなかったな」

そして、ふうっと視線を上げて、噴水の上の十字星の飾りを眺めた。

「すばる。ぼくも変われるかな」

飾りに閉じ込めてあるのは、幼い少女への未練。そこにもうひとつ、想いが加わってしまったようだ。

選択をするという行為にいい面と悪い面があるように、未練というものも自縄自縛《じじょうじばく》の種になるだけではないように思えてくる。

未練は思い出。未練は愛情の証。

約束が未来を垣間見《かいまみ》る望遠鏡だとすると、未練は見るべき方向を示すコンパスかもしれない。

「大事なものが増えるのは、悪くないな」

みなとはいつまでも笑みを湛《たた》えていた。


「待てーっ」黄色い少女が叫んだ。紫色と藍色もいる。

シャフトに乗って廊下の向こうから疾走してくる三人に、黒いマントのみなとは身構えた。

「私たちのかけらは渡さないよ！」水色がそう叫びながら、桃色と並んで、廊下の反対側から迫ってくる。

「ほう。お前たちみんな、この学校に潜伏していたのか」

みなとは、踊り場の窓の封印を解き、校舎の外へ飛び出た。

高みに位置して杖を構え、彼女たちが追ってくるのを待ち受ける。

校舎は、みなとの力によって通常の空間から切り離され、光の帯のさらに上空で浮遊していた。

かけらがどこにあるのか正確に判らない以上、建物ごと手の内に入れておくのが得策というもの。それに、邪魔なものがない場所のほうが、強攻策を取るにも遠慮が要らない。

校舎から出てきた五人の少女は、自分たちの遙か下方に地球の丸みがあるのを目にして面食らっていた。

「何をする気なの？」

みなとは自分の杖を大きく振り上げた。

「力尽くでもいただく！」

腕を一閃《いっせん》させると、血の色のエネルギー塊がふたつ、敵を目指して発射された。

少女たちは咄嗟《とっさ》に魔方陣を張り、ひとつは受け止めたが、もうひとつは弾いてしまう。

捕縛から逃れた赤黒い塊は校舎にぶつかり、建物を大きく破壊した。

自分たちの学舎《まなびや》を壊された少女たちが、悲痛な叫びを上げる。

その隙に、もうひとつの塊も魔方陣を突破し、勢いで彼女たちを吹き飛ばしてから、建物にぶつかった。

破壊された構造物や内装品、中にあった生徒の持ち物など、雑多な破片が校舎のまわりに渦巻く。

衝撃でシャフトを手放してしまった五人の少女は、瓦礫《がれき》に混じって漂うしかなかった。

「見つけた」

瓦礫除《よ》けにエネルギー塊を侍《はべ》らせたみなとは、ぎらりと瞳を光らせて会心の笑みを浮かべた。

壊れた校舎の一角から、目を回したクラゲと一緒に〈エンジンのかけら〉が流れ出てきたのだ。

クラゲは、みなとが囮に使ったかけらも含めて、宇宙船のエンジンを再構築《リビルド》しようとしていたようだ。

六つの金平糖を頂点に配置し、プラトン立体のひとつ、正八面体を作っていたのだ。

奴の駆動装置は、機械的なエンジンとは異なり、かけらを集めきらなくてもある程度は作動する。いわば不可算名詞のようなものだ。例えば、水はいくら分けても水であるように、部分の質量やエネルギーは減っても、全てが揃わないとまったく機能しないというものではないのだ。それに、〈量子もつれ〉を弄ぶ技術は、こちらでスターターの役をしてやれば本体のエンジンにも遅延なく力が及ぶことを示唆《しさ》している。

正三角形八枚で構成される無駄のない形は、周囲の混乱した状況をものともせず、ゆっくりと回転していた。

みなとは〈エンジンのかけら〉に向かう。

宇宙人の逃避のためなどには使わせない。あれで自分の運命を変えなければ。でないと、ぼくは、生ける屍《しかばね》のままだ。

しかし、視界の隅から水色の光が勢いよく飛び込んできた。

「そうはさせない！」

眼鏡の少女が、瓦礫を足がかりにして器用にジャンプし、クラゲを胸に抱きしめた。

身体を二つ折りにしたまま、背後に正八面体と校舎をかばい、水色の子は必死に叫ぶ。

「これは私たちがみんなで集めたんだ。お前なんかに渡さない！」

みんなで、という言葉がみなとを刺激する。

彼女たちは協力して集めていた。

彼女たちは楽しそうに集めていた。

こちらは存在意義《レーゾンデートル》をかけた理由があって、血を吐く思いで孤軍奮闘《こぐんふんとう》しているというのに。

みなとを周回するエネルギー塊が、ぐんとスピードを増す。

「どうなっても知らないぞ」

ばらばらになった少女たちが口々に水色を心配してるようだが、シャフトがないので近寄ることすらできない。

みなとが掌の近くにエネルギー塊を集めて、攻撃態勢に入ったその瞬間。

じたばたと、見ていられないほど不器用に、桃色の少女が割って入った。

精一杯手を広げて水色をかばった桃色は、ぶるぶると震えながら、

「かけらは渡さない。校舎は壊させない。大事な友達は傷付けさせない」

と、なんとか声を絞り出した。

友達ね、とみなとは冷笑する。

「そんなことをして怖くないのか、君は」

少女はぐっと顎《あご》を引いた。

「怖いよ」

声は今にも裏返りそうだった。

「とっても怖いよ。だけど、そんなのどうだっていい」

「ご立派なことだ」

みなとは、残る〈エンジンのかけら〉二つを手の上に載せた。軽々と投げると、かけらは放物線を描いて少女たちを飛び越え、正八面体と合体する。

一瞬の輝きを発した立体は、八つの頂点を持つサイコロの形に変化していた。

「あっ」少女たちが息を呑《の》む。

みなとは悠然と正六面体の〈エンジンのかけら〉たちを呼び寄せ、掲げた手の上に載せた。

泰然自若《たいぜんじじゃく》として見えるみなとだが、内心は小躍りしたい気持ちだった。

八つとも手に入れた。まだ五つ集めないといけないが、これだけでもかなりの働きをしてくれるはず。

自分の魔力は上がり、クラゲも彼女たちももう手も足も出まい。

それに、八つだけでも、少しは自分を幸せにしてくれるかも――。

しかし、安心や喜びとは、みなとはとことん無縁だった。

背後から圧倒的な輝きが押し寄せ、膨大な量の光子がみなとの背を衝いたのだ。

「なに……」

その場に居合わせる全員が、光の源を見ようとした。が、眩《まぶ》しすぎて見られず、巨きすぎて視界に収まらない。

「宇宙が、光ってる」誰かの呟きは、光景の凄《すさ》まじさを端的に表していた。

地球の上にかかった光の帯が、幅を広くし、輝きを増し、まるで空間の裂け目のようにみりみりと巨きくなっていく。制御を失ったエルナトの宇宙船が、いよいよこの世界の理に引きずられて実体化を始めてしまったのだ。

紫の少女が、帽子の上のクラゲの言葉をなにやら翻訳したようだ。

五人は動揺しながらも、それぞれのところへ飛来したシャフトの先を付き合わせ、アクセルを全開にした。

「エンジンのスパークプラグの代わりか？」

みなとはそれを静かに見守る。

エンジンは始動しなかった。

「でかすぎない？」「墜ちてくる」「地球とぶつかっちゃうよ！」少女たちに焦りが見える。

その中の藍色が、超然と構えるみなとに声を掛けてきた。

「宇宙人さんたちにはエンジンの力が必要なの。あなたはどうなってもいいの?」

この期に及んで手伝いでも乞《こ》おうというのか。

みなとは、唇を歪めて彼女たちを睥睨《へいげい》し、

「かまわない」

と、答えた。

滅するのが自分の望み。彼女たちにとっては理解不能だろうが。

宇宙船が地球にぶつかって、病院の自分を殺してくれるなら、それでもいい。いや、それがいい。

星が好きだったあの幼い女の子が地上に実在するかもしれないと思うと気掛かりだけれど、あの世とやらがあるのなら、向こうで会うこともできるだろう。

「……うん?」

みなとは、眉間《みけん》に皺《しわ》を寄せた。

背後からのしかかる光にまっすぐ顔を向けた桃色の少女から、鋭い異物の気配を感じ取ったのだ。

それはキリキリと、またはキラキラとした、目に見えないエネルギーを放射し、しだいに彼女を包み込むほどに膨れあがっていく。

——出るぞ!

エルナトの声が甦った気がした。

そうだ。これは〈可能性の結晶〉が飛び出てくる時と同じ気配だ。

どうしてそんなものが、と訝《いぶか》しむみなとを、その少女はもう気にしてはいないようだった。

「お願い。動いて」

言葉にすると、彼女の白い服の胸元から、ぱあっと花が開くのが幻視される。

「何を持っているんだ?」

桃色の子の胸元に咲いた花のイメージは、彼女たちの後ろにある校舎の最上階へ繋がり、学校と満開の花園の幻影が重なり合って見えた。

これはなんの冗談だ。どうしてこんな時に花なんかが。

刹那、幻の花々が爆発するように無数の花弁を四散させ、花びらは〈可能性の結晶〉に変じて撒《ま》き散らかされる。

どるん、と腹に響く音がした。

少女たちのシャフトの先が、見るからに力強い形に変化している。

「なんだと」

五人は、ラリー仕様の自動車のような駆動音を響かせるシャフトを突き合わせ、宇宙船のエンジンを始動させようとする。

頼もしい轟《とどろ》きが音量を上げたかと思うと、シャフトの先が火花を散らした。

火花は光でできたモールそっくりに捻れながらみなとの持つ正六面体へ向かい、立体の中央へ突き刺さる。

みなとは始動したエンジンのパワーに吹き飛ばされた。左の角が折れるのを感じる。

違う!

心の中で叫ぶ。

そんなことにかけらを使うな!　これはぼくの運命を——。

爆風で飛ばされながら、ぬめっとした金属質の宇宙船の一部が姿を現し、すぐに消えたのを見た気がしたが、全身に痛みが走ってなすすべもなかった。

みなとの視界が、ホワイトアウトした。


軽やかな水音がする。

安らぎを感じる穏やかな音を耳にしたのは、ずいぶん久しぶりだった。

意識を取り戻した黒マントのみなとは、身体を動かそうとして顔をしかめた。

疲労と激痛のために動けない。目を開くのが精一杯だった。

まず見えたのは、五芒星を中心にあしらった美しいガラスドーム。周囲には樹々が生い茂り、広い温室のような場所だった。

自分はラピスラズリのアクセントがある噴水の縁石に横たわっている。二重になった水盤のてっぺんには、なぜだか泣きたくなるほど懐かしい雰囲気を発する十字星の飾りがあった。

「ここは」

なぜこんなところに来てしまったのか。

ここはどこなのか。

「よく来たね」

声の方へなんとか顔を向けると、噴水からしたたり落ちる水のベールの向こうに、人影があった。

「だけど、もう行かなくちゃ。ここは、じき閉じられる」

「誰だ」

ようやく声を絞り出すと、人影は、笑いの形に揺れた。

「誰？ 誰って訊くのかい？ ぼくは――」

言いながら、人影はゆっくりと噴水の周りを歩いてみなとのほうへ近付いてきた。

彼の顔を見て、みなとの目が驚愕《きょうがく》に丸くなる。

「ぼくは、君だよ」

少しの悲しみをたたえて、カーディガン姿の自分は頬笑んでいた。

「なん……だと？」

温室のみなとは、さらりとカーディガンを脱いだ。それを黒マントのみなとにかけてやりながら、

「ぼろぼろだね。自慢のかっこいい角が片方、折れてる」

「いったいこれは」

起き上がりかけた黒マントは、うっと唸って身をよじった。

「すぐに痛みはとれるよ。ぼくたち、またひとつになるんだから」

「そうか。お前は、エルナトが逃がした幽霊だな」

「たぶんね。さっきまで昔のことは綺麗に忘れていたんだけど。今は、君のピアスのお陰《かげ》で全部思い出せた」

そして温室のみなとは、軽く天を仰ぎ、

「知ってるよ。黒いマントを羽織った君が、何をしてきたのかも」

温室のみなとがあまりにも穏やかな顔をしているので、黒マントはかっとした。

「批難するのか。手荒すぎるとでも？」

「まさか。自分の感情の振れ幅くらい承知しているよ。むしろ、ぼくがここでじっと滅びを待っている間、君は積極的に頑張ってくれていた。感謝してる」

黒マントは、ふう、と脱力した。

「それで、これからどうする気だ」

くすっと温室のみなとが笑う。

「判ってるんだろ？」

黒マントのみなとは、もうひとりの自分の考えがしいんと頭に浸《し》みてくるのを感じた。

「……ああ。判っているとも。エルナトになるのは嫌だ」

噴水は歌うように水を落とす。

花が咲いてしまった温室は、濃厚な甘い香りで満たされている。

どこからか、そよ風が侵入してきている。

カーディガンを掛けられた黒マントのみなとは、痛む胸を庇《かば》いながら大きく深呼吸をし、その穏やかさを惜しんだ。

「ぼくたちがこうして、肉体を持っているかのように見えている世界は、ぜんぶ幻だ」

どちらかのみなとが言うと、もう一方が続けた。

「ベッドの上で無理矢理生かされているぼくのいる世界だけが、現実だ」

「学校とリンクしたこの温室は、幻の中の幻の空間」

「虚像の入れ子細工。二重の幻夢」

「滅びをただ待つだけのはずだったぼくは、いまや日常に憧れてしまい」

「戦うだけのぼくは、いまや敗北を喫してしまい」

「どちらのぼくも不正解だと判ってしまった」

温室のみなとは、黒マントのみなとの頭の近くへ座り、そっと髪を撫でてやる。

「ぼくたちは、対になった素粒子。スピンの方向は反対」

黒マントのみなとは、その手を取り、自分の頬に当てた。

「分かれてしまっていたから、極論の地平線まで飛ばされていた……」

「本当のぼくはどうしたい？」

「本当のぼくは判っているね。〈エンジンのかけら〉は一から集め直す。そして、運命を変えるか消滅するかという目的を達成する」

「うん。でも、それだけじゃ、本当のぼくらしくない。一番の根っこは、何もできず、人と関われないで寝ているだけだという悔しさ」

「うん。楽園の扉が開かれてしまって、情報が流れ込み、普通の生活への未練が生じてしまった」

「うん。だったら、せっかくの、元気な身体をした夢の世界。したいことをしたいようにしながら」

「うん。目的へ向かうのがいいよね」

温かい、とふたりのみなとは思っている。

人に髪を撫でられ、人の頬に触る。そんな経験はこれまで一度もなかった。

自分で自分を優しくなだめながら、ふたりのみなとは微笑を交わす。

黒マントが、ひそりとこぼした。

「この楽園を閉じても、すばるって子に会えるだろうか」

温室のみなとは、柔らかく頷いた。

「星が導いてくれるなら」

「賭《か》けかい？」

「そう、〈確率〉の悪い賭けだね」

そうして、さっきかけてやったカーディガンをめくり、横たわる自分に顔を近づけていく。

赤い瞳と青い瞳が、お互いの姿を映していた。

ふたりとも、泣き笑いのような顔をしていた。

「どこまでもどこまでも僕たち一緒に進んで行こう……」

宮澤賢治『銀河鉄道の夜』の一節を、ふたりは声を合わせて呟いた。

まるで口づけをするかのようにふたりは顔を寄せ合い、いままさに互いの額が触れあうという瞬間――すうっと空間に溶けた。

花々に宿っていた〈可能性の結晶〉が、亡霊のように浮かび上がり、ふたりのあとを追った。

噴水の水がぴたりと止まった。縁石の上には、脱ぎ捨てられたカーディガンが乱れたまま残っている。

樹から葉が一枚散った。そしてまた一枚、二枚。じきに、とめどなく散り落ち始める。〈可能性の結晶〉を秘めていた花々が、みるみる頭《こうべ》を垂れて萎《しお》れていく。

すさんだ風の吹く温室の中に、かすかな声が残った。

「ああ、ぼくたちでも踏み出せた」

「エルナトは言ってたね。生きることは選択を繰り返すことだと」

少しの間があった。

やがて、

「あれ、ぼくは……生きようとしているのか」

初めて気付いたという調子で、声が流れる。

崩壊しかけた楽園で聞こえるにしては、とても皮肉な言葉だった。

落ち葉の雨の中、噴水のてっぺんに輝く十字星がちかっと光ったかと思うと、白い霧となって崩れた。

霧は流れ、地上に舞い降り、そこで渦巻いた。

霧が姿を変えたのは、一株だけの、いまだ枯れない草花。紫色で、アッツ桜に似ていなくもないが、尖《とが》った花びらが六枚ある。

みなとの未練が凝《こご》った花は、リンリンと鳴りそうなほどに可憐《かれん》な六芒星の花弁をいっぱいに開き、賭けの結果が出るのを待ち受けていた。

ばん、と背中に衝撃を受けた。

二階から三階へ上がる階段の踊り場で、みなとははっと目覚める。

「よう、転校生。もう登校か」

彼の声は大きく、背中を叩《たた》いてくる掌もまた肉厚だ。

「ええと」

みなとは目の前の三人に当惑した。中途半端《ちゅうとはんぱ》な笑みで誤魔化していると、

「田村《たむら》だよ、田村。お前、園芸部に入ったんだって？」

「こんなに早く来たりして、朝も水やりとかすんの？　あ、俺、吉田《よしだ》な。こっちは槙《まき》」

「園芸部？　もしかして、お前、案外、地味？」

吉田と槙も横から茶々を入れる。

みなとは、いやあ、と首筋に手をやった。

「と、とりあえずだよ。腰掛けってやつ。まだこの学校の様子が判らないしね」

「そっかー」

田村は素直に納得した。

吉田は、

「日灼《ひや》けすんなよ。肌、弱そうだからな」

と、カーディガンの上から腕をぺちぺち叩いてきた。

「俺《おれ》たち、先に教室行ってるぞ」

三人が三階の教室へ去っていくのを、みなとは好もしく見送った。

「学校」

小さく呟いてみる。踊り場には、もうみなとしか残っていない。

「ここへ来られるなんて」

校庭に面した窓から、爽やかな朝日と生徒たちの声が入ってくる。

重なり合った世界での〈エンジンのかけら〉を巡る争いは、普通の人たちにとっては無かったことなのだろう。校舎は壊れていないし、生徒たちもごく普通にしている。

「学校だ」

思わず笑みが浮かんでしまった。

「そして、トモダチ……」

まだ本当の友人とは言えない。なぜなら、夢の論理で都合良く転校生として潜り込んだばかりなのだから。

吉田たちクラスメイトは、みなとが最近転校してきたと思い込んでいる。自己紹介や、教科書をもらうところや、先生が試しに答えさせてみる様子を、すでに目撃した気になっている。けれどみなと自身は、ややこしい手続きや最初の関門をすっ飛ばして、たった今、田村に背中を叩かれる瞬間にここへ出現したのだった。

なぜ、この瞬間かというと。

みなとは、生徒たちの遠い笑い声を楽しみながら、踊り場の窓へ歩み寄った。

朝練習をする運動部の生徒たちが、だるそうにグラウンドを走っている。校庭の隅ではブラスバンド部が自主練習をやっていて、金管楽器が頼りなく鳴っている。

ありふれた朝の光景は、平和で、心地よく弛緩《しかん》していた。

その中でひとり、緊張感を漂わせる小さな背中が見えた。

すばるだ。花壇へ向かってしゃがみ込み、少し肩をいからせて何かを一生懸命《いっしょうけんめい》に植えようとしている。

みなとはすばるの背中に語りかけた。

ここへ呼んでくれてありがとう。それは温室に残ってしまった六芒星の花だね。

みなとは、賭けに勝った。すばるは、温室へ行きたいと強く願ってくれたに違いない。つまり、みなとのことを心配してくれたのだ。だからこそ、荒れ果てたあの場所から六芒星の花を持ってくることができたのだ。

みなとのすばるに対する未練が、花の形で彼女へ渡り、彼女のほうもそれを丁寧に植えようとしてくれている。

そしてたった今、友達ごっこのスタートが切れるタイミングで、みなとの意識を取り戻させてくれた。

しかし、みなとは困っていた。

今の自分は、温室の中にいた自分とは違うのだ。絶望の穏やかさだけではなく、五人の魔法使いと戦って〈エンジンのかけら〉を奪い取る激しさも内包している。そんな自分を、すばるはどう思うのか。

一番怖いのは、すばるをまたクラゲたちとの争いに巻き込んでしまうことだった。次も校舎に閉じ込められるくらいですむとは保証できない。

自分のそばにいることで、危険な目に遭わせてしまったら。

そのせいですばるに嫌われてしまったら。

「距離を取っておいたほうがいい、か……。もどかしい夢だな」

みなとの爪《つめ》が窓枠に食い込んだ。

「星はぼくをどう導くのか……」

田村が、園芸部に入った、と言ったことを思い出す。少なくともそれは、みなと自身が願った展開ではなかった。運命はその方向へ流れているということだ。

みなとはとりあえず、彼なりに考える一番園芸部らしい格好で、すばるの近くへ行ってみることにした。温室のみなととはもう違うんだ、という決意を込めて、ジャージに麦藁《むぎわら》帽子、首タオルという出で立ちになる。

あまりスマートとは呼べない服装のこちらが判らないなら、縁もそれまでと諦《あきら》めよう。彼女が気付かなかったら、巻き込まなくてすむ。その時は、遠くからすばるとその友人たちが楽しそうにしているのを眺めることにする。やがて六芒星の花が枯れ、すばるが自分のことを忘れてしまうなら、それも仕方がないことだ。もともと、運命を変えるだの、消滅してしまうだの、そんな悲愴《ひそう》な希望は彼女の近くへ置いてはいけないのだし。

みなとは、六芒星の花を植えようとして不器用に土をばら撒いているすばるの後ろを、猫車を押して通ってみた。

スコップで土を掘るすばるは、服装の違うみなとにまったく気が付かなかった。


しかし、昼休み。

すばるとの因果は、水撒きホースの絡まりとなって二人を繋いだ。

みなとは、ふと、意識を取り戻した。自分は園芸部ルックで花壇に水をやっていた。

そこへすばるが登場して、六芒星の花の傍へしゃがみ込んだのだ。

足の下にしっかりとホースを踏んで。

「そこ、どいてくれる？」

みなとは、麦藁帽子を深く被って、突っ慳貪に言った。

「え？　あ、うひゃ」

ばたばたと慌てる様子は変わらない。

帽子の鍔の陰から、そっと、すばるの大袈裟な動作を頬笑ましく見ていたら、いきなりホースの先が踊って、勢いよく出た水を思いっきり浴びてしまった。

こ、これが星の導き？

笑うに笑えず固まっていると、

「あー、わわわわ。ごめんなさい。大丈夫で——」

と、すばるが駆け寄ってきた。

「す……か？」

彼女が間近でぴたりと止まる。

帽子の縁から水をしたたらせるみなとを、食い入るように見つめている。

みなともまた、動けないでいた。なんたることか、頭の中も胸の中もかーっと熱くなって、何を話していいのか判らなくなっていたのだ。内面の大騒ぎを隠蔽《いんぺい》するために、表情は必要以上に硬くなっている。

ようやく、

「……水」

と、視線を逸《そ》らすことができ、みなとは水道を止めに行った。

そのまま、すばるが気に掛けてくれていた六芒星の花へしゃがみ込む。

花はすっかり萎れている。植え替えてすぐの弱っている株に、液体栄養剤を三本も突き立てるなんて、病人に脂身たっぷりのトンカツを食べさせようとするようなものだ。大切に思ってくれているのは伝わってくるが、すばるの一生懸命さが空回りしている状態だった。

みなとは花の株を掘り出しはじめた。

「……あのう」

すばるが横にちょこんとしゃがんだ。

「この植え方だと、枯れるよ」

「ひぇい」

悲鳴なのか返事なのか判らない音声で答えると、すばるはおずおずとみなとの手元を覗き込む。

「この花、土に植えるにはまずもう少し根を張らせないと。それから少しずつ日に当てて」

極めて事務的に説明するみなとを、すばるは舐《な》めるように見つめていた。

首を傾げ、背後から覗き、下から顔を見上げる。

「聞いてる？」

みなとが訊くと、すばるは、どぎまぎした。

「あ、うん。だって、その……」

「なに？」

「みなと君、その格好、どうしたの」

「なにが？」

「だって、いつものみなと君じゃないから」

当たり前なんだ、とみなとは言いたかった。

温室のぼくは、もういないんだ。君を校舎に閉じ込めたぼくもぼくだった。そして、この安穏とした生活に紛れるのと引き替えに自分へ課した条件は、君を巻き込まないこと、なんだ。

黙っているのが不安になったのか、すばるは軽く謝った。

「あ、ごめんね。あの場所以外でみなと君に会ったの、初めてだから。ちょっと意外で」

「あの場所……」

駄目だ、すばる。あそこを思い出しちゃ駄目だ。あそこは停滞したぼくの恥部だし、魔法使いたちとの戦いへと通じる異界だ。

「あの温室だよ？」

念を押すすばるから、みなとはあえて視線をはずした。

「この学校に温室はないよ」

ちょうどいいタイミングで、クラスメイトが声を掛けてきた。

面食らったすばるを残して、みなとは静かに立ち去る。

すばるは、やはり温室にいた半身の自分にしか興味がないのだろうか。麦藁帽子の自分を意外だと言うのは、丸ごとのぼくを気に入っていないという心情の表れだろうか。

気を揉《も》む暇は、みなとには与えられなかった。

その日のうちに、〈エンジンのかけら〉の気配をまざまざと察知してしまったのだ。

これまでのかけらはすべてクラゲたちに奪われてしまっていたが、まだ大量の〈可能性の結晶〉が手元にある。それに、魔法の力の真理に触れ、力を使いこなしていたので、能力は身構えていたほどには衰えていなかったらしい。

それだけ自分が〈エンジンのかけら〉を欲しているということだ。

みなとは暗く頬笑む。

あれを奪う。集める。そして運命を変える。

かけらの場所を探すために集中していると、黒いマントが膨《ふく》ら脛《はぎ》を打った。

渇望が夥しい青い蝶の姿で激しく羽搏き、現世と異世界の因果を揺すり上げ、みなとを激しい姿に変身させたのだ。

同時に、かけらの行方《ゆくえ》が判った。

「太陽へ突っ込む……のか？」

〈エンジンのかけら〉は、彗星の核となって太陽に接近中。たぶん、木星や天王星のような液体惑星でガスを纏《まと》い、凍り付いてしまったのだろう。

みなとは、血の色をした瞳で、天を振り仰いだ。

そして、地平線へ落ちかかる光球へ向け、黒い霧の尾を曳いて飛び上がった。

光速を超える移動は、白い服の魔法使いたちが〈エンジンのかけら〉に接触したのを情報の〈もつれ〉として利用するジャンプ。

宇宙へ行けるようにはなったけれど、これはぼくが望んだ方法じゃない、とみなとは苦笑する。宇宙飛行士は、いろいろな人の後押しとかっこいいメカニックに囲まれて飛び出すのであって、訳の判らない魔法の力で地球から離れても、ほとんど感慨はないのだった。

おまけに、太陽に接近しても熱くないなんて。

つくづく、これが現実の理から外れたあり得《う》べからぬ能力だと思い知る。

地球の一〇九倍の半径を持ち、表面は約六千度。太陽系の主星であり、地球の命の源とも言える太陽。ぐつぐつ煮え立っていると形容するよりは、対流で下から湧き上がってくる熱の渦が作る粒状斑《りゅうじょうはん》が動物細胞の顕微鏡写真のように見えた。その伝でいけば、双極性黒点群は皮膚のシミといったところか。黒点周辺では、磁力線の繋ぎ替え《リコネクション》による爆発。フレアが跳ね散らかり、ところどころでは彩層のガスが持ち上がってプロミネンスと呼ばれる壮大なアーチを作っていた。

意外なことに、いかにも熱そうな炎の塊である表面やプロミネンスより、コロナと呼ばれる目に見えない上空のガス層のほうが温度は高い。百万度以上にもなっている。太陽表面はまだ遥か下方にあるが、みなとはとっくに蒸発してしまっているはずだった。Ｘ線の量も、尋常ではないだろう。目で見た印象に、状態が引きずられている。みなとはそう思った。魔法は、高温のガスよりもめらめらした炎のほうが熱そうだろ、と騙《だま》しにかかっているのだ。

彼女たちも同じなんだろうな、と、みなとは前方を見やる。

コロナ内部で〈エンジンのかけら〉の入った彗星を魔方陣で制しようとした五人の少女が、巨大なプロミネンスに進路をふさがれ、あわてて散開している。

太陽風に吹き流される長い尾を持つ彗星は、炎の円弧を突っ切り、融《と》けた核から、虹色のトゲをいからせた〈エンジンのかけら〉が姿を現した。

「そのかけら、ぼくがもらおう」

挑戦的に宣言するみなとに、いつも元気な黄色い少女が突っ込んできた。

みなとはエネルギー塊を放って追い払う。

逸れた攻撃が、眼鏡の水色のバランスを崩した。

何かと目立つ鈍臭い桃色が水色を助ける。

「おや」

みなとは、二人の動作に、ぎくしゃくしたものを感じた。桃色と水色は、コンビと呼んでもいいくらいの仲だったのに。

コンビだと？　ええい、そんなこと知るか。

みなとは頭を振って、〈エンジンのかけら〉を追う。

トゲをゆっくりと光らせるかけらは、あちこちで立ちのぼる炎の柱をバウンドするように進んだ。磁力線に弾かれている。

予想外の跳ね方をする〈エンジンのかけら〉を、みなとはなかなか捕まえられない。

宇宙飛行士なら、とみなとは考える。

磁力線をモニターする機械かなにかを持っていて、かけらの進路を計算し、先回りできるのに。

——右上方、十二度。捕獲確率七十五パーセント。

——船長、イレギュラーのフレアです。

——回避！

みなとの心の中で、頼もしい仲間《クルー》たちが会話劇をする。

ほんとうは、たった独りで、確率もなにも判らない目隠し鬼をしているのだけれど。

様子のおかしい二人を置いて、黄色と藍色と紫が追ってくる。

彼女たちをエネルギー塊で打ち据えるみなとは、足止めを食らった状態だ。

結果的に、その隙を衝いて、はぐれていた桃色と水色が〈エンジンのかけら〉を捕らえ、〈確定〉してしまった。

「くそっ」

ぎりぎりと睨《にら》むみなとの視界には、いったいどういうやりとりが行われたものか、以前よりも親密そうに頬笑み合うふたりの姿。

信頼なんて。友達なんて。

そんな、脆くて揺らぎやすいものに行動を乱される彼女たちを蔑視《べっし》しつつ、みなとは心の奥底で強い嫉妬《しっと》を覚えていた。

その気持ちに自分自身で反発し、彼はわざわざ声を上げる。

「君たちのような未熟な魂が、それに触れていいはずがない！」

運命を変える魔法の石を手に入れるのは、信頼やら友達やらにふやけた魂ではなく、孤独な切望でなければ。

足元から噴き上がるフレアに炙《あぶ》られたみなとは、涙が散るようにぱあっとその場から消え、立ち去った。

翌朝。

花壇の世話をしているみなとのところへ、田村、吉田、槇の三人が、無表情で近寄ってきた。

「おい、みなと」

田村の声は尖っている。

「昨日の放課後、約束したよな。一緒に吉田ン家《ち》へ行こう、って」

「えっ、そんなことは」

と言いかけて、みなとは慌てて口を閉じた。

そういう過去が捏造《ねつぞう》されているのだ、今回の目覚めは。

みなとはぎゅっと目をつぶり、

「ごめん！」

と、麦藁帽を脱いで三人に頭を下げた。

その姿勢のまま、三秒ほど経つ。

やがて、槇が、

「お前さあ、なんか勘が狂うんだよ。普通、そんなに頭下げないって」

と、弱り果てたように言う。

「えっ、そうなの？」

呆《あき》れた、と言いたげに、吉田が続ける。

「いっつもその調子じゃん。自分のことはちっとも喋《しゃべ》らないし、ださいジャージに麦藁帽子、首タオルでも平気でそこらへん歩いてるし」

「俺たちとは、テンポっつーか、考え方が違う感じなんだよなあ」

「そんなこと……ないよ」

みなとは精一杯明るく言ったが、三人の表情は晴れなかった。

「まあ、また今度なにかあったら誘うワ。その時はちゃんと来いよ」

「……うん」

槇が、処置なし、と肩をすくめたのをきっかけに、三人は仲良く連れ立ってだらだらと校舎のほうへ向かう。

トモダチ。

ごめんね。

ぼく、こういう関係に慣れてないんだ。自分がどう変なのかも判らないし、どうすれば好かれるのかも、よく判らないんだ。

結局、夢の中でも、こんなに生徒がたくさんいるところでも、自分は孤立してしまうのか。

気を取り直して、水撒きを始める。

意識があるということは、そろそろすばるが現れてもいい頃合いだ。

単調な水音に心を静めてもらおうとしていると、

「みなと君っ！」

思い詰めたようなすばるの声がした。

みなとは、落ち込んだ顔を見られるのも嫌だったので、作業を止めないままに、

「どうしたの。大きな声出して」

と、一本調子で訊く。

すると、

「その格好、やっぱりちょっと変です！」

「な……」

ストレートな物言いに、みなとは少なからずびっくりした。

振り返ると、すばるは強気な顔でみなとを見上げている。

「みなと君はずっと温室にいたから、学校のこと、よく判らないと思うけど。ジャージって、その……垢抜《あかぬ》けないっていうか、ぜんぜんお洒落じゃなくて、体育の時なんか、みんな嫌々着てるんです。そんな服でうろうろしてちゃ、みっともないですっ！」

極力、会話は避けようとしているのに、つい、

「し、失礼だな、君」

と口走ってしまう。

「あとっ！」

すばるはずいっと腕の中のものをみなとの鼻先に突き出した。

「これっ！」

それは、温室に置いてきたカーディガン。綺麗に畳まれたその上に、イチゴ牛乳の紙パックが載っている。

「好きだよねっ！」

カーディガン越しのすばるは、きりっと眉を上げて、勇気を振り絞っている様子。

　みなとは、のけぞったまま呆然としていた。

「君って……人違いだとか勘違いだとか、考えないわけ？」

　ゆっくりとカーディガンとイチゴ牛乳を受け取りながら、今度はみなとが勇気を出す番だった。

「ぼくは、君の知らないぼくに変わったかもしれない。ほとんど別人みたいにさ」

　だから、ジャージに首タオル。だから、君に冷たい。

　君を危険な目に遭わせないために、ぼくはいくらだって変われる。

　すばるは、力を抜いて、

「うん、そうかもしれない」

　と、呟く。

「でも私、友達に教えてもらったの。どこにいても、どんなに変わっても、その人の魂は変わらないって。だから」

　すばるは、一歩踏み込んできた。

「みなと君はみなと君だよ！」

　みなとは、イチゴ牛乳を見つめていた。温室で、この子がお礼だと言って自分にくれた、大切な思い出の品。

　因果はこんなにも深くふたりを繋いでしまっている。すばるのために振り切ろうとしたのに、またこうやって甘いイチゴの香りが追いかけてくる。イチゴ牛乳は、無理矢理閉めようとしていたみなとの心を開く鍵。

　みなとの次の言葉は、吐息混じりだった。

「君はまたそうやって、どこからか扉の鍵を見つけてくるんだね」

仕方ない、とみなとは観念する。

縁だもの。仕方ないよね。

認めてしまうと、澱んでいた心の中に柔らかな風が過ぎていった。

止めないままの水が、足元のホースから、次から次から流れている。

そうだった。ここは循環しない、開かれた世界。

みなとは、大きく息を吸った。自然に胸が張られる。

わずかに小首を傾げて、みなとは和やかな表情ですばるに頬笑みかけた。

やっと殻を脱ぎ捨てたみなとに、すばるの目が潤む。

「また会えたね、みなと君」

ふたりの足元で、あの六芒星の花が元気に咲いていた。

六という数字は、五プラス一。それが花芯《かしん》を中心に楽しげに花弁を並べていることに、ふたりはまだ気が付かないでいるけれど。

憧れの学校生活は、想像していたよりもずっと穏やかだった。

それからも、すばると会う前後に出てくる田村たち三人は、いい感じでみなとと会話してくれる。みなとはいつしか「ちょっとぼうっとした変わった転校生」として扱われるようになった。

距離感はこれでちょうどいい。妙なことを口走ってぼろが出ることもないし、孤立して困ることもない。

すばるの姿を見かけたがゆえの園芸部所属だったが、それもベストな選択に思えた。地味なクラブで、あまり目立たず、すばると一緒に花壇の世話をするのは楽しかった。

みなとは、まだあまり上手《じょうず》に人付き合いができず、すばるにも中途半端で他人行儀《たにんぎょうぎ》な物言いをしてしまう。語るべき共通の話題がないし、あっても温室のことはもう蒸し返したくなかった。それでもすばるは、よく動く瞳で感情をあらわにしながら、みなとのそばにくっついてくる。

安心なのは、すばるがみなとを、この世界にあまり詳しくない、と知ってくれていることだ。学校の地縛霊のような存在だと理解しているようで、一緒に帰ろう、とは誘わないし、必ず自分よりも早く登校して花壇に水をやっているのも、そういうものだと思ってくれている。

「帰国子女《きこくしじょ》だって言っちゃえば、いろいろ誤魔化せるんじゃないかな」

と、知恵を付けたのも彼女だし、判らないことはそれとなく教えてくれたりもする。

購買部のシステムが理解できずにうろうろしていた時は、芝居がかって人を掻《か》き分ける動作をし、

「こーして、こーやって、潜り込まなきゃ、お昼、ゲットできませんっ」

と、ふん、と息を吐いた。そういう時は、角みたいな癖毛もぴこんと自慢そうに跳ねる。

自分の鈍臭さを棚に上げて世話を焼く彼女の様子が、みなとはおかしくてたまらない。すばるは一緒

にいて退屈しない子なのだ、と改めて思う。

中庭の四阿《あずまや》で、並んでイチゴ牛乳を飲んでいるときは、突然、かあっと顔を赤くして、

「あっ、そっ、いっ、今、気が付いたんですけど。いいですよね。こ、こういうのも」

と、手足をばたばたしたかと思ったら、小声で「デートみたいで」と付け足したりする。

文化祭の話をしていて、天文部の展示も頑張れよ、と声を掛けると、

「うん。頑張る。たった一人の部員だけど、みなと君にそう言ってもらえたら頑張れる！ 来てね。絶対来てね」

と、しつこく念を押して、丸顔が弾けそうなほどの笑顔になった。

本当に、この子には敵《かな》わないなあ、とみなとは微苦笑を禁じ得ない。

見ていて心が弾んでくるし、命をキラキラ輝かせている。

みなとは、まるで自分が、すばるの反射光でなんとか生きているようにも感じるのだった。月が太陽のお蔭で光を放てるように。すばるの傍にいると、喜怒哀楽《きどあいらく》が飛び散ってきて、そのうち自分も自然に笑ったりはしゃいだりできるようになる気がする。

気掛かりなのは、温室ですばるがあんなに気を揉んでいた彼女の友達に、まだしっかり挨拶ができていないということ。

それらしい子は何人も目にするのに、みなととすばるが一緒にいると、決まって、ぴゅーっと逃げて行ってしまうのだ。

「恥ずかしいのかな、みんな」

鈍感なすばるはそう言うのだが、彼女たちがよく自分たちふたりを遠巻きに覗き見ているのを感じて

いるみなとは、もしかしたら気を遣ってくれてるんだろうか、と照れ臭くなる。

もうちょっと人付き合いに慣れたら、紹介してもらおう。すばるの大事な友達だもの。きっとぼくのことも受け入れるだけの優しさを持っているに違いない。

その時は、ちゃんと笑顔でまず名乗る。胸を張って「みなとです」と言わなくちゃ。

みんなが、この人ならすばるの横にいても安心だ、と任せてくれるような、素敵な人物になっていなくちゃ。

このまま、覚めない夢になってもいいかな、とみなとは思い始めていた。

本当の自分のことは忘れて、宇宙人たちのことも放っておいて、仮初《かりそ》めの世界が終わりを迎えるその日まで、生きていてもいいかな。

それくらい、彼の学校生活は幸せだった。


けれど、睡眠中の夢物語が自由に制御できないように、〈エンジンのかけら〉の気配は忍び込んできて、みなとの心を乱す。

そしてそれは、心のみならず、やはりすばるにも影響しているようだった。

戦慄《せんりつ》したのは、〈エンジンのかけら〉を追うことで、穏やかな学校生活の時空軸までも歪めてしまうのを知った時だった。

たいていのことは問題がなかった。すばるが何回もテストの結果に絶叫するのをなだめ、学園祭では校門の外に長机を出して、彼女や近所の人たちに鉢植えや苗《なえ》を売った。花壇の花々は順調に育ち、六芒星の花から種を取り、やがて霜《しも》が降り、街が星に負けないほどのイルミネーションで輝く冬になった。

だが、平穏に過ごした三ヶ月あまりを、みなとは悔いる羽目になったのだ。

——アパテ。

前触れもなく頭の中に響いた単語。

その瞬間、白い服の少女たちが〈量子もつれ〉の情報を使ってジャンプをする気配。自分はとっくに会得していたが、いままでの彼女たちなら、世界の理を破るこの手段は取れなかったのに。

咄嗟にその移動に食らいつきながら、みなとは歯噛みした。

角を折られた時の戦いで、〈エンジンのかけら〉をみなとのぶんも手に入れたクラゲたちの能力はいや増し、秋の時点で新しいかけらの存在を感知していたらしい。いつもクラゲをナポレオン帽に載せている紫を、単身、太陽系辺縁部に送っていたのだ。

紫の少女は、五人分のシャフトを合体させてパワーアップしている。光に近い速度で星虹《スターボウ》を見ながら、アステロイドベルトを越え、海王星軌道を越え、エッジワース・カイパーベルトを越え、彗星のふるさととも言われるオールトの雲との狭間〇・二五光年を三ヶ月掛けて飛んだ。

「そこで、これを見つけたということか」

みなとは、木星の数倍はある巨大なガス惑星を見下ろしながら呟く。

欺瞞《ぎまん》と失望の女神、アパテ。紫はいったいどういうつもりでこんな名前をつけたのか。

ともかく、かけらの位置を〈確定〉して仲間をジャンプで呼び寄せるには、格好の目印だ。

こんなところに〈エンジンのかけら〉があるとは。

かけらは、まだ知られぬ惑星アパテの周りを悠然と巡っていた。

合流したことに安心したのか、例によって暢気《のんき》に交流を楽しんでいる少女たちを睥睨し、みなとは刺すように言った。

「なるほど、あれが今回のかけらというわけか」

予想通り、元気な黄色が、

「また便乗か！」

と、息巻いた。

みなとは、ふっと笑いを落とし、ただ乗りに対する流行《はや》り言葉で嘯《うそぶ》く。

「フリーライダーと呼んでくれ」

いちゃいちゃと仲良く楽しむ余裕のある奴らには、こちらの必死さは判らない。彼女たちだって、自分の魂の自由がかかっていれば、便乗でもただ乗りでもするだろう。

そんな甘い奴らに――。

みなとは空を蹴ってかけらへ向かった。

気合いと共に魔方陣を張る。

五人の少女たちも負けじと自分たちの魔方陣を張った。

妙な角度でふたつの魔方陣に挟まれた〈エンジンのかけら〉は、斜めから受ける力で弾かれ、アパテへ向けて落下していく。

「しまった」

みなとが後を追った。

追いつかれないように、と警戒したが、なぜだか彼女たちは続いてこない。

「どうした？」

口の中でそう言ってから、みなとは気付いた。

かけらは魔方陣からの力を受けて励起《れいき》している。このままでは、かけらはガス惑星のスパークプラグの役目を担い、水素の海を核融合反応の炉に変えてしまう。新しい恒星の誕生だ。

現実離れした科学力に支えられた〈エンジンのかけら〉は太陽に融け込むことなく離脱するだろうが、自分のほうは、そうなってしまった時に果たして脱出できるかどうかが判らない。

「ここまで追ったのに」

みなとは唇を噛んで反転し、上昇を始めた。

時を同じくして、アパテが恒星へと変貌しはじめる。

なんとか危機を免れたみなとは、しばらく、新しい恒星と待機している少女たちの様子を眺めていた。

予想したとおり、大重力をものともせず〈エンジンのかけら〉がアパテを離れる。

「ちっ。遠いな」

みなとの位置よりも、少女たちのほうが近かった。連結したシャフトであっという間に近付くと、さっさと魔方陣を張って捕獲してしまう。

「やられた……」

がっくりした瞬間。

〈エンジンのかけら〉を取られたことよりも大きな衝撃が、みなとを打ちのめした。

自分が佇んでいるのは、学校の花壇の横だったのだ。

「戻ってきた……？」

少女たちが、因果の結ばれた二点間を瞬間的に長距離移動できるのは、今回のことで判った。みなとを巻き込んで、アジトである学舎に戻ってきても不思議はない。

だが、花壇に雪がない。霜もなければ、冬の花も咲いていない。

植物を眺め、空を眺め、みなとは自分が秋の学校、おそらく紫の子が出発した時点へ戻ってしまったことに愕然とした。

ぞくりと背筋が寒くなる。

すばるはどうしているだろう。

これから過ごす二回目の秋と冬、すばるは前回と同じ行動をするのだろうか。いや、そうしたらここには自分が二人存在してしまうことになる。ならば、量子の理論で言われる〈エヴェレットの多世界解釈〉のように、二つの歴史、二つの世界が重ねあわせとして存在してしまい、ここにいるのは別の世界のすばるだということか。

前の世界と今の世界。どちらのすばるが幸福なのだろう。

もしも前の世界のほうが幸せになる可能性が高いのなら、この世界の彼女を自分は不幸にしてしまったことになる。

みなとは、力なく花壇の脇にしゃがみこんだ。

「守らなきゃいけないのに。ぼくが……」

彼の視線が落ちる先には、冬にすばると一緒に種を採取したはずの六芒星の花が、いまだ花弁を涼やかに開き、秋の気配を含んだ風に揺れていた。

今度の時間軸でも、ふたりで種を収穫できるのだろうか。

みなとは、そっと花びらを撫でた。

日常はすこし変化していたが、みなとが身構えるほどの事もなく、二度目の文化祭が近付いていた。

たとえこの生活が夢だとしても、自分はここで息をし続けていてもいいかもしれない。

すばると過ごしながら、みなとは何度もそう思った。

ありふれた幸せを壊したくなかった。覚めたくはなかった。けれど、突然この夢が壊れてしまう可能性も捨てきれない。同じ夢の中で、白い服の魔法使いたちが〈エンジンのかけら〉を追っている。あれを集めて、エルナトの宇宙船を直そうとしている。そうなったら、宇宙人の魔法に関わっている自分は、そしてすばると一緒に過ごす学園生活は、どうなってしまうのか。

――せいぜい愉快に過ごすことだ。

エルナトの言葉が甦る。

一瞬一瞬を彼と愉快に過ごして、自分はどうなった？　夢破れ、絶望したのではなかったか。

温室であたたかな閉鎖空間を満喫していた自分はどうなった？　夢破れ、現実を見つめる羽目になったのではなかったか。

終わりはいつか来るのだ。

みなとは、エルナトたちが破滅の運命から逃げ続けている気持ちが、少し理解できるような気がした。

このままで。ぬるい今を、このままで。

未来への希望なんか要らない。だから、このままで……。

それでも、みなとは約束してしまった。

「天文部、手伝おうか？」

あまりにもすばるが忙しそうにしているので、つい、そう口にしてしまったのだ。

アパテへ行く前の文化祭では、コスプレ研究会と天文部をかけもちして駆け回っていたすばるが、当日の三日前に熱を出し、学校を休んでしまっていた。

「いいの？　みなと君、いいの？」

いつものようにすばるはぱあっと顔を輝かせる。

約束は破られてばかり。退院は来週。今度一緒に星を見よう。

でも、自分が実行する約束なら、自分が守ればいい。

大丈夫。白い服の魔法使いたちが動かなければ。前回も冬になるまでは何もなかったのだ。この時間軸も大丈夫。

みなとは、跳ね回って喜ぶすばるに目を細めた。

すばるは、手作りのプラネタリウムを天文部の展示にするつもりだった。

回転するルームライトを友達から借り、穴を開けた厚紙を被せて、暗幕を張った展望室に星座を投影する、というのが彼女の計画だ。

正十二面体を展開図にした正五角形のスペースに星座を写し取り、ひとつひとつピンホールを穿《うが》って恒星球にしていくのは、地味で大変な作業だったが、すばるは頑張った。

熱心に作業をしているときの彼女は、よく動く瞳がぴたりと止まり、唇を結んでいる。きりりとした顔と、手を動かすたびにユーモラスな動きでぴょこぴょこする癖毛がアンバランスで、みなとは何度も噴き出しそうになった。

かわいい。

素直すぎる感想が口から転げ出しそうで、そんなことを考える自分が信じられなくて……。赤くなった顔を見られないように不機嫌に俯《うつむ》いたことも、一度や二度ではない。

アナウンスも自分でやるというのだから、もう一方のコスプレ研究会は抜けさせてもらえないのかと訊くと、

「ううん。あっちも大事だから」

と、にこっと笑った。

みなとはこれまで、コスプレを部活動にするとはずいぶん正体不明だと思っていたのだけれど、それをきっかけにすばるは色々と話してくれた。

温室で話していた仲のいい友達はみんなその部に所属していて、たいていは部室を体《てい》よくお茶会に使っているらしい。文化祭では、衣装を作ってお客に着てもらい、写真を撮るサービスをするという。

「それでね、いま、展示用の衣装もみんなで作ってるんだよ」

展望室の窓に暗幕を取り付けながら、すばるは楽しそうに喋る。

今日はいよいよ、組み上がったピンホールプラネタリウムを映し出してみることにしていた。

椅子《いす》の上に乗って背伸びをするすばるが危なっかしくて、みなとは気が気ではない。

すばるは構わず、

「あおいちゃんなんか、ぶーぶー言ってるけど、ほんとはそういうの、好きなんだよね」

と、ご機嫌だ。

みなとは、あおい、という名前をどこかで聞いたような気がしたが、ぐらぐらするすばるが心配で、

思い出すのは後回しにすることにした。

「待って」

後ろから同じ椅子に乗り、すばるの肩に左手を置いて、暗幕を取り付けてやる。

「ぼくがやるよ。すばるは危なっかしいから」

すばるの髪からは、イチゴみたいに甘い香りがする。魅惑の罠《わな》みたいだ。

みなとは惑わされないように、さっさと椅子を下りた。

「あの……みなと君、ありがと。天文部でもないのに手伝ってくれて」

心なしか頬を染めたすばるも椅子から下り、上目遣いで見てくる。

みなとの顔がかっと熱くなる。どうか自分の赤い頬を彼女が見てしまわないように、と精一杯のそっけなさを演じ、暗幕に手を掛けた。

「君だって、ぼくの庭いじりを手伝ってくれたじゃないか」

すばるは、すうっと真顔になって、視線を落とした。

「あれは、大切な花だから。あの花が私とみなと君をもう一度会わせてくれたんだよ」

「あの花……」

六芒星の花に賭けていた、とは言えなかった。自分の未練が具現化したものだ、とは言えなかった。

自分が、人と争うことも辞さない激しい己と全《まった》きひとつになったあとも、すばるにまた会いたいと願ってしまっていたのだ、とは、おこがましくてとても言えなかった。

「とても綺麗な温室だったけど、私、もしかしたらみなと君はあそこから出たがってるんじゃないかって思ったの」

暗幕を握りしめて、みなとは自問した。

出たがっていた？　ぼくが？

確かに最後は自分の意志で退出した。停滞を嫌って楽園《エデン》を去った。

でもそれの根底はすべて、すばるに繋がっている。今の髪の香りのように、リンゴではなくイチゴで、楽園にいたぼくは惑わされたのかもしれない。

すばるが扉を開き、停滞していた空気を揺らし、友達などという芳《かぐわ》しい匂《にお》いを持ち込まなかったら、自分はいまでもあの空間で、心静かに滅びの時を待っていただろう。

彼女がピアスを持ち込まなかったら、魔法使いの少女たちと戦う激しい自分と、温室で死んだように生きる自分は、お互いの嫌な部分を直視しなくてすんだだろう。

すばるが来なかったら、心置きなく待ち、心置きなく戦う、単純なふたりの自分のままでいられた。

みなとは、ちらりと、すばるにエルナトの影を見た。「夢はもう終わり」と告げに来る人物の影を。

暗幕を厳しく握りしめ、みなとはその恐ろしい考えを振り払った。

やっぱり前回の文化祭とは違っていた。前はすばるを手伝わず、このような会話はなされなかったのだから。

彼女の傍にいるだけで、自分はすばるの時空を歪ませてしまっている。自分が温室を出なかったら、すばるを魔法使いの戦いにこれほどまで深く関与させないですんだかもしれない。

どちらがよかったのかは、もう判らない。エヴェレット解釈では、選択をして分岐した世界は互いを認識できなくなるから、比較のしようが無い。

「君は、もしかしたらぼくの扉を開いたかもしれない。けれどそれはぼくが望んだわけじゃない」

言いながら、乱暴に暗幕を閉める。

背後で、すばるが息を呑むのを感じた。

すばるに八つ当たりする自分に、つくづく愛想が尽きる。

　虞のせいだ。この安穏とした学生生活も温室と同じように失われてしまうかもしれないという、恐怖のせいだ。

彼女に出会わなかった自分など、もう想像もつかないというのに。

言い過ぎを謝りたかったが、それをすると、今の生活とすばるがどんなに大切かを説明しなくてはいけなくなる。

みなとは仕方なく、

「さあ、プラネタリウム、試してみよう」

と、話題を変えた。


ルームライトから流れるのは、ドビュッシーの「月の光」。

印象派の優しい音楽に乗って、部室の中に冬の星座がゆっくりと巡る。

すばるの作ったピンホールプラネタリウムの星は、科学館のもののようにくっきりとは映らない。それに、まだあちこち隙間があって、貼《は》り直しが必要だった。回転ももう少しゆっくりにしたほうがいいようだ。

すばるは、肩を落として呟く。

「やっぱり、本物の宇宙とは全然違うなあ」

みなとは、落胆を隠せないすばるの横顔と、ぼんやりした星とを交互に眺めた。

一生懸命にすばるが作った星座が、なんとか冬の大三角形を形作っている。

――冬の大三角形！　私、覚えたよ！

幼い頃、幻影の病室に来てくれた女の子の声を聞いた気がした。

そういえば、あの子、すばるに似てたな。

よく動く瞳と、よく変わる表情。みなとに元気を分け与えてくれた明るさと、握りしめた手の柔らかさは忘れない。

あの子も、すばるも、ぼくを孤独から救ってくれた。生ぬるい停滞から抜け出られたのも、すばるあってのことなのに、さっきはそれすらお節介扱いしてしまった。

あの子は、宇宙の旅に瞳を煌めかせてくれた。だったら、もしかしたら……。

みなとは、おずおずと訊いてみた。

「本物の宇宙を見てみたい？」

やはり唐突すぎたようだ。すばるは驚いたように見えた。

「ええっと……」

と、言葉を選んでから、

「きっと、誰だって見てみたいと思うよ」

みなとを傷付けないようにか、中途半端な表情をする。

冗談だと思ってるね。でも、君が見てみたいなら、今のぼくには叶えてあげられる。

みなとは、優しく頬笑んだ。

「じゃあ、今から行ってみよう」

「ふぇっ？」

紙細工のプラネタリウムが、眩しい光を放った。

ぼんやりした星が、みるみる鮮やかで大きな輝きに変わっていく。

「う、うわあ。ええええ」

そこはもう、部室などではない。

みなとの魔法は、すばるを本物の宇宙空間に連れ出していた。

すばるはもう、口も目もまんまるだ。

ふたりを取り巻くのは、色々な大きさの光る砂をばら撒いたかのような、幾億の瞬かぬ蛍がそっと浮かんでいるかのような、壮麗な星空だった。

目の前には、淡く輝くミルキーウェイ。糸巻きの姿をした銀河もあちこちに見える。地球の大気に邪魔されないので、星は瞬きを忘れている。青白い星が力強く存在を主張し、負けじと赤い星が大きさを誇る。

足元の床がなくなり、すばるがよろめいた。

彼女の手をとったみなとは、はっとした。

柔らかく、心地よく、温かい。あの女の子の時と同じ感触。

胸の中がすうっと透明になるかのような清涼感がみなとを襲う。と同時に、あたたかく愛おしいものが全身に満ち溢れた。

感情が露出するに任せて、みなとは優しく囁《ささや》く。

「宇宙だよ。本物のね」

「で、でも、知ってる星座がひとつもないよ」

「それはそうさ。ここはもう、太陽系の外だから。並んでいるように見える星も実際はうんと離れてるだろ？　見る位置が変わったから、星座は崩れてしまってるんだよ」

「そうだけど、でも、そんなことが……」

みなとは、できるだけすばるを怖がらせないように言ってみた。

「光の速さを超えて移動することも、こうやって真空の中でも平気でいられるのも、ぼくが宇宙の理から外れる力を使ったからさ」

「魔法使いみたい」

しげしげとみなとをみるすばるに、頬笑み返す。

「そうだね。魔法だね。それより、今は楽しもう、すばる」

――せいぜい愉快に過ごすことだ。

みなとは湧き上がってくる過去の声に勝ちたかった。

そうだよ。これは夢だよ。自分が作った夢だから、覚め方も判ってる。

でも、夢だっていいんだ。今がとっても幸せだから。

手を繋いだまま、みなとは飛んだ。

星が背後に流れ、ないはずの風で髪がそよいだ。風は飛翔の爽快感をわざわざ演出してくれている。

そう、これは作られた夢。

でも、繋いだ手の柔らかさは本物だ。

みなとは、すばるに見せたい場所があった。

「わっ、まぶしい！」

すばるが目をかばった。

周囲には、瑞々しい光が充満している。

青く若い星が大きく輝き、自分で発光する巨大なサファイアの国に紛れ込んだみたいだった。

「どこだか判る？」

みなとが訊くと、すばるは目を見開いて周囲を見渡し、自信なさそうに答えた。

「たくさんの青い星たち……もしかして、プレアデス星団？」

さすがだね、とみなとは嬉しい。

「そう。和名は昴《すばる》。君と同じ名前だね。昴には、一つに集まる、という意味がある。プレアデス星団は、百個以上の恒星が集まっているんだ。地球から見えるのは、五つから七つ。文化によって捉え方が違う。昔は、何個見えるかを視力検査の代わりにしていたところもある」

すばるは、照れたような、困ったような顔をしていた。

「どうしたの」

「私、一つに集まるなんていい意味があること、知らなかった。昴っていう漢字が嫌いで、お母さんに文句言ったことがあるの」

「へえ。なんで嫌いなの」

「だって」

すばるは、両手を挙げて、頭の上で何かを支える格好をした。

「頭に盥《たらい》を載せて、エヘッ、てしてるみたいな形なんだもん。こうやって、片足を上げて」

と、ひょこ、と右足を持ち上げる。

みなとは、あらぬ方に視線を向けて、心の中で漢字を思い描いた。

昴。

頭に盥、片足で、エヘッ。

昴。頭に盥で……。

「……くっ」

「み、みなと君、どうしたの」

みなとは二つ折りになってこらえた。

「くっ、くくくくううっ」

「どこか痛いの？　ねえ？」

けれど、自分を心配して上体を曲げてくるすばるの両手が、まだ頭の上にあるのに気づいて、こらえられなくなった。

美しいプレアデス星団に大爆笑が響き渡る。

みなとは、こんなに大口を開けて笑ったのは生まれて初めてだった。

笑い止《や》もうと思うのだけれど、喉《のど》の奥が勝手に声を上げてしまう。

息も絶え絶えに笑い転げるみなとを、すばるは最初、呆然と眺めていた。

やがて、だんだん彼女の頬がぷうっと膨れていく。

「そんなに笑うことないと思うなあ」

「ご、ごめ……くくっ」

目尻の涙を拭《ふ》いて謝る。すばるは腕組みをして仁王立ちしていた。

みなとは、喉奥をひいひい鳴らしながら、やっとまともな口を利いた。

「お詫びに、ぼくの名前のことも教えてあげるよ」

「みなと君の名前？」

「うん。ただ、ぼくの記憶はかなり怪しくて、本当のことかどうかは判らないけど」

すばるは、わずかに小首を傾げて、みなとの言葉を待った。

本当のことだったらいいな、とみなとは念じてから、記憶の糸を辿る。

「ぼくの名前、漢字では、美しい七つを叶える、と書くんだ。それで美七叶《みなと》。少なくとも、ぼくが覚えているのはその表記だった」

「素敵」

「でも、ぼくはその漢字が嫌いだった。すばるとおんなじようにね。いや、形じゃないから案山子《かかし》の格好しなくていいよ。足、下ろして。君はぼくを笑い死にさせる気か。とにかく、ぼくが好きじゃないのは、七つしか叶えられないかもしれないってところ」

「……そうか」

「なんだか限界が決められているみたいでさ。でも、君の名前を知ってからは、好きになった」

きょとんとしている少女に、みなとは青い星々を見るように促す。

「あれさ。美しい七つ、というのは、ぼくの両親がプレアデス星団の意味を込めてくれていたんだよ。

すばる、君の名前と同じ由来を、ぼくも持っているんだ」

すばるは、じっとしていた。

まだ怒っているのかな、とみなとは不安になる。それとも、大事な自分の名前を、ぼくなんかと一緒にされて嫌だったのだろうか。

「……すごい」

ふわあっとすばるの表情がほどけた。見開いた瞳の中に、星がいくつも映り込んで輝く。

「すごいすごい、みなと君、私と同じ星の名前だったんだ！」

みなとの両手を握って、すばるはぴょんぴょんした。全身から喜びが跳ね散らかってくる。

突然手を握られて軽くのけぞってしまっていたみなとは、やっとほっとして、頬笑み返した。

自分の意識は、すばる、もしくは〈エンジンのかけら〉の気配とともに覚醒《かくせい》する。切れ切れの生活の中、彼女の前で自分の名前を書くことはついぞなかった。もしも自分の名前を書く機会があったら、嫌がらずに漢字で書ける気がする。

次にペンを持つことがあったら、しっかり書いてみよう。

すばると繋がる自分の名前を、堂々と。

「じゃあ、次へ行こう」

すばるが、次って、と訊きかけたが、後半はまた甲高い悲鳴になった。

星は流れ、場所は移る。

みなとは、すばるに贈るつもりでバラ星雲を見せた。大宇宙の薔薇《ばら》は、たくさんの星々を露《つゆ》のように散らして、深紅《しんく》の花びらを華麗に開いていた。

みなとはすばるを連れて行く。

赤いガスをバックに黒い馬の横顔がシルエットになった馬頭星雲へ。目を開けていられないほど青白く輝くシリウスへ。１９８７Ａ超新星の周りを飾るルビーを連ねたネックレス。二つの銀河がぶつかって剽軽《ひょうきん》な触手を伸ばすアンテナ銀河。プロキシマケンタウリ、竜骨座《りゅうこつざ》エータ、鯨座《くじらざ》の変光星ミラ、アンドロメダ座カッパの大きな惑星、蠍座《さそりざ》の球状星団Ｍ４。

みなとが一番好きな一角獣座《いっかくじゅうざ》の特異変光星Ｖ８３８を見せると、これまでも素晴らしい景色を旅してきたすばるの口が、ことさらにぽかんと開いた。

突発的な増光《アウトバースト》を起こしていったんは太陽の六十万倍も明るくなった赤い恒星は、真珠色のベールそっくりの球状殻《シェル》を纏っている。

「ああ、もうだいぶ散ってしまったな」

輝くベールは爆発の時に放出されたガスなので、高速で拡散してしまうのだ。けれど、近くの青い星々を従えて、いまだ軽やかなシフォンを巻き付ける紅《くれない》の宝石は、すばるの心にも響いたようだった。

「大事に包まれてる感じ。私、シェルが消えちゃうまで、この星のこと、羽衣星って呼ぶね」

「いいね、羽衣星」

みなとは、くすっと笑った。

満足そうなすばるの笑顔が、星の流れに溶ける。

次に目の前に拓けたのは、白い宇宙だった。

星が多すぎて、宇宙が黒く見えない。

「ぼくたちの銀河へ戻ってきた。ここはその中心、バルジ。最も賑《にぎ》やかな場所」

周囲は無数の星々に溢れている。地球で、もしも空気の分子が目に見えたら、こんな感じかもしれない。息をするたびに小さな星が肺の中まで飛び込んできそうだった。

白熱する中央は、あまりに星が多すぎて、白いペンキで塗り込めたように、もう光の塊にしか見えない。

扁平《へんぺい》した面から垂直に伸びる光の筋は、猛烈な勢いで噴き出される粒子のジェットだ。銀河系の中心部には超巨大ブラックホールがあり、その中央から、暗黒へ落ち込むのを運良く免れた陽子や電子が、宇宙の果てまで届く勢いで噴出しているのだった。

すばるは、光の海の中で瞳を引き絞りながら、ぽつんと呟いた。

「私たちの銀河だけでも、こんなに星が……。いままで、綺麗だとかすごいとか言っていろんな星団や銀河を見たけど、どれも中にはこんなにいっぱい……。宇宙はどこまで広がっているのかな。いつまで続くのかな。果てがなくて、少し怖い気がする」

「……ごめん」

突然謝ったみなとに、すばるはばたばたと身体を動かしてうろたえた。

「うっ、ううん、そうじゃなくて。楽しいよ？」

ほら、またこうやって君を動揺させてしまう。まったく、ぼくという奴はどうしようもないな。

みなとは胸が痛むほど、自分自身に落胆してしまっていた。

「ぼくはさっき、君に冷たくしてしまった。怖がっているのは、ぼくのほうかもしれない」

すばるは無言で、ただ心配そうな顔をしていた。

みなとは小さく吐息をついて勇気を振り絞り、思うがままに心情を吐露する。

「銀河の直径は約十万光年。太陽は、中心から三万光年離れた辺境の地。そこに、たまたま惑星系があって、たまたま水が液体で存在できる惑星《ほし》があって、たまたま生命が生まれた。無数の生命の中で、偶然にも知性を持てるものがでてきて、それは偶然にも生存競争を生き抜いた。四十五億年の歴史の中、なんたることか人間が四十七億人にもなったぴったり同じ時期に、極東の小さな島国の、小さな街で、僕たちが出会った。これがどれくらい低い可能性か考えると、ぼくは、怖い。奇跡とか魔法とか、そんなものにすがりたくなるくらいに、怖い」

すばるは、滔々《とうとう》と言葉を吐き出すみなとを、まじろぎもせずに見つめている。

「すばる。なにかがひとつでもズレていたら、ぼくたちは会えなかった。昔ぼくの唯一の友達は、生きることは選択を繰り返すことだ、と教えてくれた。この先、ぼくと関わることで、君の選択が、君の運命が、どうなってしまうのか判らない。その危うさを考えると、何も知らずに温室の中にいてもよかったかな、と感じてしまうこともある。だから君にさっき――。すばる？」

無限が怖いと言っていた少女は、その時、花のように笑っていたのだった。

「だったら、私たち、縁があるんだよ、みなと君」

「縁……因果……」

「縁がなかったら、長年隣りに住んでても、一回も挨拶しないことだってあるよ。こんなに広い、こんなに長い、とんでもなく低い確率で出会っちゃった私たちは、強力な縁があったんだよ。強力すぎて、どこにいても、どんなになっても、きっともう切れたりしないよ」

宝物を見つけた小さな子供のように、すばるは意気揚々《いきようよう》としていた。

みなとは、ふう、と吐息をついて唇の端を上げる。

「君は、驚くべき楽天家だな」

すばるは急に、耳まで真っ赤になって俯いた。

「だ、だって。みなと君がそんなふうに考えてくれてたなんて……。こんなにいっぱい自分のことを喋ってくれたの、初めてで……」

語尾に、嬉しくて、と聞こえないほどの声で付け足す。

みなとは、ジェットの行方を目で追って、軽く頭を上げた。

「今でないと、伝えられないから」

「え？」

「ぼくたちは、宇宙の理を越えて旅をしている。だからここでの記憶を持ち帰ることはできないんだ」

「そんな。忘れちゃうの？　こんなに大事な話なのに？　こんなに綺麗な星たちを見たのに？」

みなとは、小さく、ああ、と答える。

そして弱々しく、

「これは、魔法、みたいなものなんだ」

すばるのよく動く大きな瞳が、ちらちらっと惑う。やがて、

「私……この感じ、知ってる気がするの」

と、唐突に言った。

「いつかも、こうやって……。小さい頃、ほんの短い間お母さんが入院してたの。夕方には必ずお見舞いに行ってた。ある時私、病院で迷子になっちゃって……」

みなとの全身から血の気がなくなった。

まさか。

まさかまさかまさか。

すばるは訥々《とつとつ》と続ける。

「うろうろしていると、どこかの部屋の内側で何かが光った気がして。扉を開けて中へ入ったら、私よりちょっと大きいくらいの男の子がキラキラしたかけらを持ってて。壁にも天井にも、星が瞬いていて」

待ってくれ、とみなとは心の中で叫んだ。

事の重大さを受け止める準備ができていない。

けれど唇は少しも動いてくれず、視線はすばるから離せなかった。

「その男の子は、私を今みたいに本物の宇宙に連れ出してくれた……気がする。小さい頃のことだから、本当はどうだったかもう判らないけど。ベッドを船みたいに浮かべて、いろんな星を見に行ったの。その子、いろいろ教えてくれたよ。冬の大三角形も、赤色巨星ベテルギウスも……」

みなとは倒れそうな身体を必死に立て直していた。

頭の中にいくつもの銀河が渦巻いて、衝突を繰り返しているような感じだった。

「その子とは、毎日、いっぱい星のお話をしたの。私が折紙で作った星を、その子のキラキラと交換してくれたりして、とっても優しい男の子だった。だけど、急に会えなくなっちゃって。どうしてもその子の病室が見つからなくなっちゃって。私、名前も知らなかったから、どうしようもなくて」

それは、ぼくがエルナトと喧嘩して分裂したせいだ。全天図のあるあの病室は、僕の紡いだ夢。だから消え去ったんだ。

「それから、私、初めて会った人には、すぐにちゃんと名前を名乗るようになったんだ。気が付くの遅いよね」

すばるは悲しそうに頬笑む。

「変だな。ずっとこのこと忘れてたのにな。だんだん夢か幻だったんじゃないかって思うようになっちゃったから。でも、私、今、同じ体験してる」

すばるは、遠い目をしていて、星を見ているのか記憶を辿っているのか判らない。

そのひっそりとした横顔が、じわりと滲《にじ》んだ。

えっ、と、目瞬きをするみなとの周りに、涙が小さなキラキラとなって鏤《ちりば》められる。

「みなと……君？」

すばるは、涙を流すみなとに唖然《あぜん》とする。

みなとは、嗚咽《おえつ》をこらえて痛む喉に力を込め、言葉を絞り出した。

「ぼくも幻だと思っていた。でも、違ったんだね」

すばるの質問を封じるように、すうっと風景が変わった。

赤い光がふたりを染め上げたかと思うと、暗く明るく脈動し、すぐに強力な白色光にとって変わる。

ふたりの目の前には、いままさに爆発しようとする巨大な恒星が見えていた。

「ベテルギウス……」

「たった今、重力崩壊が始まった。超新星爆発だ。現実の宇宙旅行なら、ガンマ線バーストでぼくたちはもう生きてはいない」

「ま、眩し……」

みなとにしがみつこうして躊躇ったすばるの手を、みなとのほうからしっかりと握る。

紅潮したすばるの顔が、すぐ間近に迫った。

「超新星爆発が地球で観測されるのは、いまから六百四十二年後。因果律に囚われた世界では、光の速さよりも先に伝わるものはないからね」

「だから、忘れなきゃならないのね」

「そう。ここでのこと、すべて」

みなとは、すばるに呪文《じゅもん》のように囁く。

一度、すばるは瞳を閉じた。

そしてうっすらと目蓋《まぶた》を開くと、顔をわずかにそむけ、みなとをそっと横目で見遣《みや》る。

「もし、帰らなかったら？」

「え？」

訊き返すと、すばるは恥ずかしげに視線まで外した。

「帰らなかったら覚えていられる？　なかったことにならない？」

それは、精一杯の告白だった。

現実から離れてもいい。みなとと一緒に、ずっと、ずっと、ずっと、いたい。みなととの記憶を、忘れたくはない、と。

そのとき生まれたときめきが、時空の波をサーフしてゆく。

不思議だね、今なら怖くない。

「すばる」

みなとはすばるを強く引いた。

まっすぐに顔を覗き込む。

この瞬間を、彼は長い間待っていたような気がした。

「ぼくが、あの時の魔法使いだよ」

超新星の光が増していく。

白く照り映えるすばるの瞳が、みるみる潤んでいく。

泣き顔に崩れていくすばるを、みなとは抱き寄せた。

空間を越え、時を渡り、理を破り、因果を辿り、ふたりは宇宙の果てでしっかりと抱き合う。

長い長い長い満足の吐息が、みなとから流れ出した。

すばるは、幻ではなかった。みなとの腕の中で、あたたかく、柔らかく、優しかった。

その彼女の唇も。


暗幕を開けると、展望室の大きな掃き出し窓からオレンジ色の光が射し込んできた。

外は夕焼け。文化祭準備の生徒たちの声が、心なしか焦っている。

「日が短くなったね」

みなとはそう言って、振り向いた。

床にぺったり座ったすばるが、厚紙のプラネタリウムを膝の前に置いて、はらはらと涙をこぼしている。

「あ、あれ？　涙が止まらない。どうして」

すばるは、目を拭《ぬぐ》うが、あとからあとから、雫《しずく》は膝に落ちる。

みなとは黙って見守った。

彼女は、宇宙の旅を忘れているだろう。みなとが病室の魔法使いだったということも。もしかしたら、小さい頃のベッドの船のこともう一度忘れてしまっているかもしれない。

それでも彼女は泣いてくれている。

ぼくを惜しんで。

記憶を惜しんで。

みなとは、すばるが落ちつくのを待ち、プラネタリウムの仕上げを手伝った。

ピンホールプラネタリウムは、光の漏れもなく回転も適切になったのに、すばるの気はいまひとつ晴れないようだった。

みなとは自責の念でたまらない。

前回の文化祭とは違って、天文部を手伝うと決めたらこれだけ運命が動いてしまった。おまけに、すばるを喜ばせようとしたのに、現実に戻ったすばるに違和感を残してしまっている。

ぼくがあの時の魔法使いだよ。

いま再びそう伝え、すべてを話してしまえたらどんなにいいか。

けれどそれは、黒マントを羽織る激しさが自分に宿っていることも、自分の本体は生死の境を彷徨っていて、影たる存在である自分の学校生活がいつまで続くかも判らないことまでをも、吐露しなくてはならないと言うことだ。

ふたりは、展望室にあるレトロなデザインの置き時計を、部屋の中央へ移動した。胸の高さほどのボックス型で、手作りプラネタリウムの台にぴったりだったのだ。

ことん、とその上にプラネタリウムを置いて、ようやくすばるにほっとした雰囲気が流れる。

その置き時計の中に、みなとを震撼させるとんでもないものが秘されていた。

いったんはふたりで展望室を出たのだが、すばるは鍵を置き忘れてしまっていた。さっきの抱擁の余韻がまだ照れ臭いみなとは、すばるを先に帰し、ひとりで展望室へ戻る。

その時、みなとの目の前で、置き時計の文字盤がぱくんと開いたのだった。

中は物入れになっていて、そこには、十二星座をかわいらしく図式化した天球儀が入っていた。

十二星座に嵌められた色石が輝くのと、みなとのピアスに電流が走るかのような衝撃が伝わるのとが同時だった。

「なにっ！」

彼の目の前で、色石が星座のマークから外れて浮遊し始める。

みなとの目の高さを丸く取り囲んで回る色石は、久しぶり、と挨拶しているような動きだった。

まさかとは思う。思うが、みなとは指を出してみた。

彼に反応して、色石がひとつひとつ、光る金平糖の姿を取り戻した。

「〈エンジンのかけら〉……」

自分の呟きが遠い。みなとは事態を飲み込めないでいた。

呆然と立ち尽くすみなとの周囲を、かけらは巡る。運命の歯車のように。因果の輪のように。

かけらはみなとを取り囲んで逃がさない。

見ない振りという選択肢はなしだよ、と囁かれているようだ。

みなと、さあどうする？　どうするんだい。君はこれが欲しかったんじゃないのかい。うたかたの幸せも、ぬるま湯も、いずれなくなってしまうのだと、忘れてしまったわけじゃないだろう？

回る、回る、因果は巡る。

みなとは俯いた。

長い髪が垂れ、頬の両側を覆い隠した。

「すばる」

小さく口を動かしたみなとは、ゆっくりと顔を上げる。

いまにも泣き出しそうな、悲愴な笑みだった。

「やっぱりぼくたちは、さよならみたいだ」

君が活き活きと暮らすこの世界でのぼくは、本当のぼくじゃない。いつ幻が消え去ってしまうかに恐怖しながら、この先ずっと君と過ごすことはできない。

ぼくはこれを使って、意識すらなくなにもできないという自分の運命を変える。

でも、ベッドに縛られないぼくがいる世界には、今のままの君がいない。そんな世界でぼくが元気になっても無意味だ。

元気なぼくと、元気な君。ふたりが一緒にいられる選択肢は、ないんだ。

だったら、つまらない幻で君を惑わさないように、君に妙な希望を抱かせないように、ぼくはやはり静かに滅しなければならない。

なんという呪いだろう。

みなとは、どこでもないところへ視線を彷徨わせた。

すばる。

宇宙旅行、楽しかったね。

小さい頃のも。

さっきのも。

束の間でも心が通い合った気がして、ぼくは、あの瞬間のためだけに命を授かっていたんだと思ったよ。

「ほんとうにみんなの幸《さいわい》のためならば僕のからだなんか百ぺん灼《や》いてもかまわない……」

宮澤賢治が口をついて転げ出てきた。

自分なんか惜しくはないさ。君が笑っていられる世界が残れば、ぼくはそれでいいんだよ、すばる。

ぼくは消える。ぼくとのことは、君の、みんなの、記憶から消し去られる。どこかの病院のどこかの病室で、名前も知らない少年がいなくなったとしても、きっと君にはなんの影響も及ばないだろう。

ぼくが忘れたら、全部、幻になる。それでいいんだよ。

みなとは背後に気配を感じた。

苦渋の表情を悟られないよう、振り返らないまま声を掛ける。

「ぼくのものを返してもらうよ」

そして、厳しい顔を作り、敵へ向けて身体をひねる。

「魔法使い、今日は一人かい？」

展望室の入り口に、白い魔法使いが立っていた。

いつも面倒を持ち込む、桃色の鈍臭い奴だ。

彼女は何かを言いかけたが、みなとは構わずに闘争心を解き放った。

すばるのために戦わなければならない。自己消滅の手段をクラゲや白い魔法使いたちに奪われてはならない。

みなとの足元に黒い霧が渦巻く。

霧が全身を覆い、ざっと音を立てて消え去ったあとには、黒いマント姿のみなとが禍々しい自分のシャフトを片手に毅然《きぜん》として立っていた。

ただし、血の色の瞳からは獣性が失われ、迷いを含んだ人間の瞳孔。

みなとは暗幕ごと窓を開け放ち、集まってきた白い少女たちを振り切って高く上昇した。

〈エンジンのかけら〉を十個、土星の輪のように従えたみなとに、もうできないことはなかった。かけらから濃厚なエネルギーが注ぎ込まれ、残された三つのかけらも呼び寄せられそうな気がした。

こおおお、と、みなとは声にならない咆吼を放つ。環状のかけらたちのエネルギーを重力レンズのように使い、宇宙の隅々にまで因果の呼び声を響き渡らせる。

「来た」

ひとつは手近に。

みなとは、瞬時に血の色の魔方陣を張り、鮮やかに十一個目を捕獲する。

少女たちが下界で騒いでいるが、そんなのはものともしない。

もうひとつも近い。成層圏のすぐ外だ。

ぐん、とみなとは加速した。

もう戻れないかもしれないな……。

胸の中を、爽快なミントの風ではなく、追憶の温風が優しく撫でていく。

エルナトとの出会い。〈可能性の結晶〉集め。

病室に来てくれた幼いすばる。ベッドの船。

すべてが瓦解《がかい》した夜。黒い霧と止まった時。

温室に飛び込んできた時のすばる。

すばる。

すばる、すばる、すばる……。

みなとは青い地球の上に浮かんで、ふと、後悔した。

ぼくは、また、ちゃんと別れを言えなかった。

いや、消滅を目前にしてそんなことを思うのが、邪魔っ気な未練というものか。

感傷に浸っている場合ではなかった。

背後には、また魔法使いが追いかけてきている。〈エンジンのかけら〉を全部こちらでいただいているせいで能力が落ちているのだろう。五本のシャフトを合体させて、ようやく一人だけ送り込んできたというわけだ。よりによって、一番頼りない――。

「ポンコツ一人で何しに来た」

やっと成層圏で追いついた桃色の魔法使いは、しばらく間を置いた後、意を決して叫んだ。

「それを返して！　〈エンジンのかけら〉は私たちが集めていたものなの。お願いだから返して。み――」

聞き終わらないうちに、みなとは、エネルギー塊を放って桃色の少女を弾いた。

「ぼくからかけらを奪うつもりか」

不格好にシャフトにしがみつきながら、彼女は果敢に叫ぶ。

「そのかけらは、ひとつひとつ大切なものなの」

予想外の大胆さで、少女はみなとに突っ込んできた。

右腕に抱きつかれ、みなとは少なからず驚く。

「放せ！」

「みんなの、私たちの思いが詰まってるの！」

ずばっ、と小さな魔方陣を生むと、少女が吹き飛んだ。

なぜそこまで、とみなとは息を整えながら不思議に思う。

彼女たちにとって、〈エンジンのかけら〉集めはあのクラゲを助けるため。それだけのはずだ。いわば遊び半分だ。

だからいつも、ちゃらちゃらと楽しそうに。

五人で力を合わせたりして。

みなとは悔しさを秘めて批難する。

「あんな宇宙人のためにかけらを集めるなんて、馬鹿げてるよ。あの宇宙人はただの意気地《いくじ》なしだ」

少女は、えっ、と声を上げた。

「知らないなら教えてやる。奴らは、助かる選択肢が残されていないと判っていて、選択自体を放棄しているんだ。宇宙の理を超えてまで、時からも世界からも逃げ続けるしか能がない軟弱者だ。奴らは身動きできずに問題を先送りしてるんだ」

「どうしてそんなことを」

少女が訊き返す。しかし、どうして知っているのか、なのか、どうしてみなとが宇宙人を悪く言うのか、のどちらの意味でも、もはやみなとには答える気などなかった。

彼は、捨て鉢に顔をそむけた。

「ま、ぼくには彼らのことは言えないか」

温室。学校生活。逃げっぱなしの刹那の幸せ。

でも、本当のぼくとすばるが、ふたり一緒に幸せになれないのなら、そんな甘い夢はもう終わりだ。

「ぼくは、これを使って違う世界を探す」

「違う世界？」

「この世界がぼくを受け入れないなら、ぼくのほうから棄《す》てるんだ」

みなとは〈可能性の結晶〉を掌の上に出した。

輝く氷砂糖。みんなから選択されなかった、不要になったキラキラたち。

少女が、あっ、と息を呑むのを感じた。なぜそんなに驚くのか。彼女は結晶を見たことがないはずだ。

ただ単に、美しく輝くものを悪魔的な格好の自分が取り出したのが意外だったのか。

少女は、〈エンジンのかけら〉には自分たちの大事な想いが込められていると言ったが、想いの強さならこの〈可能性の結晶〉だって負けないし、これらはもう、哀れにも、誰からも必要とされていない。

みなとは手の中に頬笑みかけた。

「ぼくと同じようにここではろくな可能性を与えられなかった存在。みんなを連れて行く。この世界もすっきりするだろう」

少女は、ぐっと顎を引いた。

「どういうこと？　あなたはどこへ行くの？」

まだ残っていた頬笑みが、みなとの顔からすうっと消失した。

半眼を使って、みなとはまっすぐ少女を見据える。

「ぼくは、消える」

みなとは少女に背を向け、しだいに近づいてくるかけらの気配に右手を伸ばした。

「もうすぐ十二個目のかけらがここに来る。かけらを集めて、ぼくはこの世界からいなくなる」

「そんなの……。そんなの絶対駄目！」

お為《ため》ごかしはたくさんだった。意気地なしの宇宙人を手伝うお優しい女の子は、敵にも一応の情けをかけてくださるという訳か。

「どうして。たいしたことじゃないだろ。君たちにとっては、邪魔者がいなくなるだけだ」

みなとの唇が歪む。

けれど少女はまだ説得を続けるようだった。

「自分が消えてもいいなんて、どうしてそんなこと望むの」

みなとは冷たく答える。

「君には関係ない」

それでも少女は食い下がる。

「ううん。関係なくない。私はあなたに消えてほしくないの！」

指の間から見える〈エンジンのかけら〉は、次第に光量を増していく。

もう少し。もう少しで、白い魔法使いがどんなにご託を並べようと、滅びへの切符を、また一枚、手に入れられる。

みなとがそう思って身を乗り出した瞬間。

「――みなと君っ！」

びくん、と自分の身体が跳ねるのをみなとは感じた。

同じだった。何度も何度も、こうやって自分の名前を呼んでくれた子と、同じ言い方。

「……な、に？」

しだいに眩しくなるかけらに迫られながら、みなとは全身が硬直してしまって、振り返ることもできない。

彼はずっと白い魔法使いたちと顔を合わせてきた。しかしそれは決まってかけらを奪い合っている時だった。敵は記号でいいのだ。同じ人間だと思うと攻撃の手が鈍る。相手の顔など、むしろ見ないほうが得策。

だからみなとは、彼女たちをせいぜい色で見分けることしかしてこなかった。鈍臭い桃色には何度もぶつかられ、至近距離になったりもしたが、その時はまだ、黒マントの激しい自分はすばるの存在を知らなかった。

振り返ってしまって、もしも自分の知っている大切な女の子だったらどうしよう。かけらを巡って幾度も攻撃した相手が、あの子だったとしたら、どうしよう。

すばるだったら嫌だ。でも、すばるだったら今すぐにでも目を合わせたい。

身体も思考も痺《しび》れてしまって、みなとは動けない。

「私だよ、みなと君」

「嘘《うそ》だ」

ぎりぎりと、みなとは反抗する。

これは幻。もしくは魔法。信じるものか。

少女が、ふと、力を抜くのを背で感じた。

「宇宙旅行、楽しかったね」

みなとは、もはや〈エンジンのかけら〉を見てはいなかった。

右手はまだ伸ばしているけれど、俯いて、強く唇を噛んでいた。

少女は、仄かに笑みを含んだ声で言った。

「綺麗だったな、羽衣星」

「……くっ」

みなとの口の端から苦悶《くもん》が漏れる。それは二人しか知らないはずの星の名前。

少女の気配が変わった。

「みなと君は、いつも私を助けてくれたよ。一緒に星を見るって約束も叶えてくれた」

背後から来る、魔法使いの発する独特の雰囲気が、薄皮を剥くようにはがれていく。

「何をしている」

判っているが、訊いてしまった。

彼女は魔法使いからすばるに戻ろうとしているのだ。この、生物が生存できない宇宙空間で。

「私を見て」

ボウタイでも外したのか、電子が軌道を変えるように、がくんと魔法のエネルギーが下がるのを感じた。

彼女の肺が空気を求め、細く喘《あえ》ぎはじめる。

「私、すばるだよ」

「やめろ！」

みなとは激しく振り向いた。振り向いてしまった。

そこにいたのは……。

すばるだ。やっぱりすばるだ。まだ白い服を着ているが、彼女はすばるだ。

「こんなところで変身を解くなんて、死にたいのか！」

不意に、彼女の白い帽子が消失した。その拍子に、角みたいな癖毛が跳ね上がる。

こんなかわいい特徴があるのに、どうしてこれまで見ようとしてこなかったのか。

みなとは後悔でたまらない。

「私、みんな覚えてる。忘れてなんかいない。私も魔法使いだから」

白い服が霧散する。

「やめろ！」

虹色のトゲを振りかざしながら〈エンジンのかけら〉が近づいていた。魔方陣を張って捕獲しないと、こちらの身が危ない。

だが、すばるが。

すばるが、ぼくを消えさせまいと、命懸けで……。

「二人で遠くの宇宙に行って、綺麗な星空を一緒に見て、たくさん話をしたよね。それに」

すばるが急に言葉を切った。息が詰まって、ひくっ、としゃくり上げる。

「やめてくれええええっ！」

みなとは渾身の力で叫んだ。

肩をいからせ、身体を丸め、振り絞るように叫んだ。

どんな局面でも冷静に行動してきたはずの彼が、懇願を絶叫した。

かけらが迫る。もう危険だ。

もう一度あちらに身体を向け、捕らえなければ。

さあ、早く彼女に背を向けて――。

ぐっ、と息を呑んだみなとは、手だけを後ろに閃《ひらめ》かせて魔方陣を張る。

いつもと変わらない華麗な模様は、しかし、かけらを捕獲するためではなく、押しとどめるためだけにあるように見えた。

かけらを取るか、すばるを助けるか。

自分が滅するか、すばるが死ぬか。

「みなと……君。また、イチゴ牛乳、一緒に……」

意識が途切れかけたすばるが、脱力して仰《あお》のく。

みなとは凄まじい勢いで顔を上げた。

噛みしめた歯の間から、決意の息を短く吐き、みなとは渾身の力で空を飛ぶ。

彼はぶつかるようにして、気の遠くなったすばるを掻き抱《いだ》いた。あまりにも激しく抱え込んだので、身体が回転してしまうほどだった。

みなとのマントが動きを止めるまでに、彼はすばるを守る殻《シェル》を張っていた。

シフォンのベールに包まれた羽衣星そっくりに。

「すばる」

みなとは、大切な玉を転がすように彼女の名を呼ぶ。

「ぼくの扉を開け続けていたのは、すべて君だったのか」

病院の、温室の。

役に立たないと拗ねていた心の、独りで横たわる孤独な心の、滅びを迎えるだけだと諦めていた心の、黒い霧と化した獣じみた心の、関わってはいけないと閉ざしていた心の。

頑《かたく》なに閉まってしまっていた扉は、ぜんぶぜんぶ、すばるが開けてくれていたのだ。

みなとの胸の中で、バタバタと音がしていた。それはみなとのせわしい心臓の音にも、ドミノが倒れる音のようにも、カードがめくられる音のようにも、蝶が羽搏く音のようにも聞こえた。

みなとは、いまだ血の色を残した瞳ですばるを凝視する。

ずっと見つめていたいのに、心の中がはためいて、視界が揺れてきて、見続けることが難しい。

「こんなに近くにいてくれたのに、ぼくは」

未熟な魂の持ち主は自分の方だった。鈍臭いのは自分の方だった。

愚かさと慚愧《ざんき》の念と、すばるへの愛《いと》しさと感謝と。分かちがたい混沌《カオス》で、胸が張り裂けそうだ。

やるせなさにぎゅっと目を閉じると、みなとの睫毛《まつげ》の先から星粒が四散する。

すばるも大きな瞳に涙を溜《た》めながら、弱々しく頬笑んでくれる。

「よかった。いつものみなと君だ」

「すば……」

腕に力を込めようとした瞬間、ぞっと全身が粟立《あわだ》った。

すばるに気を取られていたみなとの魔方陣が、ガラスのように割れたのだ。

咄嗟に、シェルごとすばるを遠く突き放す。

間髪を容《い》れずに、〈エンジンのかけら〉の鋭いトゲが、みなとを背後から串刺《くしざ》しにした。

「みなと君！」

シェルの内側に貼り付いて、すばるが悲痛な叫びを上げる。

ああ、とみなとは思った。

ぼくが少し幸せになりかけると、いつもこうだ。

所詮は幻。なにもかも、幻。ぼくはいてはいけない存在だと、かけらは怒りの一撃で知らしめてきた
……。

「希望がぼくを苦しめるんだ」

みなとは苦しい息の下で言った。とても静かな声だった。

「何一つ希望がなければ、こんなつらさを感じることはなかったかもしれない」

「みなと……君」

すばるは、拳でシェルを叩いた。もちろんそんなことで、みなとが彼女を守る力を破れはしない。

本来は、エネルギーと粒子のどちらともつかない存在であるはずの〈エンジンのかけら〉が、みなと

に触れることによって物質として〈観測〉され、しだいに小さくなって、金平糖の形へと〈確定〉されていく。

迷った罰なんだよ、すばる。

みなとは、自戒を込めて心の中に言葉を綴《つづ》る。

君の人生の邪魔をしないように消えなければと思いつつ、目の前の君を腕の中に入れてしまった。両方は得られないと知っていたのに、君の引き留め方があまりにも悲しくて、つい応えてしまった。

でも、これでいい。ぼくの選択肢は、間違ってない。君が無事なら、それでいい。

残念なのは、影のぼくがいくら傷ついても、本体のぼくにはあまり影響がないだろうということ。温室に墜ちたときもそうだった。

だからぼくは、どうしても〈エンジンのかけら〉を使って本当のぼくごと消えなければならない。その時までは、まだこの中途半端な状態を続けなければならない。

その中途半端さを、君と一緒にいられる猶予期間《モラトリアム》を、ぼくはとてつもなく愛してしまった——自分を否定する呪いの上に、ぼくは〈希望〉という相反する呪いをさらにかけてしまったんだ。

けれど、君が仲間たちと一緒に笑いながら力を合わせている、友達と一緒に笑いながら平穏な学園生活を送っているこの世界は、エルナトがぼくを魔法使いにしてくれたの同じ、少し都合のいい世界だ。

それをぼくは守りたくて……。

いや、やっと判った、と、みなとは苦痛にのけぞりながら悟った。

……ぼくが守りたいのは、君がいるこのうたかたの〈世界〉じゃなくて、君が笑っていられる〈未来〉なんだ。

『銀河鉄道の夜』が頭の中に響く。「ぼくはそのひとのさいわいのためにいったいどうしたらいいのだろう」。

世界ではなく未来を願うなら、君に言わなきゃいけないことがある……。

みなとの身体から、青く輝く蝶が青玉《せいぎょく》をばら撒くようにちらちらと生まれた。真空で翅《はね》を振っても、なんのバタフライ効果も届けられないというのに。

せめて、この言葉は届け、とみなとは残された力を振り絞る。

「君だって、ぼくと同じ。自分を呪ってる」

「え……」

「心のどこかで君は、このままかけら集めが終わらないといいと、本当はそう願ってるんじゃないのか」

でも、魔法はいつか解けるんだよ。ぼくがそうであったように。幻の心地良さを守ろうとすると、君はぼくと同じようにモラトリアムから踏み出せない。君だけはエルナトになってはいけない。

今ここにあるかけらは全部君たちの手に渡る。残りはあと一つ。かけらを集め終わった君は、目的を失っていったいどうするというのだろう。

「今の心地良さから抜け出せない……。それが、君自身の呪いだ」

唖然としたすばるが、目の前の青い蝶たちに覆い隠されていく。

身体と意識が宇宙に溶けていくのを感じながら、みなとはひっそりと念じた。

すばる。行く先のないぼくの扉は、もう開けなくていい。

その代わり、君自身の、幸せな、未来への扉を開ける勇気を……。

彼女に宮澤賢治の言葉を贈りたかった。

……なにがしあわせかわからないです。ほんとうにどんなつらいことでもそれがただしいみちを進む中でのできごとなら峠《とうげ》の上りも下りもみんなほんとうの幸福に近づく一あしずつですから。

〈エンジンのかけら〉に胸を貫かれたためか、病室のみなとはまったくの無関係ではいられなかった。

一時期、心臓が止まってしまっていたのだ。

枕元《まくらもと》の機械が増えている。PCPS。経皮的心肺補助法で心臓と肺の両方の機能を支えられ、ようやく生き延びている状態だった。病み窶《やつ》れた顔に、死の影が濃い。なのに、まだ身体を現世に繋がれてしまっている。

心停止してもいっそ放っておいてくれればよかったのに、と、みなとは下方を見下ろして嘆息する。

みなとがいるのは、灰色の空間だった。病室は遙か下に穴を覗いたように丸く切り取られて見え、ほかには何もない。暗くも明るくもない茫洋《ぼうよう》としたところで、みなとは自分の像を失い、意識のみの存在として漂っていた。

ずっとここで、肉体が朽ちていくのを待つのだろうか。

身の毛もよだつ考えだが、どうしようもなかった。

〈可能性の結晶〉は、まだある。肉体がないのに、あるというのは妙だけれど、所有している感覚は残っていた。

だが、魔法使いの姿を取り戻すほどの力はもうみなとにはなかったし、そうする気力もなかった。

未練はただひとつ。

すばる。

すばるはあの後、どうなっただろうか。無事に仲間のところへ帰れただろうか。

ぼくは彼女の呪いを解こうとして、反対にかけてしまったのかもしれない。

みなとはしんみりと後悔する。

彼女のために言わざるを得なかったことだけれど、気が付かなければ、もっと長い間、楽しくかけらを集め続けることができたかもしれない。

エヴェレットの平行宇宙。ひとつの選択が行われたときに別の世界と枝分かれし、お互いはもう干渉し合わない。魔法が解けたあとのことを鑑《かんが》みない無邪気なすばるは、もうこの世界にはいないのだ。

ふと、すばるはどうして魔法使いになったのだろう、と、みなとは考えを巡らせた。

温室で聞いていた愚痴が関係するのだろうか。

知りたい。

その時、みなとは、紫色の未練の花を幻視した。

すばるを、彼女が大切に思う友達のことを、知りたい。

みなとは強く念じた。今の自分にできることはこれだけだったし、今の自分が望むこともこれだけだった。他に選択肢はない。

知りたい。彼女のことを、すべて！

その時生まれた衝動が、記憶さえシンクしてゆく。

あかいめだまの　さそり
ひろげた鷲《わし》の　つばさ

ふたりの少女の歌が聞こえる。

えっ、とみなとは声のする方へ意識を向けた。

遠い空間がぽっと暖かい色に染まり、スポットライトに照らされたみたいに、魔法使い姿のすばると仲間の青色が向かい合って座っていた。

眼鏡をかけた青い魔法使い、としか認識していなかった少女は、いまや、ボーイッシュな髪型とちょっと拗ねたような口元を持つ、ごく普通の女の子だと判る。

みなとの精神は青い蝶の影となって、ふわりと近付いていった。

あをいめだまの　小いぬ、
ひかりのへびの　とぐろ。

ふたりは、歌いながら、掌を合わせ、自分の指を組み合わせ、にこにこと遊んでいるのだった。

幼い頃、すばるが教えてくれるというのを断った、宮澤賢治『星《ほし》めぐりの歌《うた》』の手遊び。

見えない蝶が少女たちの頭上に差し掛かると、みなとの心にふたりの過去が一気に広がった。

ドミノが一息にすべて倒れるように。カードが撒き散らされるように。


鈍臭いけれど、何事にも一生懸命でかわいい昴。心根はとても女の子らしいのに、昴を庇護《ひご》しようとして妙にしっかりしてしまった蒼生《あおい》。昴だけではなく、蒼生も「蒼《あお》い生まれたての星」という意味でプレアデス星団に因《ちな》んでつけられていることを、蒼生本人は知らない。

ぶつかったり仲直りしたり、ふたりは普通の友達関係を送っていた。昴が母親と作った子熊座《こぐまざ》のキーホルダーを落としてしまった時も、昴がもともと属する世界では蒼生が探し出してくれ、少しズレた世界にいた蒼生は、昴から探したお礼にとそれをもらった。

しかし、長じるにつれ、ふたりはしだいにぎくしゃくし始める。

昴は蒼生に頼っているのが申し訳なく、蒼生は昴にお節介だと思われていないかと心を痛めている。

相手が何も言わないまま別の学校へ進学したことをきっかけに、ふたりの間には気まずい距離が生じてしまった。昴は蒼生に置いていかれたと思い、蒼生は昴に去られてしまったと感じた。

自分はどうあればよかったのか。これからどうするべきなのか。関係を改善するひと言を発する勇気はあるのか。

それが原因で、ふたりは魔法使いになる誘いに乗った。このままではいけない。日常とは違うところに身を置いて、自分を変えなくちゃ、と。

魔法使いの生活だといつも精一杯の自分に会える。自分たちのできることをできる限りの力でやる、いわば「目的のある生活」を送ることができるのだ。〈エンジンのかけら〉を身体を張って奪い合うという極限状態の中で、普通の暮らしでは秘されていた相手の強さと弱さが露《あら》わになり、それを認め合うことで、ふたりはやっと元の睦《むつ》まじさを取り戻したところだった。

ぽっ、と別の場所に、また光が灯《とも》った。

　オリオンは高く　うたひ
　つゆとしもとを　おとす

元気よく独りで手遊びをしているのは、黄色の魔法使い、光瑠《ひかる》。ツインテールに結んだ髪を揺らめかせ、太い眉が印象的な子だった。「光る瑠璃《るり》」。彼女の名も、昴と同じ謂《い》われを持っている。本人には話されていなかったけれど。

なんでも器用にこなせる弱みのない彼女もまた、魔法使いの生活を選ぶ原因を心の裡《うち》に持っている。

天文台に勤める母が留守の時、音楽家の父が作曲に行き詰まっているのを知り、つい、思いついた次の一音を楽譜に書いた。父を手伝えて満足だったが、彼女はしだいに怖くなる。父は気に入ったのか。気に入らなかったのか。気に入らないけれど機嫌を取って褒めてくれるのか。気に入ったけれど自分の音とは違って迷うのか。

最善の結果の場合、嬉しすぎて泣いてしまうのが恥ずかしい。最悪の結果だと、打ちのめされて泣く。中途半端な反応だといつまでも気を揉んでしまって泣く。

自分の心の乱れを知られるのが失態に思えて、光瑠は「最後を見られない」癖が付いた。本も映画も音楽も、最初のおいしいところだけでやめてしまう。利発さが裏目に出て、残りは生半可な想像で自分を納得させてしまい、本当の結末を知ることができないのだ。

変わらなきゃ、素直になる勇気を持たなきゃ、と光瑠は自分を追い立ててしまい、ずっと苦しんでいた。

けれど〈エンジンのかけら〉を追う過程で、父母がいかにありのままの自分を信頼し愛してくれているかを全身で感じ、どんな結果でもそれさえあれば素直に向き合えるということに気が付いた。

新たな光が、またひとつ灯る。

アンドロメダの　くもは
さかなのくちの　かたち。

しなやかに腕を使う藍色の魔法使いは、五輝《いっき》。お嬢様然とした雰囲気を湛えていて、目が優しい。長い黒髪を胸の前のところだけ二つに束ねていて、体型も大人っぽく見えた。

楚々《そそ》とした彼女の気後れは、自分のせいで他の人に迷惑をかけるかもしれないという虞。幼少時は男の子顔負けのお転婆で、兄の制止を聞かずに木へ登り、落下して額を怪我《けが》した。結果、両親に叱られたのは兄。言い訳もせずに妹を守れなかったのを悔いる兄が、五輝はたまらなかった。

自分がしたいようにすると、誰かが自分を庇い、その人を傷付ける。そう思って、いつも人の顔色を見て生きてきた。五輝という名はプレアデスの星から付けられていたが、なぜ「五つ輝く」なのかと思いつつ、こんな性格になってしまい、ついぞ訊ねる勇気はなかった。額の傷を前髪で執拗《しつよう》に隠し、ついつい常に一歩引いておとなしくしてしまうのは、優しさなんかじゃなく、恐怖のせいだ。

魔法使いになった彼女は、遠慮することなく突っ走っていいのだ、と許してもらえた。周りを巻き込んで引っ張っていったのを、感謝されすらした。額の傷も、気にならないよ、と仲間に言ってもらえた。もう萎縮《いしゅく》はしない。魔法使いの姿なら、この仲間と一緒なら、彼女は思う存分疾走できる。

最後の光が、ぽつりと点いた。

いつしか、これまで照らし出されてきた少女たちは、ゆるく円を描き、お互いの周りを同じ軌道で巡り始めている。

　大ぐまのあしを　きたに
　五つのばした　ところ。

運行に加わったのは、いつもクラゲを載せているナポレオン帽、紫の魔法使いだった。

名前は虹湖《ななこ》。「虹色の七つの湖」とまでは教えられていたが、親がそれを思いついたときにプレアデス星団を見上げていたことまでは知らなかった。心の中のなんらかの欠落を象徴するがごとく、片目が髪で隠れている。けれども表情は暗くなく、我が道を行く感じで指をくねらせている。

彼女の母親も我が道を行く人で、海外での仕事を望み、日本を離れらない父親と別れた。進みたい道が違うのならそれもしかたがない、と虹湖は思っていた。許せないのは、別れ際に自分がついた嘘。母親に連れられていく幼い弟に、両親は「お姉ちゃんも後から行く」と口先で誤魔化し、それが大人の都合のいい取り繕いだと知っていたのに、何も言えなかったのだ。

弟は、海外からよく手紙や絵をくれる。デスクの前に貼っていると、お姉ちゃんお姉ちゃん、と声が聞こえてきそうで、いつも謝りたくなる。守れない約束をした私に、誰かと一緒にいる資格はない。

独りぼっちは、独りぼっちを見つけやすい。相手が人間だとお互いに声を掛けることなどないが、ある日、河原で不思議な石に呼びかけられた気がした。

割ってみると、中からは、見たいように見え、頭の中へ直接語りかける宇宙人が。

「君は、いろんな言語を勉強しているみたいだね。言葉への感受性が強いから助かった」

その瞬間、虹湖はこれまでの世界から少しズレた。弟の描いた空想の「プレアデス星人」に見えるソレは、中途半端な迷える魂を次々と虹湖の仲間に呼び寄せた。彼女たちもほんの少し違う別の世界にいた少女たちで、悩みを解消したいが踏み出せないという〈性質が確定できない〉状態に陥っていた。

時には波のようでもあり、時には粒子のようでもある、定まりきれない彼女たちのエネルギーを存分に発散できるのが、魔法使いになれる世界。〈何にもなっていない者は、何にでもなれる〉という、言葉遊びを文字通りにした魔法の国。

虹湖は、同じような傷を持つ仲間たちが愛しくなった。独りで〈エンジンのかけら〉を追っているときに、みんなと一緒だったらもっと楽しいかな、と思った自分に驚いた。

その時に自分が発見した惑星を、欺瞞と失望の女神アパテと名付けたけれど、彼女自身はもう失望しない。

独りになっても、みんなと一緒だった記憶はなくならない。思い出はなくならない。

そう判った自分が、虹湖は誇らしかった。

そうか。この子がエルナトを助けてくれたのか。みなとの心の中に感謝が灯った。と同時に、彼女たちが魔法使いになった、なれた、その理由が判って、みなとは自嘲する。

決められないのはぼくだけじゃなかった。すばるたちもみんな、未完成さゆえに魔法使いになれる可能性を持ち、何もできない自分を変えようと足掻《あが》いているのだ。

以前のみなとだったら、彼女たちの体験は「そんなことで」と呆れてしまうような些細《ささい》な事件だ。命が懸かっているわけではなく、要は彼女たち自身の気の持ちようだ。

けれどすばると出会ってしまったから、もうそれを「たいしたことない」とは言えなくなってしまっている。温室で悩みを語る彼女は、可哀想《かわいそう》なくらいに落ち込んでいた。どんなにつまらなく見えることでも、その人その人にとってはとてつもなく巨大で、それこそ気の持ちようによっては生死を分けてしまうことにもなる。「君には小さな悩みに見えても、本人には命懸けの重大事項かもしれないということは、忘れちゃ駄目なんじゃないかな」エルナトの声まで聞こえてきそうだった。

五人の少女は、満面に笑みを浮かべながら、だんだんと輪を縮めていく。楽しいことを握りしめ、悲しいことを打ちつぶし、夢を翼の形にして、世の中を見通す眼鏡を指の輪で作って。

　　小熊のひたいの　うへは

十本の手が、丸く繋がれた。

そらのめぐりの　めあて。

彼女たちは、繋いだ手を大きく広げた。

蝶の高い視線から見下ろすと、晴れ晴れとした笑みで手を繋いだ白い魔法使いたちは、きらびやかに輝く五芒星の形――。

不意に、少女たちが形作る星を中心に灰色の世界が熱を持った。

少女たちの姿が消え、空間には白熱する五角形の星だけが浮かんでいる。

熱い。眩しい。

思わず片肘《かたひじ》で顔を庇う。

みなとは、自分に肉体が戻ってきているのを知って、あっ、と声を上げた。

「どうして」

皓々《こうこう》とした光の中、自分の腕をまじまじと眺める。

病院のパジャマだった。みなとの身体が下降を始める。

下には病室が位置していたはず。

戻るのか、あそこへ。動かぬ肉体という牢獄《ろうごく》へ。

嫌だ、と叫ぼうとしたその時。

光熱を発していた空中の五芒星が、キラキラした光の粉を撒きながら収斂《しゅうれん》し、みなとの左手に流れ星となって落ちてきた。

掌には、かさかさして尖ったものが当たっている。懐かしい、あの折紙の星の感触だった。電気が走るような、傷の上をこすってしまったような、不思議な衝撃。

瞬時に、みなとは自分がベッドに横たわっているのに気付いた。

目蓋は開かず、折紙の星を下敷きにして伏せた左手も、指一本動かせない。

けれど、次に感じたのは、溶けるようにあたたかく柔らかい、誰かの手。それが自分の左手に重ねられている。

これは、すばるの――。

「ほらね」

耳元で、すばるの声がした。

「みなと君も私も、幻なんかじゃないよ」

泣いているのか、すばる。お願いだから、ぼくのためになんか泣かないで。こんな身体の前で、幻じゃなくてよかったなんて思わないで。

頼みたかったが、もちろん喋れない。

みなとの耳には懐かしい音が響いてきた。

リロリン、リロリン、リロリリロリロ。

すばるが驚いているのは気配で知れた。どこからか、折紙の星と交換したあの〈可能性の結晶〉が姿を現したのだろう。

音は、赤ちゃんのガラガラのように、優しくふたりを慰める。

手の甲に、熱く小さなものがすうっと浸透してきた。結晶がみなとの手に降りてきたのだ。

目を閉じていてさえ、掌の下の折紙の星がぱあっと光を放つのが判った。

そうか。そうだよね。

あることに気が付いたみなとの胸が、喜びでしぃんと痛い。

エルナトは、みなとには〈可能性の結晶〉が宿らないと言っていた。だったら、すばるからもらった折紙の星に宿ってもらえばいいじゃないか。

折紙は自分で光ることができないけれど、すばるというキラキラした〈可能性〉を中に入れれば、紙の星だって輝くことができる。外から贈ってもらえるのなら、中は空っぽでもいい。

ぼくは、二度も君から星をもらったことになるね。折紙の星と、その光とを。

感謝の念と共に、みなとの中からすばるへ向かって走る奔流があった。彼の過去のすべてが、洗いざらいすばるへと流れていく。

すばるのほうからは、甘いイチゴの芳香が漂ってきた。彼女は、みなとが〈エンジンのかけら〉に貫かれたのちの自分のことを、香りに乗せてあまねくみなとへ届ける。

自分を変えるために志願した魔法使いの生活が実は逃避だったと気付き、どこへも踏み出せていないと絶望したこと。地上へは戻れたが、もう魔法使いに変身できなくなってしまったこと。なぜなら、目の前でみなとを失ったために、〈なにものでもないゆえに魔法使いにもなれる〉、という可能性を、〈何よりも誰よりもみなとを想う者〉として〈確定〉してしまったから。

みなとは胸を衝かれた。

変身ができなくなったなんて。自分の未練が、また彼女を困らせてしまったなんて。

イチゴの息で、すばるの思考が届く。

自動販売機のイチゴ牛乳がバナナオーレに取って換わり、温室の扉は見つからず、学校の人たちがみなとを忘れかけていること。

けれどもすばるは、みなとの予想に反して、力強く、元気に、嬉しそうな香気を振りまく。

でもね、みなと君の花は残ってたよ。だから私、信じられた。みなと君と一緒にいられる可能性は――。

「可能性はゼロじゃない、って！」

みなとは、バチンと覚醒した。両開きの扉が、力いっぱいに開かれたような爆発的な目覚めだった。

周囲は灰色のなにもない空間ではなく、いずこかの宇宙《そら》。全天に星が広がっている。

驚異に見開いた目に、すばるの姿が映る。

「その格好……」

ふたりは同時に相手を指さした。

魔法使いの衣装が交換されている。

すばるは、暗い色の十字星を戴《いただ》いた角そっくりな臙脂《えんじ》色カチューシャに、黒い袖無《そでな》しワンピース。胸元と後ろの大きなリボンは白い魔法使いの面影を残しているが、コウモリの羽のように切れ込んだ裾《すそ》に金の十字星のチャームを飾り、みなとの黒マントを仕立て直したみたいな姿だった。

みなとも慌てて自分の服を見回す。なんと色が白っぽい。コートは形を変えて立て襟《えり》の燕尾服《えんびふく》のようになり、白い魔法使いたちのスカートみたいにふんわりとしていた。薄い群青色をした丈の短いダブルジャケットに白いズボン。胸には折紙の星がそのまま勲章になったかのような金色に輝く五芒星をつけ、まるで青年王子の装い。

ふたりは、しげしげとお互いを見遣った。シャフトも、相手の意匠《デザイン》の影響を受けて新しくなっている。

すばるはみなと、みなとはすばる。

記憶をシンクしたふたりが、魂までをも混ぜ合わせたという証だった。

改めて、ひゃあ、と声を上げて自分の姿を見回し、小悪魔的な衣装に照れるすばるに気付かれないよう、みなとはそっと自分の耳を触った。ピアスの手触りは間違いなく、星の王子だった頃の、三日月の縁を持たない十字星だった。

しんみりとした風が胸の奥底を通り過ぎていった。

あの頃を懐かしむ気持ちと、あの絶望を繰り返したくない気持ちが、巴《ともえ》を描いて回転する。

「見ただろう」

乾いた声でみなとは言った。

「寝たきりの、本当のぼくを。自分で死ぬこともできないんだよ。ぼくは君たちと違って、選ぶ可能性すらはじめから失われている。だからかけらを集めて、運命を――」

いや、違う。すばるを惑わさないための選択肢は、もうそっちじゃない。

みなとは、きっとした顔で言い直す。

「かけらを集めて、この世界から消える」

すばるは力なく俯いた。シャフトを、ぐっと握りしめる。

「無駄だもん」

「なに？」

「私、もう決めたんだもん。みなと君とまた一緒に星を見られる可能性しか選ばないって。それでも変身できたのは、きっと、心からの願いはまだ叶ってないっていう、中途半端さが残ってるからだよ。選ばなきゃならない選択肢があるうちは、諦めない。みなと君が消えたって忘れてあげない。どこまでもこうやって追いかける」

言葉をなくしたみなとの前で、すばるは、彼の影響を受けたシャフトを身代わりのように引き寄せ、高らかに言った。

「私、何度でも、みなと君の扉を、開ける！」

なんだって、とみなとは愕然《がくぜん》とした。

ここまで突き放しても、君は……。

すばるは、泣きたいような怒りたいような、複雑な笑顔で胸を張っていた。

みなとには、彼女がとてつもなく眩しかった。

その時。

すばるが、つい、と顔を上げた。

「あおいちゃんが……みんなが、呼んでる」

虚空《こくう》の彼方に目をやって呟く。

すると、彼女の顔の横に、ちかっ、と臙脂色の塩の結晶のようなものが出現した。

「すばる！　通じる！　変身できたのか！」

「あおいちゃん……」

一瞬の間を置いて、あおいが訊ねる。

「どうした、すばる。なんか雰囲気が違う」

超空間通信を司《つかさど》っているらしいその結晶は、驚いたことに、みなとの横にも白い色のが浮かんでいた。

「なんでぼくのところにも」

「うわっ。角マントの声かっ！　お前、そんなとこに」

耳を聾《ろう》するほどの声で叫んだのは、きっと黄色のひかるだ。

「すばるちゃんとの縁が深い……ってことでしょうねえ」

首を傾げているのが目に見えるようなのんびりした声で言うのは、藍色のいつき。

「もうひとり連れてくるとは、なんというグッジョブ」

ぼそりと付け足したのは、紫のななこ。

「え、グッジョブって？」

すばるがぽかんと訊き返すと、ひかるが勢い込んで説明した。

「ダークエネルギーでジャンプジャンプジャーンプで、かけらがブラックホールで宇宙船がドーンで会長は回転しちゃってキュウって、もっと必要なんだっ」

「わ、判んないよ」

シャフトを胸の前で握りしめたまま、すばるは混乱して内股《うちまた》になってしまっている。

あおいが助け船を出した。

「要は、目の前に最後の〈エンジンのかけら〉があるのに、私たちだけじゃ捕まえられないってことだよ」

「人数は、多い方がいい……」

「なに言ってんだ、ななこ。すばるだけでいい。角マントは敵なんだぞ！」

「うーん。でも、シャフトがあと二本あればすごく助かるわよねえ。ね、すばるちゃん、彼に訊いてみてくれない？」

「え？　え、え、あう、ええ？」

まだよく状況が飲み込めないすばるは、通信機とみなとをせわしなく見比べて、固まっている。

自分の周りでこんなに賑やかな会話が渦巻くのは初めてだったみなとは、その隙にようやく我を取り戻した。

「太平楽もいい加減にしろ。ぼくが君たちと協力するなんてあり得ない」

白い燕尾マントを翻し、とりあえず場を離れようとすると、

「わっ」

「ひゃあっ。ご、ごめん……なさ」

背中にすばるがぶつかってきた。体勢を整えないうちにシャフトを使ったのだろう。変な角度に宙返りを打っていたのを、なんとか立て直す。

すばるは、みなとの顔の横から白い通信機を奪い、自分のと合わせてピンと弾いた。通信機は、一瞬煌めいて、消える。

「なんのつもりだ」

まだ行こうとする姿勢のみなとに、深く深く息を吸い込んだすばるは渾身の力で叫んだ。

「みなと君のバカっ！　意気地なし！」

「しっ、失礼な」

みなとは身体ごと振り返った。

耳まで真っ赤にしたすばるが、必死にマントの裾を握っている。

「またいなくなっちゃうの？　私、頑張ったよ。もう、あおいちゃんとの失敗を繰り返したくないから。

私、今、勇気を振り絞ってるよ。人付き合いの経験がないなら教えてあげる。女の子の側からこんなこと言わせちゃうなんて、みなと君、最低だよ！」

う、とみなとの喉が詰まった。

「どうせみなと君のことだから、あおいちゃんみたいに、自分がいなくなる方が私のため、なんて思ってるんでしょ？　それは違う。絶対に違う。はっきり言うけど、余計なお世話だよ。私の本当の幸せは、そうじゃない！」

こんなに怒ってるすばるは初めて見た。

頭の中には、『銀河鉄道の夜』のジョバンニの言葉が漂ってくる。

……たれかが一生けんめいはたらいている。ぼくはそのひとにほんとうに気の毒でそしてすまないような気がする。ぼくはそのひとのさいわいのためにいったいどうしたらいいのだろう。

みなとは、なんとか反駁《はんばく》を試みた。

「見ただろ？　現実のぼくは、君と言葉を交わすことさえできないかもしれない」

「私は、この目の前のみなと君と一緒にいたいの！」

「それは無理だ。ぼくは影だから。あくまでも本体はあっちで、ぼくは魔法の力でなんとか形を保っているだけだ」

みなとのマントを握るすばるの力が、ぐっと強くなる。

「だけど私たちは出会えたんだよ。四十五億年の、四十七億人の中で出会っちゃったんだから、忘れたりしたくない。みなと君の、優しさも寂しさも、なかったことにしたくない！」

怒りと涙を同時に浮かべた彼女の顔が、ずいっとばかりに近付く。

「たとえみなと君が宇宙を何度やり直しても、ここにいるみなと君は……、私のみなと君はたった一人だからっ！」

みなとは、両脇に下ろしていた手を、くっ、と握りしめた。

「ぼくは……」

すばるは、マントからみなとの胸へ手を移し、ますます身を乗り出してくる。

「みなと君の本当の気持ちを教えてよ。病院のみなと君がどうとか、昔がどうだとか、これからどうなるとか、そんなこと関係なしに、今この瞬間のみなと君の気持ちだけ聞かせてよ！」

至近距離の大きな瞳が涙で揺れていた。一生分の恥ずかしさを総動員しているみたいに、鼻の頭が真っ赤だった。

少しの間、決死の形相で迫るすばるに気圧されていたみなとだったが、ふと、脱力した。

ああ、本当にぼくは最低だ。女の子にここまで言わせて、最低だ。

自分が〈エンジンのかけら〉を使ったら、すばるの勇気はすべて無駄になってしまう。病院の肉体ごとこの世から綺麗さっぱりいなくなることが、かけらを使う目的の百パーセントなんだから。

反対に、エルナトがあれで宇宙船を修理したら。魔法使いでなくなった後の自分はどうなるか判らない。けれど、判らないということは〈未確定〉であり、彼女の勇気に報いる〈可能性〉は――ゼロではない。

みなとはようやく、うっすらと頬笑んだ。

しかし、意気地なしの自分は、恥ずかしくて視線が逸れ、声は掠《かす》れてしまった。

「何が欲しいかとか、誰かといたいだなんて、きちんと言葉にしたことがないんだ」

「だったら、私が言う！」

すばるはみなとの胸元を引き寄せた。

みなとがエルナトのマフラーを引っ張った時みたいに、ぐいっ、と。

「私はみなと君と一緒にいたい！　私がみなと君を幸せにする！」

呆気にとられて、

「君にそんなことが」

と言いかけたが、すばるはますます言い募った。

「絶対する！　今、する！」

突然、唇に柔らかいものがぶつかってきた。

まん丸に目を見開いたみなとは、自分が口づけされていると判って、頭の中が真っ白になってしまった。

やがて、空っぽだった光らない星に、優しい想いが満タンになって輝きだす。

森の奥深くの樹は、人に存在を知られた。

知られた以上、倒れてはならなかった。

倒木の音ですら、その人を泣かせてしまうから。

みなとは、ようやくすばるの背に腕を回した。

肌が空間の揺らぎを感じた。

なんだろう、とみなとはゆるく考える。

頭の芯が痺れていて、すぐには動けない。

本音を吐くと、動きたくない。

が、みなとは仕方なく、のろのろとすばるの唇から離れた。

抱擁を解いて周囲を見回す。

「宇宙船！」

ぬめっとした銀色の肌に見覚えがあった。

以前垣間見たエルナトたちの宇宙船が、ふたりの上方に全容を現している。

外殻がうっすらと発光しているので目にはできるのだが、虚空を背景に浮かんでいるために比較物がなく、大きさが判らない。少なくとも何百キロメートルというスケールだろう。

エネルギーであり物質であるのだから、今は物質としてエルナトが最良と思える形を取っているはずだ。前方に突き出した弧を描く二枚の薄いアームは、途方もなく大きなピンセットのよう。支点にはダーツの投矢《シャフト》に似た主船体があり、アームに挟まれた空間へ尖端《せんたん》を向けている。

アームの先は、赤いハザードランプが明滅していた。そこを目印にして近付こうとしたみなとは、危ういところで空間の異常に気が付いた。

「ブラックホールか。あんなところに」

背景に星が少ないので見えなかった。シャフトの進行方向を変えた時、宇宙船のアームが大きく歪んだのでようやく判ったのだ。

アームは、直径十キロメートルほどのブラックホールを挟み込んでいる。

ブラックホール。宇宙に開いた黒い穴。巨大恒星が自分自身の重力に耐えかねて、中心へ向けてどんどん落ち込んでいってしまったものの成れの果て。もしも仮に、質量が地球の三十三万倍もある太陽でブラックホールを作ろうとすると、直径がたった六キロメートルになるまで圧《お》し潰《つぶ》さなければならない。

ブラックホール中心は、体積が無限小、重力が無限大、という常識では考えられない〈特異点〉となり、シュバルツシルト半径の内側へ入れば、もう時空が無限に曲がってしまって光すら脱出できない。光が出てこられないゆえに空間は虚無の黒としか認識できず、ブラックホールという名を賜《たまわ》っている。

宇宙船が捕まえているのは、無回転のシュバルツシルト・ブラックホールのようだ。発光するガス〈降着円盤〉を持たないので、ただの黒い穴だ。周囲に星が多ければ、背景の星の光が重力レンズで回り込み、ブラックホールの縁をアインシュタインリングで囲むのだが、それもなかった。シャフトの進路を変えて発見できたのが幸いだ。

ふたりでシャフトを並べ、大きく回り込んで宇宙船へ近付いていくと、主船体部分から、やはりアームを迂回する四色の軌跡が描かれた。

「みんな！」

嬉しそうにすばるが加速する。

再会の喜びを猛スピードと化してすっ飛んできた白い魔法使いたちだったが、すばるの近くまで来ると急にブレーキをかけた。もう顔が見える距離なのに、こそこそ固まってそれ以上近付いてこない。

四人は、視線を逸らしたり顔を覆ったりして、声も掛けられない様子。

どうしたのかと不審に思っていたみなとだが、はたと気が付いた。

キスしているところを見られた。距離があったから直接見たわけではなかろうが、とにかく、知られた。もうそれしか考えられない。

みなとは、うわあっと羞恥《しゅうち》の声を上げそうになって、横を向く。

やっと場の空気を察したすばるは、

「えっ、もしかしてみんな、今の……。これはちがっ……違わないけど、あの、その」

と、おたおた言い訳を試みる。

すばるの様子に呆れたのか、あーあ、とひかるが両腕を頭の上で組んだ。

「突然通信が切れちゃうから、心配で呼び寄せてみたのに。これじゃあ、位置なんか判んない方がよかったよな」

ななこがぽつりと続ける。

「私たち……お邪魔虫」

いつきはまだ顔を覆って、いやんいやんと首を横に振っていた。

「あああん、私、また今夜も眠れそうにないわあああ」

「だいたいさあ、いったい何だよ、その変身」

「服まで……交換」

「きゃあああああ。いやあん、それ以上言わないでえええ」

ひかるは、ちょっと口を尖らせている。

「まあ、せっかくすばるんが連れてきてくれたんだから、頭数としては角マント……って、もう角はないか。とにかく、そいつでもいいかもだけどさ。まさかこんなことになってるとは」

あおいだけは、苦笑しつつもあたたかくすばるを見守っていた。

「お帰り、すばる」

あおいの声が合図だったかのように、五人の少女たちがわっと団子になって歓声を上げた。

みなとにはもう、嫉妬心はなかった。

それぞれ心を痛めて魔法使いになった少女たちが、全員、喜びを解き放っているのが、ただひたすらに頬笑ましい。

自分のこれまでのねじくれた感情を思い返すと、なんだか遠い道のりを越えてきたような感じだった。

君が連れてきてくれたんだね、すばる。

そっとみなとは語りかける。

暗くて曲がりくねった小径を通り、辿り着いた先は、美しい星の花々の咲き誇る賑やかな楽園だった。


宇宙船の主船体へ戻る道程で、みなととすばるは、今の状況を簡略に説明された。

ここは、地球から銀河団を七つ越えたあたり。銀河団は、銀河を数百から数千集めたもので、それをさらに集めた超銀河団は、グレイトウォールまたは銀河フィラメントと呼ばれるシャボンの泡状の膜を形作っている。恐ろしいことにここからはその泡構造すら見渡せるのだから、どこかのシャボンの内側、超空洞《ボイド》なのだ。彼女たちはとてつもない距離をジャンプし続けてきたことになる。賢治の銀河鉄道も、さすがに何億光年もの長さの路線はまだ敷けていないだろう。

当初は光速を超えることすらできなかった彼女たちが、どうしてこんな距離をジャンプしてこれたかというと、〈エンジンのかけら〉をほぼ揃えた宇宙人が、ダークエネルギーを扱えるようになったからだという。

ななこは待ってましたとばかりに「暗黒エナジー」と声色を作って怪しさを愛《め》でたそうだが、ダークとは「判っていない」という意味だ。超新星や黒体輻射《ふくしゃ》などの観測結果によると全宇宙の七十三パーセントがダークエネルギーで占められ、宇宙を膨張させ続けているのはこの力なのではないかと言われている。

「あれ？　ダークエネルギーなら、いままでも使ってこなかった？」

みなとが訊くと、全員がきょとんとした顔をした。

「ぼくたちの魔法の力は宇宙項Λ《ラムダ》に関係している、と、ぼくは理解してたんだけど」

「すげえな」ひかるは素直に感心してくれた。「とっくに判ってたんだ。道理で、五人でかかってもそっちのほうが強かったわけだ」

ななこが呟く。「猫に小判。知らないものは使えない」

「そういうことだったんだよなあ」ひかるはがっくりとシャフトに伏せた。

彼女たちはそもそもダークエネルギーという概念を知らず、魔法は純粋に魔法だった。いっぽう、宇宙人は、知識はあれども〈この世界の理から逃げる〉という性質が邪魔をして、海の上で魔方陣がうまく張れなかったように、思うように力を使えない。みなとはその知識があったので、獣のように駆けていた時に漲る力の源を感じたし、かつ、使用できる立場だったのだ。

――行きたいように、動きたいように。そうすれば君の思い通りになるはずだ。

エルナトが「君の思い通りに」と言ってくれたのは、こういうことだったのか。まさかこんなジャンプができるほどだとは思いもしなかったけれど。

〈エンジンのかけら〉が残りあと一つとなった時点で、エルナトはようやくダークエネルギーをこの世界で存分に扱えるようになり、最後のかけらも探索できたし彼女たちもここまで導けた、ということだ。

「会長も、ちょっと説明してくれればよかったのにねえ」

いつきは、あのクラゲのことを会長と呼んだ。コスプレ研究会の会長扱いしていたようだ。

「……なんか、言ってた」

「えっ！」

ぼそりと言ったななこ以外の全員が、一斉に彼女を見た。

「私と最初に会った時に。説明が判ればもっと力が強くなるって持ちかけられたけど、断った」

「断ったぁ？　どうして」

あおいの声は裏返っている。

「脳味噌《のうみそ》が拒否した。いきなり数式とかウチュウコーとか話し出したから。最初に暗黒エナジーって言ってくれてたら、もうちょっと聞いてた気がする」

すばるが、あはは、と困った眉で笑い声をたてる。

「私たちの頭のレベルが判ってなかったんだね」

「あいつの説明を聞いてたら、大変なことになるよ」

「えっ！」

全員が今度はみなとに、バッと顔を向けてきた。

質問が飛んでくる前に、みなとは彼女たちを置いてきぼりにして加速する。主船体の上でぷよぷよしているクラゲが、やっと視認できたから。

せつなくて泣きそうだった。なのに、主船体の外殻の上でシャフトから降り、いざ彼に近付く段になると、照れてしまって不機嫌な顔しかできない。

クラゲは尖端から少し下がったところで、外殻から一メートルほどの高さに浮かび、ずかずか近寄ってくるみなとを不思議そうに見ていた。

みなとは、ぐい、と腰を折ってクラゲに顔を近づけた。

「なんでそんな軟体生物みたいな姿になったんだ、君は」

ちょん、と人差し指でつつく。

クラゲは、ぷよよんと揺れながら、パ行ばかりで疑問を投げかけてきた。

「いい加減、思い出したらどうなんだ」

クラゲは、つぶらな瞳できょとんとみなとの顔を見上げている。

みなとは、三秒ほどの沈黙の後、ふっ、と頬を緩めた。

「ぼくは、君のアルデバランだ」

驚いた顔をするクラゲは、みるみる光を発しながら形を崩した。

青磁色の光球となり、それがポンと弾けると、そこにはマフラーを巻いた懐かしい友達が。

「あ、あれ？　ぼくは……」

エルナトは自分の身体をあちこち見回している。

魔法使いの少女たちは「会長が人間になった」と言って、ぽかんとしていた。いつきなど「私、この前お尻で踏んじゃったのに」と頬を染めている。

みなとは、すばる以外の少女たちに説明するつもりで語りかけた。

「君はエルナト。七年前に出会った、ぼくのたった一人の友達」

「……みなと。君はみなとなのか」

エルナトは、みなとを凝視した。全身を舐めるように。

「でも、ぼくの知っているみなととはずいぶん違うね」

みなとは後悔で胸が痛い。

「石になっている間、君の時間は止まってしまっていたのか」

もう我慢できなかった。エルナトをぎゅっと抱きしめる。

以前は同じくらいの背丈だったのに、自分が成長した今では、エルナトの身体はすっぽりと腕の中に収まってしまう。それがみなとには悲しかった。

顔をみなとの胸に押し付けられたエルナトが、

「く、苦しいよ」

と、ぷはっと顔を上げた。

みなとはエルナトの幼い顔をじっと覗き込んだ。

言わなければならない、素直に。たったひと言だけど、心を込めて。だって、君はぼくの友達なんだから。

「悪かったね」

涙が滲みそうになるのを、みなとはなんとかこらえた。

みなととエルナト。エルナトとみなと。

ごめん、ひとりだけ大きくなって。ごめん、突き放してしまって。ごめん、逃げるのはずるいって思ってて。ごめん、意気地なしだなんて言って。ごめん、ごめん、ごめん。今までのことぜんぶ、ごめん。

腕に力を込めると、幼い友達はみなとの顎の下で「くふん」と笑った。

エルナトは〈選択〉を避けてきた。だから、宇宙船をこの世界で物質化したのは、最後のかけらを手に入れるには他に方法がないからだった。

かけらは、シュバルツシルト半径の三倍弱の近さでなんとかまだ踏みとどまっている。しかし、この距離では取り込まれるのも時間の問題だった。力関係が不安定なその領域へは、もうシャフトに乗って取りに行くことができない。潮汐力《ちょうせきりょく》でばらばらに引き裂かれてしまうだろう。

〈エンジンのかけら〉を取り出す唯一の手段は、周囲に人工の特異点を配置し、目的のブラックホールから質量を奪って弱体化していくこと。人工ブラックホールの特異点は、この三次元世界が高次元的に貼り付いているウィークブレーンを変化させ、周辺の量子効果を増大させる。すると、ブラックホールの質量やエネルギーは〈トンネル効果〉で〈事象の地平線〉の外まで浸みだしてくる。こうして中央のブラックホールの質量を汲《く》み出し、弱体化させていこうというわけだ。

わけだ、と言われても、さすがのみなともなんとか追いつける程度で、あとは鵜呑《うの》みにするしかないのだけれど。

「君たち、やっぱりやるのかい？」

エルナトは、上目を遣って少し怒っていた。

「かけらは、こんな遠くまで逃げていた。しかもブラックホールに引っかかっている。この宇宙ではもう、かけらを揃えることは不可能かもしれないんだ。ということは、この作戦が失敗することということで、ということは、君たちに危険な――」

「ああもう、しつこい！　お節介なのは私以上だな！」

あおいがエルナトを軽く凌駕《りょうが》する怒りを爆発させる。

「やるったらやる！　そう決めたんだ！　かけらを捕まえるために、私たちが魔法使いでいられる都合のいい世界を用意してくれたんだったら、私たちはそのお膳立て以上の努力はしてきたつもりだよ。それゃあ、魔法使いをずっとやっていたいと考えたこともあったよ。でも、私たちは変わりたいんだ。このまま諦めたら、自分で自分が許せない」

ひかるがあおいにひっつき、首をホールドするみたいにして肩を組んだ。そしてエルナトにニカッと歯を剥いて笑うと、

「そうそう。結末は見届けたいしな」

と言う。いつきもいつになく強い目をしていた。

「全力でやらせてもらうわよ。あなたの顔色なんて気にしていられないもの」

ななこが噛みしめるように言った。

「なんでもできる。みんなと一緒なら……」

一歩踏み出しかけている友達の逞《たくま》しい言葉を聞いていたすばるも、その時、うんっと力強く頷いた。

「そうだよ。絶対に諦めない！」

みなとは、深く息を吐いた。

負けるはずだ。いくら能力が高くても、星の巡りの目当てを見つけている子たちに敵うわけがない。

心が決まれば、あとは星を目指すのみ。そしてすばるは、ぼくにもその星へ一緒に行こうと誘ってくれている。

みなとはもう一度、ふっと息を抜いて軽やかに訊いた。

「で、ぼくは何をすればいいの？」

するとと、ひかるがこちらにも歯を見せて笑って、

「一番変わったのはお前だな」

と言ってきた。


みなとの役割は、まず〈エンジンのかけら〉ふたつに回転を与えて合体させることだった。それだけのことなのに、クラゲの姿しか取れないでいたエルナトには荷が重すぎたのだ。

すばるも同じことをし、それによってできた六つの大きなかけらを宇宙船のアームへ均等に配置した。ブラックホールを取り巻く陣形。

六人は主船体の艦橋《かんきょう》めいたところへ集合し、シャフトに乗った。

この位置から見ると、ちょうど星の濃いところがブラックホールの向こう側になった。星々は重力で歪んでいて、まるで宇宙が黒い穴を避けているみたいだ。アインシュタインリングも目にすることができる。

フロントグリル部分をそれぞれのかけらへ向け、六人は自然と放射状に並ぶことになる。エルナトは、シャフトをそれぞれのかけらと連動させているようだ。シャフトのアクセルを踏むと、かけらはダークエネルギーを引き出し、真空で対生成と対消滅を繰り返している素粒子を無限に縮退させ、ブラックホールを光速に近い速度で回るかけらの軌道のすぐ外側に、六つの〈特異点〉を形成するという。

「目には目を。ブラックホールにはブラックホールを、だよ」

みなとの前に二人乗り《タンデム》したエルナトは、ふん、と鼻息荒く胸を張る。

「みんな、用意はいいか。君たちのことはこの宇宙船が支える。思いっきりやってくれ。じゃあ——シグナル」

エルナトは、左手でゴーグルを目元に下ろしながら、右手を高く差し挙げた。

「レディ……ゴー！」

ざんっ、とエルナトの手が下がる。みなとは、目の前でスタートフラッグが振られたように感じた。

六機のドライブシャフトがアクセルを思いっきり開く。アームに配置されたかけらたちが、うおおん、と光を増した。

中央のブラックホールの周囲でも六つの領域が閃光を放つ。しかし、いったん大きくなった光は、ある瞬間を境にして吸い込まれるように弱まってしまう。

「消えちゃう！」

すばるが不安そうに叫んだ。

エルナトは余裕がある。

「いや、あれでいいんだ。あれは、集めた粒子同志がぶつかって光を放っているに過ぎない。弱まったのは、作った〈事象の地平線〉を越えて粒子が吸い込まれ始めた証拠だ」

みなとはアクセルを全開にして力んだまま、感慨深さを覚えていた。ブラックホールが無事に誕生した。それだけでも驚異なのに、作ったのは、ついこの間まで身近な悩みにしょげていた少女たちだなんて。

「さあ、どんどん汲み出せえ」

エルナトはマフラーを応援の旗のように振る。

腹に響く動力音が長い間続いた。

やがて、中央のブラックホールに変化が見られる。周辺部でたくさんの小さな光がチカッチカッと点滅しているのだ。

「星がいっぱい」

すばるは唖然としている。

エルナトは平然としている。

「ホーキング放射だ。ブラックホール本体から粒子が出てきた証拠さ。このサイズのブラックホールでホーキング放射を起こせるなんて、君たち、すごいぞ」

無数の星の瞬きは、しだいに雲のようなものに邪魔され始めた。ガスは激しく回転し、中央部分から熱と光を放ち出す。強力な重力の影響を受けて像が歪み、土星のような輪ではなく、フライパンで卵を蒸し焼きにした時の白身のように、全体が覆われているように見える。みなとたちから見て反時計回りに回転しているので、近付いてくる左側がスペクトラム偏位によってうっすらと青い。

「なんだこれ、眩し……」

あおいが目を覆った。エルナトは、ふふん、と自慢そうにゴーグルの位置を直す。

「ガスができてきた。〈降着円盤〉だ。いいぞいいぞ」

けれど、エルナトの余裕もそこまでだった。

「船が」ひかるが短く注意を促す。

宇宙船全体が軋《きし》み、アームがたわみ、外殻があちこち飛散した。

「壊れちゃう」不安そうにいつき。

後ろから見るエルナトの肩が、しだいに持ち上がってきた。これはまずい状況なのだ、とみなとにも察せられる。

エルナトが声を絞り出した。

「もう奥の手はない。このままやりきるしか」

ななこが頷いた。「最後のかけら、みんなで手に入れる」

「やるぞ、最後まで！」ひかるが続いた。

その間にも宇宙船はますます歪み、飛散する瓦礫も大きいものが増える。

「呑み込まれるぞ」

思わず、みなとも口にしてしまった。

すばるが必死に叫んだ。

「駄目だよ！　諦めないでえっ！」

自分たちが引き込まれているのか、中央のブラックホールがかけらが作り出したものと合体してしまったのか、それとも重力の錯覚なのか。暗黒の穴がぐんぐん大きくなって見えた。重力レンズに曲げられた星光が、油膜に洗剤を落とした時のように、のおんと周囲へ押しのけられていく。

エルナトが急に振り返って、みなとのさらに背後へ顔を向けた。ゴーグルに覆われた瞳は見えなかったが、口元に恐怖が浮かんでいる。

つられてみなとも振り返る。

そこには信じられない光景があった。

光が極限近くまで曲がるここからは、すべての景色、つまり全宇宙が、一握りに纏まってすさまじい光を放ちながらぽっかりと浮かんでいるように見えたのだ。

この光量は人間が耐えられるものではなかった。みなとは前方に意識を集中しようと姿勢を戻した。

すると、先方はもはや、光の輪でできたトンネルの様相。

その中で、〈エンジンのかけら〉がきらっと光るのを、みなとは確かに見た。

「今だ！」

思わず口に出たのは、なつかしい合図。

刹那、魔方陣があの六弁の花のように開いた。

いただき、という声を聞けたかどうか、みなとはもう定かではなかった。

全天図のある部屋でいつも読んでいた『宇宙と星座のものがたり』。

蠍《さそり》座の話は、『銀河鉄道の夜』にも出てくる。

蠍は、イタチから逃げて井戸で無為《むい》に死んだ。どうせ死ぬならイタチの餌《えさ》になってやればイタチも一日生き延びただろう、と、後悔し、神に祈った。

……こんなにむなしく命をすてずどうかこの次にはまことのみんなの幸のために私のからだをおつかい下さい。って云ったというの。そしたらいつか蝎はじぶんのからだがまっ赤なうつくしい火になって燃えてよるのやみを照らしているのを見たって。

ジョバンニは言う。

……どこまでもどこまでも一緒に行こう。僕はもうあのさそりのようにほんとうにみんなの幸《さいわい》のためならば僕のからだなんか百ぺん灼《や》いてもかまわない。

突然、みなとはぽかりと目を開いた。意識の取り戻し方は、これまでのが扉だとすると、今のはカーテンがすうっと引き開けられるような穏やかさだった。

目の前には、少女たちがぼんやりと佇んでいた。暗いのに、不思議なことに姿がくっきりと見える。

居並ぶ五人の魔法使いたち。すばるはまだみなとの色の服を着ている。

見下ろすと、自分もやはりまだ白い服を纏っていた。身体がちゃんとあることを確認して、みなとはようやく辺りを見回した。

真の闇だった。星も宇宙船もない。ブラックホールに落ちたのなら、思考できる身体が残っているはずはない。

自分は死んだのだろうか、と、みなとは思った。

それはそれでいい、などとはまったく思わなかった。あんなに祈念していたことなのに。なぜなら今は、自分の生死よりも大事なことがあるから。

「すばる」

駆け寄って手を取る。

「ひっ、ひゃいっ」

癖毛ごと跳ね上がったすばるは、

「あれ、ここ……」

と、きょろきょろした。

よかった、とみなとは一息吐く。彼女の手に触れられる。そしてちゃんといつものあたたかさだ。

他の少女たちも次々と半覚醒状態から立ち直り、あたりを見回す。

すばるが、繋いだ手に力を込めてきた。

「星が、ない。ここ、宇宙……？」

「私たち、間に合わなかったの？」

いつきが呟くと、みなとの足元に、すっとエルナトが姿を現した。

ゴーグルを頭の上に上げた彼は、斜めに傾いだ姿勢で胡座《あぐら》を組み、ゆっくりと漂っている。

「いや。潮汐力で引き裂かれる直前、タッチの差でぼくたちはかけらを捕まえた。いただきっ、てね」

最後の決め台詞《ぜりふ》では、にまっと笑った。

「みんなのお蔭でエンジンは復元され、ぼくたちはまた旅に出ることができる」

「出るのはいいけどさ、まず、ここはどこだか教えてくれ」

あおいが怒りを含んだ口調で詰問する。

「宇宙と宇宙の狭間《バルク》の世界だよ」

今度はすばるがおずおずと訊く。

「銀河と銀河じゃなくて？　宇宙と宇宙？」

エルナトは、面倒臭そうに頭に手をやって俯き、ふわん、と反対側に傾いだ。

「かけらを全部集められたから、三次元世界の膜、ウィークブレーンを突破することができたんだ。ここはウィークブレーンに貼り付いている君たちにはなかなか想像が難しい場所だろうね。ここからなら重力ブレーンのエネルギーも使えるし、多元宇宙の層だって上っていける。量子的な多世界解釈だけに頼らなくてもよくなったんだ。そもそも君たちの身体だって、感触はあるだろうが普通の人間ではない。プラトンの〈洞窟《どうくつ》の比喩《ひゆ》〉みたいに高次元の実体が影になって落ちているともいえるし、〈ホログラフィック原理〉が示すように二次元の本体の虚像が三次元に――」

「シャーラップ！」

ななこが鋭く叫び、エルナトは、はむっと口を閉じた。

まるで条件反射だ。クラゲだったときの彼も彼女とはこんな付き合い方をしていたんだろうな、とみなとはおかしかった。

「えっと」

また傾きを変えたエルナトは、ふよふよとみなとのほうへ寄ってきて、助けを求める視線。

みなとは頬笑みながら、首を横に振った。

「判んないよ、ぼくも。君の説明は、突っ走りぶりがパワーアップしてるし」

「そっか」

一瞬がっくりしたエルナトだったが、すぐに明るい顔になった。

「要するに、ぼくたちに〈希望〉を教えてくれてありがとう、ってことさ」

ひかるが指を頰に当てた。

「希望？　あたしたち、なんかしたっけ」

「してくれたさ。任意の〈選択肢〉を自由に選び取れるぼくですら、もう駄目だと何度思ったかしれない。けれどぼくにとってはゼロでも、君たちにとっては違った。まるで魔法みたいだった。ぼくたちの星も、他の生物から見てみれば、まだまだぼくたちが生き延びられる〈可能性〉があるのかもしれないね。諦めずに、滅びない〈可能性〉を探すことにするよ。ぼくをそう思わせてしまうなんて、君たちはまったく、たいした魔法使いだ」

「同感だね」みなとは、すばるを優しく見遣って言った。

「いやいや、君もだよ、みなと。君の変化は魔法だよ。他者を想う気持ちというのは、空恐ろしいエネルギーを秘めているんだね」

かっと顔が赤くなる。すばるも頭から湯気が出そうなほど真っ赤だった。

「さてと」エルナトは胡座を解いて、ぴょんと飛び上がる。「ぼくは行くよ。希望を探しに。次の宇宙へ」

少女たちは、ひとり残らず泣き笑いの顔をしていた。

何もない暗黒の空間に、別れの予感がひたひたと押し寄せてきた。

みなとの脳裏に、これまでのエルナトとのことが一気に甦る。ドミノのように、カードのように。しかしそれは、辻褄《つじつま》合わせの日常生活ではなく、友達と過ごせたというキラキラの輝きに彩られていた。敵味方は関係ない。少年の姿だったときはもちろん楽しかったけれど、敵のクラゲとしてしか判らなかった間も、結果的に、孤独な自分の好敵手になるという関係を結んでいてくれたのだ。エルナトが自分を見つけてくれたから、すべてが始まった。

いや。

と、みなとは思い出す。

本当の始まりは、流星雨だった。あの時初めて、全天図のある個室の夢が〈確定〉されたのだ。自分が流星雨を見て、流星雨が自分を見つけて。

だとすると――。

「エルナト」

みなとは慎重に口を開いた。

「もしかしたら、君が、君たちが、宇宙船そのものなのかい？」

ひかるが「どっ、どゆこと？」と混ぜっ返そうとしたが、みなとは無視して、エルナトに語りかける。

「物質でもありエネルギーでもあるということは、宇宙船と君たち、丸々全部がひと塊の同じものだということじゃないのかい？　君はよく、仲間たちと呼んでいたけれど、それは高次元に隠した宇宙船の中にいるんじゃなくて、宇宙船にも形を取れる、制御できなくなった君自身のことだったんだね」

すばるたちはもはや口を挟まず、じっとみなとたちを見守ってくれている。

しばらくぽかんとした顔をしてから、エルナトは、ふふっと笑った。

「本当に君は、想像力が豊かだ」

みなともつられて頬笑んだ。

「エルナト。君は〈エンジンのかけら〉でなく、失われた自分の一部を探してたんだね——たった独りで」

みなとの視界が歪んだ。自分はいつからこんなに泣き虫になったんだろう。

「エルナト……。みなととエルナト。エルナトとみなと。ぼくたちは、とてもとても似ていたんだ……」

「やだな。同情は無用だよ」

エルナトは元気にみなとの懐へ飛び込んでくる。

みなとに抱っこされた形のエルナトは、太陽みたいな笑顔だった。

「ぼくたちは、自我を分けて独立《スタンドアロン》にすれば、友達なんていくらでも作れる。何百億年だって、楽園の中みたいに愉快にやれるさ。それに」

エルナトの顔に、ほんの一瞬、照れが走った。

「それに、予測不能な人間の友達、という貴重な情報も得た」

「エルナト……」

みなとがぎゅっと抱きしめる。エルナトはみなとの耳朶《じだ》に「君自身が可能性ゼロを認めるまで、君はぼくの大切な友達だ」と囁いた。

おっと、と彼はまた剽軽さを取り戻す。

「こっちの〈可能性〉も連れて行かなきゃ」

魔法使いは、みなとの胸元から〈可能性の結晶〉たちを自分の手に導く。青いの、赤いの、大きいの、小さいの。

「綺麗だね。それ、何？」

ひかるが指さしてくる。

「〈可能性の結晶〉。ぼくのエネルギー。いったんは人の心に宿らせてもらったけど、〈選択〉の機会に不要になったから弾き出されたんだ」

エルナトは掌の上でそれを転がして言った。

「ぼくの原動力は、過去を懐かしむ〈記憶〉なんだよ。ぼくから流れ出した〈選択の記憶〉なんて、〈エンジンのかけら〉を捕まえる仕掛けにしか過ぎなかったのに、人間は、ぼくの迷いの痕跡をいいほうにも悪い方にも捉えて、ちゃんと同じように、いやそれ以上に生き方について悩んでくれたね。この結晶はその時のことも記録して戻ってきてくれた。メモをなくしたら本が返ってきた、そんなお得な気分だよ。別の宇宙へ行ったら、この子たちは今度、君たちから学んだ〈選択の仕方〉を、誰かの目の前に展開してくれるだろう。よい勝ち方も、よい負け方も、よい未練の残し方も」

エルナトが、みなとの服の胸に付いた金の五芒星に触れた。

「えっ」

小さいがぴかぴか光る桃色の結晶が躍り出て、彼はたちまちカーディガンを羽織った学生の格好へ戻ってしまう。

エルナトは、みなとがすばるから贈り返してもらった桃色の結晶を、ぴんとすばるのほうへ弾いた。

「わ、私？」

驚きながら手に享けたすばるだったが、すぐに気が付いた。

リロリンリロリン、リロリロリロ。

「これ……」

みなとは、まだぴんとこないすばるに、そっと伝える。

「君の妹になるはずだった〈可能性〉だよ」

「あっ」

やっとすばるにも判ったようだ。母の入院はなぜだったのか。どうしてみなとはこれを病院の廊下で拾ったのか。

赤ちゃんのガラガラの音を立てながら、結晶はすばるの周りを嬉しそうに跳ね回り、ちょんと頬に触れてから、エルナトの手元へ戻った。

片手で頬を押さえ、片手を宙へ差し伸べて惜しむすばるに、みなとは優しく言った。

「エルナトに任せておけば大丈夫。生まれることができなかった経験を無駄にしない、楽しい世界へ連れて行ってくれるさ」

「ところで、ひとつ君にお願いがあるんだが」

エルナトはそう言って、銀色のかけらを取り出し、みなとへ手渡した。

「何のことだか判るね」

みなとは深呼吸する。自分が否定したすべての〈可能性〉。すなわちこれには、みなとの来《き》し方行《かたゆ》く末《すえ》がすべて入っているということだ。絡まっている因果がすべて入っているということだ。すべての因果ということは——。

「判った。道案内は引き受けよう」

安心したのか、エルナトは、鮮やかな笑顔を残像にして、クラゲの姿へと戻った。そして、ぽよんぽよんと暗闇を跳ねて、ななこの胸元に着地した。

「どんな姿になっても、ぼくは君のプレアデス星人だ」

他の四人は、「会長が喋った」とざわざわしていたが、ななこはそれどころではなかった。顎を引いて、唇をへの字にして、ぐっとこらえ、でもやはりたまらずに、クラゲを抱きしめる。

青磁色の肌に、涙がぽつぽつ落ちた。

まるで童話の世界のように、涙は魔法を消し去り、宇宙人は光に包まれてゆっくりと消失した。

「君たちとの思い出、いただきっ」

ななこの空っぽの腕の中に、さらに涙が落ちていく。

いつしか五人は、制服姿の普通の少女に戻っていた。

みなとは上を仰いだ。涙を乱暴に拭いたななこも目を上げる。残りの少女たちも顎を上げた。

すばるが、あはは、と乾いた声で無理矢理笑った。

「真っ暗なのに、こんな時は、上、見ちゃうよね」

「しっ……下へ行かれてたら怒るよ、私」

「大丈夫よ、あおいちゃん。会長のことですもの」

「そうだそうだ。しつこいくらいに上のほうを目指してるに決まってるって！」

ひかるが涙声で決めつけると、ななこが「保証する」と意見を支持した。

みなとは、しばらく間を取ってやってから、そっと促す。

「さあ、ぼくたちも行こう」

「行くって、どこへ」

あおいが不思議そうな顔をする。

「すべての〈可能性〉が生まれるところへ」

そしてみなとは、銀色の〈可能性の結晶〉を、ぽっと光らせた。

世界は暗転し、しばらくして、ゆっくりと不思議な姿を現してきた。

空気がうっすら発光しているかのように明るくも暗くもない中、みなとの灯す結晶のランタンが、無数の糸を照らし出す。糸は絡みながら縦に走っている。纏まったり離れたり、束になったりほぐれたり。糸は亡霊のように彼女たちの身体をすり抜ける。

少女たちは輪になって五芒星の形に手を繋ぎ、ゆっくりとその中を下降していた。少し離れて、みなとが灯《あか》りを掲げている。

「これ、何？」

すばるがいつまでも続くかに思える下方に怯えて訊いた。

「これは、地球に生まれたあらゆる命の〈運命線〉の形だ。ひとつの立体が角度を変えると様々な形の影を落とすように、これもまた、ぼくたちの宇宙のひとつの見え方なんだ」

「もしかしてこの中に、私たちの元いた運命線もあるの？」

ひかるが訊いたので、みなとはゆっくりと頷く。

「そう。何かを〈選択〉する時にこうして枝分かれしてしまう世界、ぼくたちもこの膨大な〈可能性〉のどれかに属してるってわけだ」

風景は、進化を表す樹形図を極限まで複雑にしたものにも似ていた。どれも下方へ辿っていくとしだいに収束していくのだが、途中で太くなったり途切れたりしているものもある。

「私たち、過去へ向かってる」

ななこが呟く。みなとはランタンを下の方へ向けた。まだまだ糸は多く、先は見通せない。

自分がどうして道案内役に選ばれたのか、みなとには判っていた。すべてを拒否して空っぽになっていたからこそ、なににも邪魔をされず、悠久の時の記憶をそっくり受け止めることができたのだ。折紙の星が、中にキラキラを入れられたように。いま胸の裡にあるのは、すばるへの想いと四十億年分の命の記憶。

「無数に枝を広げる運命線も、過去を辿ると、たったひとつの点になる」

いつきは「それが行き先？」と訊いた。

「そう。すべての可能性の源」

どこまでもいつまでも続くかに思えた運命線も、やがて少しずつ数を減らしていく。

もう少しで、ランタンがすべての線を光の輪の中に入れられるかというとき、みなとたちの周囲がまた一変した。

波音がする。潮の香りを含んだ風を感じる。

そこは原初の海の穏やかな午後だった。

天空にかかる昼の月は巨大で、海はまだ冷え切っていない。有機物が命を得るのか、流星が命を運んでくるのか、それすらも〈選択〉される以前の、やっと毒気が抜けたばかりの渚《なぎさ》だ。

みなとは、岩に腰を下ろし、水平線に視線を馳《は》せながら言った。

「ここは四十億年前の、まだ〈なにものでもない〉地球だ。あらゆる生命の〈可能性〉がある。ここからなら、どんな生き方を選び直すことだってできるんだ」

「え？」すばるはぽかんとしていた。あおいが横で、「どこからでも？」と、不信感をあらわにする。

「四十億年分の〈選択肢〉。何になってもいい。どこからやり直してもいい。それが旅立った彼から君たちへの贈り物だ」

みなとは立ち上がって、すばるたちのほうへ振り向いた。

そして、彼はとても晴れやかに両腕を広げた。

「さあ！　君たちは何を選ぶ？」

最初は戸惑っていた少女たちだが、やがて自然に寄り集まり、手に手を取って輪になった。みんな一様に俯き加減で、物思いに沈んでいる。

すばるも、目を閉じて下を向き、一生懸命に自分の心を確かめていた。

波の音は子守歌のように繰り返し繰り返し、風は髪を梳《くしけず》るように靡《なび》かせ靡かせ。

みなとはほんのりと笑みを浮かべて待っていた。さまざまな出来事を経た彼女たちの〈選択〉に、間違いのあろうはずがない。

「さ、決まったかい？」

みんなが浄《きよ》い光を放ち、顔を上げたタイミングで、みなとが促す。

あおいが「お、お前はどうすんだよ」と、ぶっきらぼうに訊いた。すばる以外の他の三人も視線で同じ質問を投げかけてくる。

そうか、と、みなとの心はあたたかい。

「気にかけてくれるんだね。ありがとう」

自然に言葉が転げだしてきた。

あおいは一瞬目を見開き、次に、不器用にぷいと横を向いた。

「ぼくのことはいいから。決まったのなら、時の巡りの目当てをあげよう」

すばるがにっこりした。

「みんな決まってるよ。それぞれ、私は私になる、って。悩んだり躓《つまず》いたりしなかったら、今の私はなかった。こんな素敵な友達に恵まれるこの私はいなかった。だから、もう〈選択〉の間違いなんか怖くない。今度会ったときにもまた友達になってもらえるように、間違いをちゃんと乗り越えられる、そんな世界へ行きたい」

「君は……やっぱり眩しいな」

ひかるが、「あああ、最後にのろけか」とからかったので、みなとは慌てて銀色の〈可能性の結晶〉を取り出す。それをみなとは手で五つに割り、ひとつひとつ少女たちに渡していく。

「これは、地球四十億年の生命の記憶が入っている〈可能性の結晶〉。正直に言うと、ぼくが自分のすべてを拒否したら、こんなものを弾き出してしまった。だって、ぼくはぼくひとりで原因と結果を作っているわけじゃないからね。なにかひとつのせいに見えても、実は地球の裏側の蝶の羽搏きすら影響しているかも知れないし、遠い星の爆発が関係するかも知れない。だからこれは、全宇宙の縁や因果の地図とも言える。これがそれぞれの行きたいところへ連れて行ってくれるよ。またみんなに会いたければ、自分の名前がどうやって付けられたかを探してごらん。きっとその傍にはみんながいるから」

質問を挟む間もなく、〈可能性の結晶〉は、少女たちの掌の上で砂糖菓子のように溶け、しみこんでいった。

みなとは、凪になぶられる髪を耳にかけながら、海へ顔を向ける。

「さようならだね。もう一度言うよ。ありがとう。最後にぼくを仲間に入れてくれて」

「あら、素直」「改めて言うなよ。恥ずかしいなあ、もう」「まあ、すばるの影響だね」

背後で、少女たちが別れを惜しみはじめた。こちらまで泣きそうになるので、みなとはなるべく聞かないようにした。

波は繰り返し繰り返し、凪は靡かせ靡かせ。

なんて穏やかな渚なんだろう。朽ちるのを待つには楽園のようだ。

「みんな、大好き！」

声を合わせるようにして、お互いが言い合う。

それを最後に、声はぴたりと途絶えた。

残っているのは、すばるのすすり泣きだけ。

波が。凪が。

しばらくして、みなとは振り返った。

気配を感じたのか、すばるが涙を拭って顔を上げる。

あれほど何度もきちんと別離の挨拶ができなかったのを悔やんだというのに、いざとなると、なんと言えばいいのかみなとは言葉を持たなかった。

「君もお行き」

掠れた声で促すのが精一杯。

すばるは、くすっと笑った。

「なに言ってるの、みなと君。みなと君は私と一緒に行くんだよ」

「え？」

すばるは砂浜を歩いてみなとに近付く。下から見上げてくるいつもの瞳に、みなとはどうすることもできない。

「私、約束したよ。みなと君を幸せにするって。みなと君、思ってたよね。約束は未来を観る望遠鏡だ、って。私たち同じところを覗いて笑い合うんだよ」

「だけど、君の世界にぼくの可能性は……」

「ううん。一緒だよ。元いたところに帰りたいなんて、私たちみんな、ひと言も言ってないよ？　名前なんか変わってもいい。姿が変わっててもいい。譲れるところは譲って、譲れないところは絶対に諦めないで、みなと君がみなと君で、私が私でいられる世界を、私、四十億年かけて探す」

すばるは、以前のように意気込んで話しはしなかった。

みなとを説得するのではなく、自分はもう決めたから、と、とてもとても穏やかな顔をしていた。

みなとは、ひとつ、嘆息を吐く。

「敵わないな、本当に」

みなとは、脱力して岩へ腰掛けた。

隣りにすばるがちょこんと座り、みなとのほうを見て、えへへ、と笑った。

「すっごく長い……その、あの……」

「そうだね」

みなとはまっすぐ前を見たまま言う。

「もう君には全部判っちゃってるから、そんなに長く話すことなんかないなあ」

「えっ」

「う、そ」

にっこりして本心をバラしても、すばるは驚き顔のままだった。

「……みなと君、冗談言えるんだ」

「地球で最初の意地悪だね。そして」そうしてみなとはまた海に顔を向け、うーんと伸びをする。「地球で一番長いデートになるな」

すばるが、デデデ、と壊れた機械みたいに呟きながら、かあっと紅潮した。

たとえ何百億年を過ごさなければならないとしても、この子に飽きることなんかないだろう。みなとは改めて確信した。

それから、ふたりはたくさんの約束をした。未来を覗く望遠鏡のレンズが、星でいっぱいになるくらいに。

やがて大きな月が傾いて、渚が夕焼けに染まる頃、すばるはかわいらしいあくびをした。

「起きてなくていいよ。四十億年なんか、ほんの一眠りだ」

「私……ちょっと、怖いかも」

みなとはカーディガンを彼女に羽織らせ、勇《ゆう》を鼓《こ》して肩を抱き寄せた。

すばるは一瞬身を強張《こわば》らせたが、すぐにみなとの肩にことんと頭を載せてくる。

甘い髪の香り。愛しさが今さらながら込み上げてきた。

「大丈夫。ずっと傍にいるから」

すばるは、夢見心地《ゆめみごこち》で、うん、と頷く。

「みなと君。一緒にイチゴ牛にゅ……また星を……」

すう、と彼女の息が深くなって、頭が重くなった。

みなとはすばるの癖毛を撫で、壮絶なほどに美しい夕焼けを眺める。

「ぼくに生きろだなんて、君はどこまでも残酷だ」

二人の〈希望〉を擦り合わせた世界に、もう魔法の都合良さはない。知っているけれど、自分は一番大切なものを選び、選べた自分に満足している。

すばるに頬を寄せ、みなとは静かに目を閉じた。

……そこらから小さないのりの声が聞えジョバンニもカムパネルラもいままで忘れていたいろいろのことをぼんやり思い出して眼《め》が熱くなりました。

……僕もうあんな大きな暗《やみ》の中だってこわくない。きっとみんなのほんとうのさいわいをさがしに行く。どこまでもどこまでも僕たち一緒に進んで行こう。

どこまでもどこまでも、ぼくたち一緒に。『銀河鉄道の夜』とは違い、ぼくは君を見失ったりしない。

波は子守歌のように。風は揺り籠のように。太古の渚で、みなとは頬笑む。

あかいめだまの　さそり
ひろげた鷲の　つばさ
あをいめだまの　小いぬ、

ひかりのへびの　とぐろ。

足の方にあるテレビから、子供たちの歌が流れてくる。

みなとの意識がふわりふわりと浮上を始めた。

起きるんだ。

みなとは夢と現《うつつ》の境目で、自分に言い聞かせる。

起こされるのではなく、起きるんだ。

けれど、怖くて目蓋が開かない。耳には規則正しい心臓のパルス音。掌にはパリパリした病院のシーツの感触。うっすらと消毒薬の匂いもするのだけれど。

子供の歌声に被って、ナレーションが入った。

「星に親しんだ宮澤賢治が、アンタレスを蠍の目玉などと書くでしょうか。彼は、『銀河鉄道の夜』でも蠍座について触れているので、知らなかったわけではないでしょう」

鼓動が速まって、電子音もせわしくなった。自分の着眼点と同じことを言われ、みなとは現実と夢の端境が判らなくなる。

でも、起きなくちゃ。勇気を出して。選んだ世界への扉は、自分の力で開けなくちゃ。

一度ぎゅっと目を閉じて、みなとはゆっくりと目をしばたたいた。

夕方だ。窓からはオレンジ色の夕日が射し込んでいる。

呼吸器は付けていなかった。自分が着ているのは、病院お仕着せのパジャマだった。

みなとは、慎重に左手を持ち上げた。筋肉がほとんど付いていないので、それだけでも一苦労だった。

この世界の自分は、左の手首にネームリングを付けているはずだ。

やっと顔の前に手を持ってくる。痩せこけた手首でリングがくるりと回り、苗字《みょうじ》は見えなくなったが、それで充分だった。

書いてある名前は、皆叶《みなと》――みんな叶える。すばると約束した新しい名前。プレアデスの由来はもう必要なかった。だって、皆叶には昴がいるんだから。

テレビが言う。

「……なので、作風からしても、宮澤賢治は他の世界からの旅人ではなかったかと言うファンもいるくらいです」

皆叶は、首を巡らせて全天図の横のカレンダーを見た。

今日はペルセウス座流星雨。昴はいまごろ、放課後の学校へ、家から望遠鏡を持って行っている頃だろう。

けれど、学校の展望室はもう温室へは繫がっていない。今夜は、展望室のベランダで友達と一緒に流星雨を見るだけだ。

この時点で過去と分岐するこの世界。昴がいつ自分を見つけてくれるのかは、皆叶にも昴にも判らない。

けれど昴は必ず病室の扉を開く。皆叶のカーディガンの上にイチゴ牛乳のパックを載せてやってくる。

それも約束のひとつだ。

――やっと会えたね、皆叶君！

その時の彼女の笑顔を想像すると、皆叶の瞳から涙がこぼれた。

すばる。

皆叶は、この空の下のどこかにいる、放課後の昴に呼びかける。

ぼくは、君に話していない約束があるんだ。

ぼくは宇宙飛行士になる。

今は歩くこともできないし、勉強も雑学ばかりだけれど、精一杯努力して、絶対になってみせる。

そうしてね、君を宇宙へ連れて行く。

一緒に星を見よう。星にぼくたちを見てもらおう。本物の、本物の、本物の宇宙でだ。

可能性は、ゼロじゃない。

あとがき

「みなと視点？　こんなにワケ判らない人でなんか、書けないよー」

このノベライズ企画のお話をいただいた時の第一声が、それでした。脚本全話をざっと読ませていただき、キャラ設定を眺めただけで、まだアニメは仕上がっていませんでした。

「チョウチョに向かって『風が変わったね』なんて言ってカッコつけるんでしょ？　温室出たら、なぜだか学校生活へ紛れ込んでて、しかもすばるに冷たくするんでしょ？　判らん。こいつだけは理解できん！」

それ以前に脚本段階では「〈可能性の結晶〉と〈エンジンのかけら〉は何が違うの？」という疑問も浮かび上がってしまっていて、頭の中はぐちゃぐちゃ。

けれど、全話を自分なりにメモにまとめ、スカイプで佐伯監督と会議をする頃には、軽い手応えを感じました。福島の先行上映ですばるのあまりの可愛さにクラクラした後では「書きたいな、このかわいい子たちを」とすっかり心変わりしてしまっていたのですから、運命というのは不思議なものです。やはりアニメの力ってすごいですね。声と動きが付くと、もう全員が魅力的でたまらない。ＹｏｕＴｕｂｅ版も見ていましたが、話の全体像を知った後ではこちらの見方も違ってきます。

「よしっ」と力瘤が入ったのは、オープニングが付いたときでした。自信満々に手を差し上げて魔方陣を張る黒みなとが、とんでもなくかっこいいのです。

もう一度、今度はみなとを理解する努力をしながら脚本を読み直したら、魔法のように見えてきました。意味不明だったみなとの行動を繋ぐ一本の〈運命線〉が。（監督の思惑とは違っているかもしれませんが)。

俄然、みなとの心情をみんなに解説して回りたくなりました。「私、みなと君の扉を開ける!」(CVすばる)という使命感と、「みなとの取扱説明書を読んでもらいたい!」という押し売り状態の〈重ね合わせ〉は、もはや「愛」としか言いようがありません。

とはいえ、妄想も爆走。リロリンのかけらの設定以外、TV版にないところはほとんどが私のオリジナルです。ご依頼では、むしろ違う側面を見せてくれ、とおっしゃっていただいたので、エルナトと会うところから時系列に沿ってかなり丁寧に心の基盤を作っています。チビたちの心情を膨らませるためにギャグシーンも入れていまして、こういうのは久しぶりだったので、とっても楽しかったです。

みなとには三人称の地の文にも紛れ込んでもらい、たくさん本音を吐露してもらいました。これを読んでくださるみなさんが、みなとを愛しく思ってくだされば嬉しいのですが。

それに、すばるをアニメに負けないくらい可愛く描くのも今回の目標。ツイッターで高森さんにリプライした通り、作中のすばるに「ひゃい」と返事をさせたのは、我ながらグッジョブと思っております。いちゃいちゃシーンの描写は慣れないので、書いてるこっちが赤面して転げ回りながら耐えました。

また、SF作家の矜持として、なんとか作品のSFらしさを盛り上げたい一心もありました。作中では量子論の用語と宇宙が出てくるので、まずそこはなるべく破綻が出ないように補強しておきたい。普段は医学や生物系のネタでSFを書いているので、これは大変な作業でした。監修の「いろものさん」には大感謝です。色々とアニメとは違う大ネタも仕込めたので、それなりに満足しています。

かといって、今回はきっと普段の読者さんよりも年齢層が低いだろうから、マニアックになっては失敗です。理科が苦手な人は読み飛ばしてもらっても大丈夫、でもSF好きには「そうきたか」と思っていただけるようなバランスを心がけていますが、いかがでしょうか。

とにもかくにも、私の名前で買ってくださった「観てない人」にも面白く、「観てた人」は世界が深まり、全員がアニメを「何度でも見返したくなる」ようになっていれば、と願ってやみません。

放映は終わってしまいましたが、私の中では『放課後のプレアデス』に対する愛はちっとも収まらず、むしろ火勢は強くなっています。これからもどうぞ一緒に盛り上がってください！

末尾になりましたが、ＧＡＩＮＡＸの佐伯昭志監督と、何度も質問してお手数をかけた斎藤友子様、資料出しのお手間をかけた設定制作の山崎莉乃様、「切ない、泣いた」などのご感想メールで上手に私のモチベーションを保ってくださった一迅社の皆様に、厚く御礼を申し上げます。ありがとうございました。

放課後のプレアデス みなとの星宙《ほしぞら》
2015 年 8 月 5 日 初版発行

原作 GAINAX
著 菅《すが》 浩江《ひろえ》
イラスト 木野下澄江《きのしたすみえ》

装丁 渡辺 緑
編集 桑子麻衣
設楽菜月
企画協力 串田 誠
協力 GAINAX

監修（敬称略）
・科学監修 前野［いろもの物理学者］昌弘
・医療機器監修 八代嘉美

主な参考資料
・『ゼロからわかるブラックホール』
大須賀健（講談社ブルーバックス）
・『ブラックホールに近づいたらどうなるか？』
二間瀬敏史（さくら舎）
・『宇宙は本当にひとつなのか』
村山 斉（講談社ブルーバックス）

主な参考サイト
・Hubble Space Telescope | NASA
http://www.nasa.gov/mission_pages/hubble/main/index.html
・Wikipedia
http://ja.wikipedia.org/wiki/
・青空文庫
http://www.aozora.gr.jp/
・Google
http://www.google.co.jp/

引用
鹿乃「Stella-rium」（2015 年）
作詞：くまのきよみ／作曲・編曲：samfree

発行人 原田 修
編集人 串田 誠
発行所 株式会社一迅社
〒160-0022 東京都新宿区新宿2-5-10 成信ビル8F
03-5312-6132（編集部）／ 03-5312-6150（販売部）

DTP 株式会社三協美術
印刷・製本 大日本印刷株式会社

ISBN 978-4-7580-1460-1
Printed in JAPAN

JASRAC 出 1507477-501